生命，向美的境地漂流

文学百年 名家散文自选集

陈奕纯 / 著

湖南人民出版社·长沙　民主与建设出版社·北京

本作品中文简体版权由湖南人民出版社所有。
未经许可,不得翻印。

图书在版编目(CIP)数据

生命,向美的境地漂流/陈奕纯著.—长沙:湖南人民出版社,2023.2
(文学百年:名家散文自选集)
ISBN 978-7-5561-2825-9

Ⅰ.①生… Ⅱ.①陈… Ⅲ.①散文集—中国—当代 Ⅳ.①I267

中国版本图书馆CIP数据核字(2022)第010259号

SHENGMING, XIANG MEI DE JINGDI PIAOLIU
生命,向美的境地漂流

主　　编	李继勇
著　　者	陈奕纯
责任编辑	谭　乐　廖晓莹
出版发行	湖南人民出版社 [http://www.hnppp.com]
	民主与建设出版社
地　　址	长沙市营盘东路3号
邮　　编	410005
印　　刷	三河市冠宏印刷装订有限公司
版　　次	2023年2月第1版
印　　次	2023年2月第1次印刷
开　　本	880 mm×1300 mm　1/32
印　　张	12
字　　数	200千字
书　　号	ISBN 978-7-5561-2825-9
定　　价	49.80元

营销电话:0731-82683348　(如发现印装质量问题请与出版社调换)

生命，向美的境地漂流

目录

第一辑·激情飞扬

我吻天使的羽毛 / 2

着了火的霞光，着了火的山 / 8

大地的皱纹 / 21

时间的同一个源头 / 33

月下狗声 / 45

多想再去看看你 / 57

激情燃烧汀泗桥 / 64

五台山的白杨 / 84

无　声 / 91

泼墨绵山 / 95

看油菜花的人睡着了 / 102

在那高高的白茶山上 / 107

天使一滴泪 / 112

布谷飞过北京城 / 117

第二辑·乡愁不愁

我的乡土中国 / 126

从"乡愁"说起 / 130

大地上那个拾麦穗的女人 / 135

我的美丽乡愁 / 138

门前那棵桂花树 / 141

乳　名 / 144

看着你一天天苍老 / 150

冬 / 156

云 / 161

两个人 / 164

藏 / 172

遥远的椿树 / 180

福　香 / 189

金兰湖情思 / 195

神奇的吴垭石头村 / 201

生活家 / 213

第三辑·水墨苍茫

一毫米的高度 / 222

风骨牡丹 / 225

清气溢乾坤 / 230

绘三峡寥廓江天 / 234

盛世春光 / 237

阳光灿烂,春暖花开 / 242

水墨顿悟 / 246

向上的春天 / 250

山之吟 / 255

晨　光 / 259

原始之魂 / 264

大地之声 / 270

远远的山,远远的庙 / 274

大别山之花 / 277

肩上梅 / 282

被遗忘的芍药 / 286

题写汀泗桥 / 291

黑虎楼 / 296

西晒的那面墙 / 301

第四辑·随风逝去

音乐与人生 / 308

角度选择是我的探索 / 336

生命,向美的境地漂流 / 356

后　记

我是我自己的药 / 368

第一辑·激情飞扬

我吻天使的羽毛

是一排排碎草般的天空呢!

切割天空的,是一排排密匝匝的水杉树。水杉仿佛是水做的,玉立,不敢呼吸,太多太多的爱,也难怪她们扬扬其香了。我喜欢仰望这天空,到处充满了碎草的颜色,很不规则,从头顶一直漫卷过天边,这景致,像极了旷野上的一块绿翡翠,令人心疼地从高处摔下来,"啪",清清亮亮的,摔了个粉碎。刹那间,水就漫延开来,一滴一滴的,就飞翔开来,千里万里,一脉一脉……

是日清晨,出泰州,至兴化,去城十七公里,草木幽幽,林垛沟鱼,我们漫游在李中镇的水上森林公园,遥望一排排水杉天空,心,如旷野,无限大,并且辽阔。我不知道,在水乡的词典里,除了有湖泊、水杉、池杉、林垛、沟壑,除了有野鸭、猫头鹰、白鹭、丹顶鹤、黑杜鹃、草鹦鹉、山喜鹊、河蟹、鱼虾等,还有没有像我们这等人间的水草?如果有,那么,我们的灵魂是不是在天上呢?

偶然，偶遇，一个"偶"，孤独，爱别离。想起一首词，叫《幽兰操》。在词里，韩愈说："兰之猗猗，扬扬其香。……不采而佩，于兰何伤？"他说的是兰，想那兰花开时，在远处仍能闻到它的幽幽清香；如果没有人采摘兰花佩戴，对兰花本身有什么损伤呢？不过此刻，我偶遇的是水杉，柔美可人的江北女子、小小的水杉罢了。一个书上的美丽故事，一个故事里的细节，我闭上了眼睛——

水杉说，我爱你，太久太久了，没有办法啊。
天空说，我知道。
水杉说，我想你，太久太久了，没有办法啊。
天空说，我知道。
春夏秋冬，如此而已。

在水乡，古老的里下河陷入了静寂之中，一丝清风不落，我慢慢睁开了眼睛。我看见，林中有水，水下有鱼，而天空，是水做的，碎草色的水做的。早知晓，在这片人工生态林里，春天来了，1500亩的水杉、池杉们来了，6万多只天堂鸟们来了，朝朝暮暮，万鸟争鸣，一如大籁，怎么今天，这样的一个天然氧吧里，我竟然连一声鸟鸣也没有听见？莫非，只是幻境……问兴化的船娘，船娘一手点篙，左右着竹排，一手指指身后一排水杉林，微笑不语。我们即刻明了了，她的意思是在说："别着急，小鸟们害怕，要等你们走远之后，它再叫呢！"哦，原来是我们打扰了它们。天堂好静好静，鸟的胆子好小好小啊！

刚刚拐过一个林垛，从身后那排的方向忽然传来了一阵鸟鸣，"啾啾""咕咕""嘎嘎""喳喳"，声音各异，海浪般高低起伏，我知道，是它们又回到天堂一样的世界里了。我说："它们的第一声鸟鸣真好听！"船娘纠正道："你说错了，刚刚我们进来的时候，它们早已经叫开了，只是，那鸣叫声低了一点儿！"细细回想，果真是。可能是刚才，我们太注重观景，竟然把鸟鸣声给生生忽略掉了，所谓"观景不爬山、爬山不观景"，说的就是这个道理。这样，心里忽然就产生一种渴望，渴望看见鸟在天上飞，哪怕，只有一只也好……

恰好，船娘问："你们想不想看白鹭？"

我和同行的人慌忙回答："想。"

船娘问："白鹭想不想看见你们？"

我们说："不知道。"然后，争先恐后地笑。

船娘说："我也不知道。反正，白鹭胆小，只要你们别大声说话，就一定能看见它！"

我们问："真的吗？"

船娘一本正经地说："真的。"

我们开始都不说话了，实在憋不住了，就拿手势表示表示，好像哑剧里的演员一样搞笑。竹排又拐了三四个弯之后，我们一个个干脆闭上了眼睛。

忽的，耳边传来了鸟鸣声，"嘎嘎——嘎嘎——"清清明明的，久违，熟悉，心贴心一般的亲，宛如一道被风吹散的炊烟，缓缓消逝在我们灵魂的版图上。

忽地，有个人就惊叫了一下，说他的头顶上有一些热乎乎的东西，不知道是啥？

我们睁开眼睛一看，什么话都没有说，也没有人提醒他什么，只是傻笑，一个比一个笑得厉害。

船娘也笑，半天才说："鸟粪湿湿头，健康又长寿！何况，白鹭鸟从天堂来，它身上的东西件件都是宝啊！"听得我们惊羡不已。

也许，就在三五秒钟之后吧，我感觉右边的耳朵上一阵毛茸茸的，似乎挂了什么东西。我学聪明了，没有像刚才那人似的惊叫，万一，仍是像他一样的东西，岂不令自己更加难堪。那么，到底是什么呢？

我轻轻抬起右手，丝毫不敢呼吸，小心翼翼地把那东西取了下来，移到眼前。哦，是一根羽毛，长长的，白白的，一丝丝，一毫毫，排列有序，渐长，渐短，有些体温，还有些羞涩，这月亮船似的羽毛啊，宛如一位工笔画家所精心描绘出来一样。我紧紧捏住它的根部，我的呼吸很不均匀地打在羽毛的身上，是那么强烈有力，好像狂躁不安的飓风掀起了一层层雪浪花。呼吸小了，我看见那些雪浪花前赴后继着，你追我赶的，一泻千里，依然强烈。洁白的绒毛毛，好像天生娇气的千金小姐，受不得半点委屈，无论你千般劝、万般哄，都没有用，她只知道一个劲儿地哭，除了哭，还是哭。我忽然屏住了自己的呼吸，一秒钟，两秒钟，三秒钟，说心里话，我甚至想，时间也许可以再延长一点儿……眼睛一直没有离开过她。

她，六万分之一，从天堂来，莫非是上帝派来的天使？

她，和我在水上偶遇，千里万里，一个灵魂和一个灵魂在偶遇。想象黎明时分，想象落日时分，六万多只鸟离巢归巢，遮天蔽日，该是一派何等波澜壮阔的大气象哪！六万多只天堂鸟放歌水乡，放歌梦里李中，当这巨大的声浪四合时，不就是一个心的天堂吗？

它，白鹭的羽毛——我偶遇的另一个水乡的灵魂，天使的羽毛哦。

我把唇轻轻迎上，一个灵魂轻轻迎上，从此江流涌动、江河湖海同源一脉，从此我这短暂的人生横渡于水上，仿佛这古老的爱情故事一滴一滴化成了水，化成了天使的一滴滴相思泪。是的，我把唇轻轻迎上，一个灵魂轻轻迎上，从此我的词典里只剩下了一个字:"爱"。从此爱这水乡,爱这水杉,爱这白鹭,爱这上帝留给我们的一草一木、一呼一吸。

是的,我吻天使的羽毛,因为爱,所以爱,我轻轻迎上。

迎上,就是轻轻地迎上去,一生一世,春夏秋冬,如此而已。

唉,所谓伊人,在水一方……

着了火的霞光，着了火的山

一

好一片着了火的霞光；好一片着了火的山！

霞光的源头是霞光，山的源头是山，一挥手，火，咆哮着，奔涌着，一路飞跑着就上来了。

我看见大火和大火凶巴巴的样子，他们大刀滑了地皮，不知低吼着什么，铺天盖地就扑来，一个个光着膀子、龇牙咧嘴地扑上来了。火的脚步声，就是大刀滑了地皮的声音，一路"滋滋滋滋"地叫着，越来越近，直到逼得你来不及躲闪，直到把你整个给干掉！火用这样的方式告诉你，什么才叫火，什么才是真正的男人。

黄昏大幕，高天高山，我索性闭上两眼，但耳畔一直回荡着"滋滋滋滋"的声音。这些熟悉的气浪无数次袭来，一种四处咆哮的激情和冲动在血管里飞跑着，从阳元石、双象石、细米寨、松树岭,到锦江竹筏漂流码头、车头村、六指擒魔峰、石坑崆,从巴寨景区的哮天龙、犁头寨、牛鼻峰、观音山,到长老峰、观日亭、阴元石、僧帽峰,声音一浪高过一浪,一波高过一波,像火牛阵,像飞机发动引擎时的超声波,像火箭升空时的惊天巨响,全都疯掉了……我突然睁开了双眼。

好一片着了火的霞光,好一片着了火的山!霞飞处,天地红,方圆292平方公里,鬼斧神工的山、视死如归的山、清奇秀丽的山、含情脉脉的山,石峰、石堡、石墙、石柱,顶平的、笔直的、峰陡的、麓缓的,全都着火了!

这就是丹霞山,主要发育于侏罗纪至新生代第三纪的丹霞山!这就是全世界"丹霞地貌"的命名地!更难忘2010年8月1日,以广东丹霞山等六处丹霞地貌景区组合成"中国丹霞",在巴西利亚举行的第34届世界遗产大会上,经联合国教科文组织世界遗产委员会批准,被正式列入《世界遗产名录》。这就是"中国丹霞"的福地!当初,先贤们一个不经意的发现,如今已变成了人类一笔珍贵的文化遗产!

也难怪,唐代诗人宋之问在《早发韶州》(韶州,今广东省韶关市)里感慨:"炎徼行应尽,回瞻乡路遥。珠厓天外郡,铜柱海南标。"

也难怪,南宋理学家朱熹在《晚霞》中惊呼:"日落西南第几峰?断霞千里抹残红。"

也难怪，明人李永茂在开山建寺之际，惊喜地赞道："色如渥丹，灿若明霞。"

也难怪，中国佛教学会会长赵朴初在《下丹霞山泛舟锦江》里赞道："自夸巨擘非虚妄，万古丹霞冠岭南。"

火，是隐忍不屈的，坚强的，也是义无反顾、一意孤行的。而此刻，火光中的丹霞山令我震撼。这美，叫我说不出来一个字。

就像一个男人的性格。

二

他，就是被称为"唐宋八大家"之首的韩愈。

翻开唐代中晚期的历史，我发现韩愈竟然两次被贬岭南，三过韶州，三游韶石山（今丹霞山）。第一次是在唐代宗大历十二年（777年），韩愈10岁，长兄韩会因受宰相元载案牵连被贬为韶州刺史，韩愈就随兄嫂一起赶往韶州，不料，其兄韩会病死在赴任的路上。后来，韩愈入朝为官，由于其刚正不阿、不畏天子的秉性，接连被唐德宗、唐宪宗两位皇帝降罪，先后两次被贬到广东阳山（今阳山县）和潮州。

按常理，一个人一生当中不可能犯两次同样的错误，何况犯的都是导致"被贬、降职"的大错。但是，韩愈就犯了，而且两次都是差一点被杀头。尤其是元和十四年（819年）初的那次。当时，唐宪宗命宦官从凤翔法门寺塔中将一节释迦牟尼佛指骨舍利，迎入宫廷供奉，要求官、民敬香礼拜。皇帝的话都是金口玉言，哪怕说的是错话、屁话，当臣子的也不能不遵守。但韩愈却不管你是什么皇帝不皇帝，极力反对，直接上《论佛骨表》给唐宪宗说："今闻陛下令群僧迎佛骨于凤翔，御楼以观，舁入大内，又令诸寺递迎供养。臣虽至愚，必知陛下不惑于佛，作此崇奉，以祈福祥也。直以年丰人乐，徇人之心，为京都士庶设诡异之观，戏玩之具耳。安有圣明若此，而肯信此等事哉！然百姓愚冥，易惑难晓，苟见陛下如此，将谓真心信佛。皆云：'天子大圣，犹一心敬信；百姓何人，岂合更惜身命！'焚顶烧指，百十为群，解衣散钱，自朝至暮，转相仿效，唯恐后时，老幼奔波，弃其业次。若不即加禁遏，更历诸寺，必有断臂脔身以为供养者。伤风败俗，传笑四方，非细事也。"这一下，唐宪宗仿佛老虎似的被激怒了，欲判韩愈极刑，后经宰相裴度等人为其说情，才免去韩愈死罪，由刑部侍郎贬为潮州刺史。

正月十四，韩愈怀着一腔悲愤离开了长安。当他们行至长安东南的蓝田关时，恰逢秦岭山中突降大雪，雪封山路，人马无法前进，只能滞留在蓝田关。北风呼啸，人生失意，韩愈勒马远眺，在惆怅中写下了《左迁至蓝关示侄孙湘》：

> 一封朝奏九重天，
> 夕贬潮州路八千。
> 欲为圣明除弊事，
> 肯将衰朽惜残年！
> 云横秦岭家何在？
> 雪拥蓝关马不前。
> 知汝远来应有意，
> 好收吾骨瘴江边。

郁闷中，韩愈不知不觉地来到韶州，随行人马得到了片刻的歇息。在游韶石山的两天时间里，他看山不是山，看霞不是霞，自认为"必死是间，余收尔骨焉"，家破人亡，颠沛流离，想写写一些诗文，但实在提不起一点激情，只得作罢。可惜，一代散文大家竟然没有留下一个字。况且此时，年过五十的韩愈，已感觉此生再也回不到长安城了。

更令韩愈悲恸的，是得知时年12岁的小女儿韩挐病死他乡的噩耗。

这一年，小女儿韩挐正卧病在床，听到父亲第二次被贬的消息后，惊吓交加，病情加重。韩愈离京后没几天，官府便下令紧急驱逐韩愈家人离开长安。在走投无路的情况下，妻子只好找人抬着重病的韩挐，沿着韩愈被贬的方向匆匆上了路。半路上，一家人顶风冒雪出了商州城南，走进了秦岭大山之中，刺骨的风雪迎面而来，寒冷无时无刻不在折磨着每一个人。走路尚可取暖，但一个病人，而且是一个躺在担架上赶路的病人，她所经受的寒冷和惊吓是我们无法想象的，她的恐惧和绝望也是被上苍无限放大了的。农历二月初二，那个下午，百鸟绝迹，天色阴暗，在亲人们一声声急切呼唤中，韩挐高烧昏迷不醒，嘴唇干裂，病死他乡。天快要黑了，雪开始越下越大，一家人哭作一团，妻子为了赶路，只好将韩挐草草埋葬，在她小小的坟前，连一块墓碑也顾不上立，就一路挥泪南下了。

满堂儿女中，韩愈最宠爱的就是这个小女儿，因为韩挐不仅天生聪慧，而且小小年纪，非常关心老百姓的冷暖疾苦，有着对天下民生的忧患意识。平日，她时常听大人们讲当年伯父韩会为官断案、父亲韩愈春游韶石山等故事，喜欢侍弄一下庭院里的花草果树，能熟练使用大部分的中原农具，没有一点富家小姐的坏毛病，真是非常难得。就是这样的一个小生命，上苍也不肯放过她，在韩愈第二次被贬落难、狼狈南下的时候，在他家破人亡、肝肠寸断的时候，她竟然先他而去，这噩耗，无疑是雪上加霜！

当韩愈听说妻子当时无暇绕坟三圈时，一下子昏了过去……

三

天，总会变晴的。

潮州多水，多溪，鳄鱼吃人的事件时有发生，终日闹得老百姓人心惶惶。韩愈上任后，勤政为民，治水开荒，解决了恶溪的鳄鱼之患，打击了买卖人口的行为，同时还大办教育，使老百姓更加安居乐业。潮州人民为了纪念韩愈，从此便将恶溪改名为韩江。不久，韩愈给唐宪宗上了一封奏章，发自肺腑地说道："臣今年正月十四日蒙恩授潮州刺史，即日驰驿就路。经涉岭海，水陆万里。臣所领州，在广府极东，去广府虽云二千里，然往来动皆逾月。过海口，下恶水，涛泷壮猛，难计期程，飓风鳄鱼，患祸不测，州南近界，涨海连天，毒雾瘴氛，日夕发作。臣少多病，年才五十，发白齿落，理不久长。加以犯罪至重，所处又极远，忧惶惭悸，死亡无日。单立一身，朝无亲党，居蛮夷之地，与魑魅同群。苟非陛下哀而念之，谁肯为臣言者。"

唐宪宗大喜，打算重用韩愈，但又心里没底，便问满朝的文武百官有没有什么意见。宰相皇甫镈出列，道："韩愈太狂妄放诞，可以考虑将他调到离京近一些的州郡。"皇甫镈一向妒忌韩愈的才能，恐怕韩愈进京被重用，威胁到自己的相位，才抢先献言。见唐宪宗没有立即表态要重用韩愈，其他大臣也随声附和，称宰相大人言之有理。于是，宪宗改授韩愈为袁州（今江西省宜春市）刺史。

这距韩愈任潮州刺史仅仅八个月的时间。

元和十四年（819年）十月，从潮州移袁州，虽然是平级别的调动、从南方的广东调往北方的江西，但距离长安、距离皇帝毕竟比原来近了许多，说明皇帝并没有忘了他韩愈这个老臣，说明他仕途升迁还有希望，他是多么想早返长安、为国分忧啊！这个时候的韩愈，仿佛看见了自己即将平步青云的一线希望，恨不得马上飞到皇帝的身边去，重新得以重用。途经韶州时，他受到了韶州刺史张端的热情接待。后在张端的再三邀请下，他游览了韶石山，登上了长老峰，忽见霞光万丈，云海苍茫，山峦起伏，大气磅礴，韩愈心潮澎湃，抛弃了人生中所有的不快，欣然写下了《将至韶州先寄张端公使君借图经》一诗：

  曲江山水闻来久，
  恐不知名访倍难。
  愿借图经将入界，
  每逢佳处便开看。

韩愈是一个非常纯粹的人，他把一种无意识的快乐写成了诗，让我们一代一代地吟唱；但他却把一种与生俱来的大忧患、大痛苦浓缩成了一杯酒，独自一个人苦饮。

每当读起这首诗，我的面前都会走来那个清瘦、疼痛的唐朝男人。

四

大唐王朝风雨飘摇。

元和十五年（820年）正月，朝野政变：唐宪宗被宦官陈弘志、王守澄等人杀害，唐穆宗即位。九月，唐穆宗下诏，调任韩愈为国子祭酒，即日返京。

回长安，必须要经过秦岭，必须要经过层峰驿。

天苍苍，野茫茫，枯黄的草浪在一起一伏着。太阳快要下山了，山风刮在人的脸上一阵比一阵凉，但，还有什么比人的心更凄凉呢？我无法想象韩愈站在女儿的孤坟前举杯凭吊、绕坟三圈时的心情，无法想象那荒草淹没膝盖、磕磕绊绊时的一幕，这是父女两个人八个月之后的第一次重逢，怎奈，已是阴阳两茫茫了！家事国事，家破人亡，睹物思人，长歌当哭，没有人能听得见，这是一个人在一个衰落王朝面前发出的哭声。这哭声，在整个朝野的昏庸腐败和冷嘲热讽下是孤独的，是微不足道的。我总觉得，孤独的韩愈不该生在那个没落的朝代，不该属于那么几个昏庸的皇帝，不该和那么多碌碌无为之辈同朝为官，但，如果真是那样的话，韩愈又该生在哪个王朝呢？

泪眼蒙眬中，我看见韩愈把酒杯一摔，掷地有声，琅琅吟唱起那首叫作《去岁自刑部侍郎以罪贬潮州刺史，乘驿赴任，其后家亦谴逐，小女道死，殡之层峰驿旁山下，蒙恩还朝过其墓留题驿梁》的诗：

> 数条藤束木皮棺，
> 草殡荒山白骨寒。
> 惊恐入心身已病，
> 扶舁沿路众知难。
> 绕坟不暇号三匝，
> 设祭唯闻饭一盘。
> 致汝无辜由我罪，
> 百年惭痛泪阑干。

一首诗名，韩愈竟然一口气写了47个字，这本身就是一篇叙事短文。韩愈想象起小女儿临死前痛苦的一幕，想象她遥望岭南、想喊又喊不出"父亲"两个字时的无助，顿时热泪汹涌——为人臣而不能精忠报国，为人子而不能尽孝双亲，为人夫而不能相伴至爱，为人父而不能保全儿女，痛痛痛，窝在心底:"我韩愈,算什么男人?"叹韩挐,小小年纪,如今竟成了这荒山野岭之中的一缕孤魂,伴山魈,泣西风,一个人孤零零地躺在这里,无人祭祀,山川入梦,怎不令人肝肠寸断!

长庆三年(823年)十月,韩愈将女儿的尸骨移葬故乡河阳(今河南省孟州市),并撰《祭女挐女文》:

> 呜呼!昔汝疾极,值吾南逐。苍黄分散,使女惊忧。我视汝颜,心知死隔。汝视我面,悲不能啼。我既南行,家亦随遣。扶汝上舆,走朝至暮。天雪冰寒,伤汝羸肌。撼顿险阻,不得少息。不能食饮,又使渴饥。死于穷山,实非其命。不免水火,父母之罪。使汝至此,岂不缘我!
>
> 草葬路隅,棺非其棺。既瘗随行,谁守谁瞻?魂单骨寒,无所托依。人谁不死,于汝即冤。我归自南,乃临哭汝。汝目汝面,在吾眼傍;汝心汝意,宛宛可忘!
>
> 逢岁之吉,致汝先墓;无惊无恐,安以即路。饮食芳甘,棺舆华好;归于其丘,万古是保。尚飨!

读此祭文,催人泪下。

但,韩愈就是韩愈,眼泪一擦,他的心依然是属于大唐河山的，他的脚步是义无反顾的。因为，国还是那个国，家还是那个家，只有把"国"放在了"家"的前面，才能报国、爱家！

直到长庆四年（824年）辞世，他依然把一颗忠诚的心献给了整个大唐王朝，而自己却家徒四壁。可以说，韩愈是一个大写的人，一个大有大无的人！

是的，是火一般的万丈霞光点燃了他。

五

我崇尚"火"，崇尚有着火一样激情的人。

从韶关市区到丹霞山只有50公里，行车大约40分钟，我们去的时候是8月18日的下午，恰逢丹霞山"申遗"成功后的第17天。天空飘着细雨，在丹霞群山之间若断若续，绵绵千里，我们打着雨伞，从阳元石、翔龙湖、玉女台、阴元石一路走去，斑斓的晚霞仿佛从山峰之间的缝隙处漏出来，映红了我们一张张汗水肆意的脸。登山途中，我总是冲在最前面，索性合上雨伞，友人在我身后气喘吁吁起来，大叫着"累"，想停下来歇一会儿。我理也不理，径直朝长老峰登去。我一边登山，一边思忖着如何绘画我心中的丹霞山，一座雄性昂然的丹霞山。这丹霞山，我究竟该选择哪种画风来表达，是选择南方楚楚张家界的灵秀之美，还是选择北方莽莽太行山的雄劲之风。

登上长老峰之巅，小雨忽然停了，西北方向重峦叠嶂，天边升腾起一片片晚霞。放眼大西北，我看见了霞光中的僧帽峰，看见了丹霞山这座2010年"申遗"的标志性山峰，看见了丹霞山的千里山川全都被火点燃，看见了万丈霞光中那个隐忍不屈的人。夕阳出来了，红崖上片片黛青，层层暗褐，一幅幅多彩的画面令我双眼含泪，想哭，却怎么也哭不出来，于是越发难受了。夕阳落下去了，霞光不散，只是我不知道它将要飘落到哪座山峰的后面？想起一座山，想起一个唐朝男人三下韶州的故事，想哭。是的，我们的泪水宛如这锦江之水，缠缠绵绵，自东北，向西南，出赤壁，入浈江。

火是雄起的，阳元石是雄起的，丹霞山更是雄起的。我站在霞光深处，想那丹霞山上雄起的阳元石，为什么30万年来一直这么怒气冲天？也许，是韩愈赋予丹霞山的男人性格；也许，丹霞山亿万年前的诞生，只为他一个人。

我们循他而来，我们不论男女全都变成了那个唐朝男人，我们就像他1100多年前游历丹霞山时那样，看见了丹霞蔽日，大火连天。

我们站在一片火光之中，我也疯掉了。我展臂高呼——

"好一片着了火的霞光；好一片着了火的山！"

大地的皱纹

一

小路是大地的皱纹，小路有多么细密，大地就会有多么苍凉。

苍凉过后，我们灵魂的大地上那一支流还在，一场场春雨落下来，一阵阵春风刮过来，人世间的万事万物便有了灵魂，绿色的、红色的、鹅黄色的、草青色的，林林总总的故事在萌动，一个生命又一个生命在大地上婴儿般均匀地呼吸着、哭闹着、嬉笑着，轻轻嘬起自己的一两根手指头，透明的口水肆意流淌，周身散发着一股股奶香味儿，可爱，无聊，不知所以。这情景，先有的，是结局，然后我们再顺着那结局的枝蔓往上找寻，便看见了更多的枝蔓，看见了更多的绿叶，一片更比一片嫩绿、鹅黄，一片更比一片幼稚。找寻到后来，万千枝蔓终归是回到了一根藤蔓上，好比婴儿的一条长长的脐带，一个灵魂的发源地。

　　死亡和新生，结局和开始，黑和白，一种颜色向一种颜色的过渡，说不出的滋味，就像大地上正在蠕动着一条草木葱郁的小路。

　　春天里的小路，一个刚刚下过露水的早晨，好像被画家刚刚勾出一条细细的线条似的，绿得让人心疼。这路，说小也不小，恰好能容得下三五个人并排行走那么宽，鞋子踩上去，"沙沙沙"地乱响，路的两旁都是一些叫不出名字的野草，草叶上挂满了一颗颗透明的将滴欲滴的水晶、玛瑙，水晶和玛瑙的表皮裹了一层朦朦胧胧的新鲜泥土，它们格外地暗恋着人，不仅打湿了你的鞋子和裤脚，而且那泥土沾满了你的鞋底，越沾越厚实，走不上几步，你肯定得停下来顿顿脚，把鞋底的泥巴磕掉，再继续往前走，但是走了没有几步，你会发现前面的小路消失得无影无踪了。那么，路在哪里呢？没有办法，你就踩着软软嫩嫩的草丛，干脆往前瞎走吧，反正此刻，前后左右都没有了路，怎么走全都由了你的性子，只要你的眼光是向前的，你要走的路就一定是对的。

　　然而，几分钟之后，你会发现和自己隔着一垄草丛的地方，竟然弯弯曲曲着出现了一条更小更小的路，隔一步一个空脚窝的一种路，你必须得跳着走的一种路，小到鞋子一踩就能踩倒一大片的草尖儿尖儿，小到不能再小了，时断时续，时有时无,严格说,一种不能叫作路的路,那就是我们的未来。

如此几次,反反复复,行走好比在做一场大梦。

举目回望,那些路全都加起来,只不过是一条路。恍然发现,那些年全都加起来,也不过是一年。等我们一个个返回的时间,有的是在春天,有的是在冬天,有的是在早晨,有的是在黄昏,死亡会不紧不慢地跟在我们的后头,拦住我们,一个一个地把我们带走。

春天了,绵长的路,古老的大地,把一个接着一个的秘密带走。春天了,开花的开花,发芽的发芽,那么,忧郁的月亮去了哪里呢?

天上的路,谁知道好不好走呢?

二

说一个故事。若干年以前,故事就发生在我身上。

小的时候,我跟随父母下放到广东一个非常偏僻的小镇,母亲是个医生,所以被上级分配到镇卫生所当药房管理员,也就是今天的取药兼收银的角色。同科室的还有几个阿姨,大多来自小镇附近的村子里,大家思想觉悟非常高,一心想的都是"公家""大集体",干起工作来,暗地里较劲。一天快到中午下班时间了,离家最近的小周阿姨非常负责任,就把上午收来的公家钱就势装进了裤兜里,然后大大咧咧地回家吃午饭去了。她家离卫生所不远,有一里多路。下午,小周阿姨回来了,把裤兜里的公家钱一交,发现少了整整三块钱。三块钱哪!这在当时可是一笔大数字,尤其此刻丢的是公家的钱,最怕一辈子背上"贪污犯"的骂名啊。于是,小周阿姨便开始哭天喊地地找那三块钱,翻来覆去地找,发动母亲和一帮阿姨帮她找,连墙角的老鼠洞、墙砖缝隙等地方也不放过,结果一无所获,她急了,捧住脸埋在桌子上一个劲地傻哭,除了哭,什么办法都没有。卫生所的所长来了,一听说公家的钱少了,气不打一处来,噼里啪啦把她训了一通,话里话外一个意思:公家的钱一分也不能少,就是砸锅卖铁也得给补上!母亲说,当时,小周阿姨就吓瘫在地上。

实在没路了,小周阿姨就哭着跑回家想办法去了。

在家里,还是没找到那三块钱。

小周阿姨一赌气,一口气喝下了一瓶"敌敌畏"农药,打算以自杀的方式来证明自己的清白。

等到我们闻讯以后,正赶上傍晚时分,"敌敌畏"农药的药效正在大面积发作,非常严重,小周阿姨已经快不行了。怎么办?单位的一帮好姐妹、好同事找来一辆平板车,把她放到车上,急匆匆往县城的方向跑,我也跟在大人的后头,心里不停地默默替小周阿姨许着愿,祈祷她能平安无事,健健康康。

尽管我知道，那些祈祷多半是骗人的。

天是阴天，七八月份，酷热，等到天色完全黑下来的时候，伸手不见五指，我们这才发现，我们忘记带手电筒、马灯之类的照明工具了。小镇到县城大约40公里的距离，全都是弯弯曲曲的山路，离开了灯，一不小心，人就会摔下悬崖，非死即伤。路上，我们谁都知道前面的路有多么危险，但是谁都不愿意说出来，因为一旦说出口，我们的信心就会统统跑光的。那一刻，世界寂静得可怕，母亲紧紧抓住我的小手，急促地呼吸着，人人都是这样，天地间的呼吸声浪被无限放大，母亲的、阿姨的、叔叔的、另一个叔叔的、另一个阿姨的，还有我的……起伏着，纠缠着，犹豫着，惊恐着，一个个都默不作声地走着。

白天里的山路，到了黑夜，尤其是赶上像这样的夜，光知道恐惧不行，你只能硬着头皮往前走，凭着感觉一点一点回忆白天的山路，或者把白天的路背下来，弯弯曲曲、歪歪扭扭地背下来，你才不会走错，才不会失足于悬崖，才不会错过给小周阿姨抢救的最佳时间。想着想着，心里就没有那么害怕了，脚步走得更加坚定了，天也变得离我们越来越近了。爬狮子岭的时候，山势陡峭无比，幸好一个叔叔口袋里还剩下四支香烟，大家也不管什么难闻不难闻了，纷纷鼓动他吸烟，用燃红的烟头来照明，他起初有些不忍心一下子吸完，说自己节省着能吸一个半月呢，结果大家一致反对，鼓励他也学"老美"浪费一把。他犹豫再三，最后还是顺从了大家的意思。一路下来，我们不知道走了多少弯路、冤枉路，驱赶走了多少不自信和惊恐感，心也淡定了，从容了。最关键的是，在我们看见岭下散落的两三点灯花时的那一刻，整个身心一下子温暖了，热血开始沸腾上涌——

又回到烟火人间了！又回到心灵大地了！

唯一遗憾的，是赶到县医院前，小周阿姨就已经没有呼吸了，再也无法抢救了。

三

我这一辈子，潜心书画艺术创作，立大志，刻大苦，走得最多的，是没有路的路。没有路的路，一开始，特别平坦，特别顺利，但走到最后，常常是绝路。没有路的路，是一个人一生当中的险途，是胜景。

那滋味，艰辛、惊险、刺激，并且惊喜多多。

比方说，大三那年盛夏去写生，我选择了太行山，选择了王莽岭，为的是观赏王莽岭日出。王莽岭素有"自古太行天上脊"之美誉，位于陵川县城东50公里的晋豫交界处，是山西省晋城市和河南省新乡市的分界山，相传西汉末年刘秀和王莽曾在此安营扎寨、交兵作战。登上王莽岭，俯视中原大地，险峰幻迭、巍峨挺拔、山巅六绝、七台险景、雾凇冰挂、云山幻影，构成了一方神奇的人间仙境。我想，这云海中的奇峰石林恐怕还不是王莽岭的最美。最美最壮观的，应当是王莽岭的日出了！

于是，看王莽岭日出、画一幅大型山水画《王莽岭日出》，成了我的一大夙愿。

但是，王莽岭是险峻的、奇秀的，如果你不是有心计的人，连路也很难找到。读研期间，我曾经四上王莽岭，取景写生，激发灵感，印象最深的，当数1992年的夏天。

那个凌晨，天还没亮，我带上手电筒和一把砍刀，早早就上山了。山路的狭窄程度出乎我的想象，最窄处仅仅容一个人侧身通过，一不小心，就有坠入深谷的危险。我年轻气盛，热血沸腾，一股脑儿地钻了进去，左砍右削，披荆斩棘，一路前行。其间，杂草丛生，荆棘横陈，走一步，砍几刀，便汗流浃背、浑身精湿了。但我依旧狂舞着砍刀，一为吓唬毒蛇，二为开辟小路。不久，便砍到了大峡谷的小溪边，只见这里溪水潺潺，一股股清凉扑面而来，我跳将过去，把小溪当成了上山的小路，一鼓作气爬到了山头。当我爬至王莽岭的观日台，手表上的时间恰恰是5点15分，猛一回头，抚云崖、试胆石、寒武石林、勒马崖、隐仙崖、石库天书、西寨门、天桥、羊肠坂、老猪洞、一线天、东哨台、仙女散花台、抚琴台、弈棋台、点将台、烽火台等景观，全都被我踩在了脚下，果然视野开阔，天地在我胸。放眼东方，美丽的峰峦正沉浸在金鳞一般的云雾中，"千峰万壑争攒聚，云山幻影瞬息变"，眨眼之间，那云雾的颜色又幻化成绚丽的五色、橘红色、红色，如纱如幔，飘游漫舞。终于，一轮红日偷偷探出了半颗脑袋，当红日跳跃过远方的一道山头，一时间霞光万道，群山尽染，大气磅礴。更奇妙的是，伴随着太阳逐渐升高，云海随着气流的变化开始涌动，转瞬间风起云涌，红霞烂漫，远峦近峰全都淹没在烟波浩渺的大海之中，古老而神奇的王莽岭仿佛正轻轻挪动莲步，温情脉脉而来。我一下子惊呆了：好一个王莽岭日出！好一幅《王莽岭日出》的山水画啊！

下山后，我踏访了王莽岭山脚下的锡崖沟，锡崖村由从北向南17个自然村组成，这里虽有美山好水、肥田沃土，但由于被大山阻隔、交通闭塞，依旧长年贫困。从1962年至1991年，全村830口人苦战了30个春秋，终于在头上壁立千仞、脚下万丈深渊的悬崖峭壁上，硬是用钢钎、铁锤凿出了一条7.5公里长的"之"字形"挂壁"公路，谱写了一曲人与大自然抗争的英雄壮歌！

当即，我怀着一股强烈的创作激情，历时4个小时，一连完成了《王莽岭日出》《穿过锡崖村的响水河》《锡崖沟云海》

三幅国画作品。

前后五六年，我多次在太行山的锡崖沟、抱犊村、老龙口、八里沟、郭亮等风景区采风、写生，先后创作出《当代愚公有锡崖，争看东方裸大魂》《周家铺印象》《新绿》《太行春韵》《太行至尊王莽岭》《太行鸣泉》《雨后山色新》《清泉流音》《山高水长》《秋染太行》《太行流诗》《太行风骨》《走过严冬》《暮霭》《暮云升起》《松风半岭有涛声》《吟风一样松》《四季清流》《王莽岭风骨》等大批国画作品。

我的"太行山系列"创作之路，是不是在一条绝路上行走呢？

四

若干年以后，我们簇拥着母亲又回到当年下放的那个小镇，寻访当年的旧居旧人。物是人非、沧海桑田呐，一切都出乎我们的想象：母亲当年的一帮姐妹只剩下一个，卫生所的所长早已作古了，吸烟的那个叔叔也不知道现在何处，我们的旧居已经修建成了一个宽阔的文化广场，广场上一些放风筝的人一边遥望着天空，一边满世界嬉笑着追逐着，似乎都在寻找着什么。

颇费了一番周折，我们终于找到了母亲那个唯一在世的小姐妹家。

　　病床边，母亲把嘴凑近阿姨的耳朵，手指着我说，他，你认不认得？阿姨丝毫没有反应，母亲连续喊了几遍，结果她还是没有任何反应。阿姨的家人说，阿姨十七年前得了一场脑血栓的大病，由于没有及时抢救，从此落下偏瘫、耳聋、失语的后遗症，实在没有办法啊！母亲哭了，哭过以后，母亲依旧指着我跟阿姨说，他，就是当年的那个老小呀，整天跟在你屁股后头讨吃讨喝的"瘦猴子"，现在他已经成了画家了！你高兴不高兴啊？看见母亲那焦急的表情和口型，阿姨疑云重重，不知道母亲在说什么。母亲干脆指着墙上的一幅《开国大典》的年画说，这……你，知道吧？他，就是画画的人，画家……无论母亲怎么表达，阿姨就是听不懂母亲在说什么。但是母亲很有耐心，一遍一遍地重复着，比画着。后来，倒是阿姨的儿子聪明，从里屋拿出了一个装针剂的纸盒子，指着纸盒子上面的一个小图，拿起阿姨的手在纸盒子上比画了比画，最后指指我，无比骄傲地朝我竖了竖大拇指，意思是说，他是我们的骄傲，是大画家！这夸张的神态，把我们都逗笑了。索性，母亲让阿姨的儿子代表阿姨，和母亲进行一问一答。母亲说，当年我们下放没少挨批斗，也没少得到像阿姨这样的好心人的帮助，如今我的儿女都有出息了，想见见你们，可是……你们怎么都死的死、病的病呀？阿姨的儿子也流泪了，说，伯母你别难过，我妈妈她也整天想你们啊，虽然她现在耳朵聋了，不会说话了，但我们做晚辈的心里都知道呀……我们再也听不下去了，一个一个都哭了。

待情绪稍稍平静，阿姨的儿子问我，你是画家？真的是？我没有回答他，只是点了点头。他喃喃自语道，不对啊……画家大部分都是很另类的，要么剃光头，要么留长发，你……不像。我说，怎么不像？我就属于那一小部分。他继续问，那你说说，你画画都去过什么地方？有没有我旅游过的地方多？我反问，你是说国外还是国内？他说，国内有哪些？我说，全国各地我都去过，大都写生过，什么黄山、泰山、太行山、九寨沟、锡崖沟……只见阿姨儿子的眼睛越睁越大，最后，只好认输说，怪不得你是个大画家呢，去的地方真多啊！

要上车回广州了，阿姨全家人怎么也舍不得让我们走，大家哭作一团。母亲说，我已经是七八十岁的人了，但是，我感觉还是当年在这里的时光珍贵、幸福啊！是的，一个人的一生能有多少个十年？一个人的苦难能用多少年来回味呢？

突然，阿姨的儿子跪在母亲跟前说，伯母，我妈妈有罪呀！当年，小周阿姨丢的那三块钱卡在抽屉夹缝里的时候，是我妈妈第一个发现的……但是，她当时，却把钱偷偷藏在了裤兜里。你是知道的，那三块钱真的救了我们一家六口人的命呀……

母亲呆住了，等回过神来，立即给了阿姨的儿子几个响亮的耳光。

母亲哭着指着阿姨对他说，这顿打，算是你替你妈妈挨的！

阿姨的儿子说，伯母，我知道你恨我妈妈……我妈妈她这辈子就犯了这么一个大错……

母亲质问，就三块钱……你妈妈，就……把人给逼上了绝路啊。

春寒，彻骨的寒。

一路上，我们不知道，我们的泪水是什么时候被吹干的，谁也没有说话。我想，在我们一生当中，爱，必须爱，所以爱，其实是一条无限绵长的路。这让我想起一个故事，在古罗马时期，一个老基督教徒在临终之际，把这样一段文字铭刻在教堂门口的石碑上："当我们伸手把一片面包递出去的时候，我们要在心里祈求上帝给我们加倍的爱，使接受者能够原谅我们向他伸出去的手。"爱生万物，当我们用脚步丈量着路，路显现出一种智慧，我们一个一个急匆匆上路，原本，一个人的一生都是一条路，一条路的一生都铭刻着一个座右铭。

苍茫人世间，我们多么像母亲额头上的一条条皱纹啊，多么细密、多么苍凉啊！

皱纹也就是小路，是一个个从春天出发的灵魂，是命。

时间的同一个源头

一

我平生画花无数，且收获天地之间它们的一些香气，一些美，我想谈谈有关莲花的美的话题。

比方说，在我的面前有一张画案，一片宣纸，一碟五彩，一支笔，绘画之前，我首先把自己想象成一朵充满灵性的莲花，半开半闭，半梦半醒，就像等待爱情一样发呆，就像在等你。这细节，发展下去应该是这样的：画她的美丽轮廓，画她多愁善感的样子，画她小心翼翼的呼吸，画她的唇，画她的眉眼，究竟是五六片还是七八片？笑成了一条直线还是笑成了一道波浪？是的，就是这种小感觉，不一定非要别人看清楚，或者干脆让他们什么也看不见，但只要你自己看清楚她才行，才好继续你的下一笔。我想这下一笔，不再是画她的骨架，而是画她白里透红的皮肤、皮肤颜色的变化、变化时的自然法度，半个春天过去了，一整个夏天过去了，然后是秋天、冬天，一个人啊，每天每夜工笔，一点点在宣纸上还原她圣洁的美、高远的美，这美，千年一瞥，惊心动魄。

画完了一朵，是下一朵，直到把盛景里的莲花一朵朵画尽。后来，才想起那些荷叶儿，才捡起那些大如雨伞的荷叶儿慌张着画，很乱，没了章法，但心事还是有次序地保留了的，如同在狂风骤雨里以荷叶翠盖的元人王冕，小小年龄反成画痴，这"王冕画荷"的传说，妇孺皆知，代代流传，不也成就了中国古代美术史上的一段佳话吗？荷叶儿太过嚣张、霸道，和画莲花相比，应该是朝张扬里画，朝狂野里画，一片比一片墨绿，一片比一片墨，绿到极致的那种墨，水墨的墨，怕是这盛世的主打色了。盛世盛景里，这莲花、这荷叶儿是画不尽的。

比方说，南唐的一个花鸟画大家，叫徐熙，自诩为一朵性情放达、志节清高的莲花，单就《宣和画谱》所记录下来的徐熙的画迹，竟有259件之多，开创了隋唐五代时期"水墨淡粉"的画风。从绘画史上看，画中国花鸟，已有七千多年，比画人物、山水都早。乃至魏晋南北朝时期，才出现了擅长花鸟的画家，至唐代，花鸟画才逐渐形成独立画科。我在《中国隋唐五代艺术史》一书"花鸟画"部分，曾经就徐熙独创的"落墨"画法有过单独的小节论述，每每画花，他是先用墨写出枝、叶、蕊、萼,然后在某些部位略加一些色彩,便神气突出、意趣生动了。说徐熙"以墨笔为之,殊草草,略施丹粉而已"(沈括《梦溪笔谈》一书),又说徐熙"却因梅雨丹青暗,洗出徐熙落墨花"(苏东坡《杏花图》一诗),大都是后人一千多年来对徐熙画花的一种肯定。爱花画花之辈,不止徐熙一人。比方说我,喜山野池塘的莲花,喜湖天一色的莲花,喜静静午睡的莲花,更喜子夜妖娆的莲花,这些无不受益于他。一次次游历,一次次画她,不想,老没有那感觉,找不对那感觉,毁了重新画,再毁,再画,痛苦万状,如此反复。

再比方说,忽然一个下午,就想,"我,倘若有一天画莲花了,我当怎样才能做到意出古人之外呢?"想,"倘若我不仅仅是一朵莲花,倘若我被别的一些事物替代了,我,还会不会是一朵圣洁的莲花呢?"又想,"倘若不让我画莲花,我当怎样?"

就不敢往下想了。

就紧闭上双眼了。

就听见茶几上电话铃声大作。

"陈奕纯老师,你好!明年是澳门回归十周年,人民大会堂正在征集澳门厅主画,你能不能送稿参选?"电话里,北京人民大会堂管理局的一位领导急切地问。

"好!"我很兴奋。

"你打算画什么?"他的声音里分明有一种更大的急切。

"工笔莲花。"我脱口而出。

"好!莲花是澳门特别行政区的区花,代表了中华民族盛世和谐、美丽圣洁的今天,画莲花太好了!"他接着问,"你到底有没有把握?"

"有!"

"我现在要的就是你这一个字!"

二

2008年4月18日上午,北京,第三届海内外华语文学创作笔会颁奖仪式现场。

10点29分,我突然接到北京人民大会堂管理局的一个电话:"陈奕纯老师,你好!祝贺你的作品《盛世之歌》获得了评审团的全票,将成为澳门厅的主画!"

"谢谢!谢谢!"我万分兴奋,但在会场,又不得不压低声音说。

返回广州之后,我一连四五天,吃饭不顾,睡觉不顾,什么都干不了,一心想着该如何画好我们亭亭玉立的盛世莲花,满脑子都是"新澳门""新莲花"这些字眼儿,整个人简直疯掉了似的。

我要把《盛世之歌》画成一幅至少500平方尺面积的大型工笔画，一幅要成为人民大会堂目前最大的工笔画，要天下最大！

可是，我不禁为自己这样的冒险之举担忧：工笔画本身就是对画家本人的毅力、体力、创造力的综合考验，尤其是体力这一关，很多画家心有余而力不足，结果半途而废。我如果画这么大的工笔画，能行吗？万一，失败了怎么办？然而转念一想：没有冒险精神，哪来他日的成功！更何况，我的体力超级牛，不怕不怕！

21天后的中午，我三易画稿，携稿北上。

当晚7点05分，北京人民大会堂澳门厅，我按捺不住内心汹涌澎湃的喜悦，把《盛世之歌》小样第三稿一层层打开。一刹那，宛如盛世莲花怒放的一刹那——大家都惊呆了。

是的，她太美了！

仿佛看见1999年12月20日0点0分，离散了442年后的澳门，20世纪中华民族的最后一个女儿，终于回家了。

看着看着，我们集体泪奔了。

这是盛世国强之威啊！

三

澳门回归十周年庆典的时间在一天天逼近。

第一稿，第二稿，第三稿，第四稿……

夏天过完了，秋天过完了，冬天过完了，一眨眼，就是2009年的春天了……

世界消失了，俗事消失了，一切的一切全都消失了。每天每天，我闭门作画，基本上只睡两三个小时，打破了作息时间，画到有些关键位置，甚至七天没离开画室一步。这幅画，由九大张泾县特制宣纸拼接的，600多平方尺大。夏天，为防止汗水滴到宣纸上破坏画面，每次创作前，我都要包裹一身棉布，蹲趴在偌大的宣纸上勾画；到了冬天，作画时我不敢穿太厚的衣服防寒，担心把宣纸起皱磨破。我决心倾尽全力，画好《盛世之歌》，以一个普通中国人的方式来庆祝澳门回归十周年。是啊，一部中华民族近代史血泪斑斑，百年屈辱，任人宰割，一次次被迫签订不平等条约，一次次眼含屈辱被迫向外国列强割地赔款，怎不令人愤怒！澳门，就这样被小小的葡萄牙逐步侵占，侵占时间长达442年。自古以来，国弱民弱，落后就要挨打，又怎不令人无奈！每每想起这些，我的心都在滴血，于是后来，就在画面上勾画出几抹薄薄的雾，缭绕在万千朵莲花间，诗化地表达了人的一生当中可能要遭遇许多风雨坎坷。

但风雨总会过去的，日出东方，盛世来临，一朵朵莲花显得分外美丽芳香，这香气，飘越万里，一枕千年……所以，每每落墨之间就想，回归十年后的澳门，难道不正像一朵悄悄打开的美丽的莲花吗？

绘制画卷中心位置时，我感慨万千，为今天的澳门而欣慰：1999年12月20日，澳门特别行政区在"一国两制"的政策下，享有"澳人治澳、高度自治"的权力；2001年，澳门立法会正式通过了《娱乐场幸运博彩经营法律制度》（俗称"博彩法"），为澳门的"开放赌权"提供了法律依据；2003年7月，内地多个城市陆续实施居民赴澳门自由行；2003年10月17日，中央政府与澳门特别行政区政府签署《内地与澳门关于建立更紧密经贸关系的安排》，直至2009年5月，中央有关部门和澳门陆续签署六项《关于建立更紧密经贸关系的安排》（CEPA）补充协议；2004年12月19日，国家主席胡锦涛亲莅澳门，出席澳门回归祖国五周年庆祝大会暨特区第二届政府主要官员就职典礼，并为投资5.6亿澳门元的澳门西湾大桥（澳氹第三大桥）落成纪念碑揭幕；2008年年底，港珠澳大桥澳门落脚点设计及各项研究完成，大桥采用桥隧结合的方案，主体长29.6千米，位于澳门的登陆点选定在澳门东方明珠；2009年年初，国务院总理温家宝强调，港珠澳大桥将在2009年内开工……报章上这些林林总总的新闻告诉我：回归十年，澳门正在用前所未有的热情创造出一个个奇迹，成为"亚洲经济四小龙"之一！难怪，有诗《人民大会堂澳门厅颂》曰：

> 历变沧桑四百年，思亲情切众心坚。
> 和风霭润莲花丽，祖国关怀镜海妍。
> 幸藉会堂偿夙愿，喜同各族庆团圆。
> 欣期九九回归日，大业赓歌一统篇。

我不舍日夜。

超负荷的创作，使我忘记了疲惫，更没有想到有一天，病魔竟然会悄悄盯上我。

四

2009年2月6日，牛年正月十二，是我的生日。虽然几天前，许多亲朋好友就不断打电话约我，打算热热闹闹给我过生日，但我想到人民大会堂澳门厅主画创作任务这么急，后来还是一一婉言谢绝了，继续回画室埋头创作《盛世之歌》。这样，从6日的早上到7日的中午，我连续画了29个小时，下楼之际，我累得连走路的力气都没有了。

此刻，这幅600多平方尺的大型工笔画，只剩下大约12平方尺的面积没有画完,胜利近在眼前!

下午2点26分,午饭后,我如释重负般坐下来喝茶,感觉到整个人特别累,全身无力,木麻,不自在,老以为有点感冒,就打电话给私人医生,托他买些感冒药过来。傍晚4点10分,医生拿药过来,我服完感冒药后,送走他,就倒头睡了。

2月8日早上5点57分,一觉睡到天光大亮,挣扎着起床,身子异常僵直,再挣扎,从50厘米高的床上一骨碌掉在地上,整个身体贴在冰凉彻骨的大理石地板上,想站起来,却怎么也站不起来,而且从胸口到下体一点知觉都没有,双脚不会走路了。我急需小便,想扶着床沿站起来,然后扶着墙走,拼命努力了很久,但一步也走不了。怎么办?我只好从卧室爬向卫生间,不料,爬一步,"咚"地一下摔倒,再爬一步,还是"咚"地一下摔倒,等艰难地爬到卫生间时,我连自己摔倒过多少次都记不清了,疼痛一阵阵袭来。更加糟糕的,我竟然尿不出来,任凭怎么努力,一点都没有用,莫非我真的是得了什么大病?慌里慌张之间,拨打了七八个手机后,我就昏了过去。

闻讯赶来的,是助理小严,还有其他几个好友。临走的时候,我有一种好像要出远门的不祥预感,怕是躲不过这一劫了,就瞥了一下书桌上的两袋资料:一是《盛世之歌》的画稿小样和创作笔记,二是有关散文的书和杂志。我想让他们替我带上，不想连说话的力气都没有，只好用手指了指，小严会意了，帮我拿上了这两袋资料。与此同时，东北大汉小杨身高力大，背起我就往外边跑，坐电梯，出小区，打的，去广东省人民医院协和医院……一路上几乎都是小跑，我越来越后怕，一句话都说不出来了，我会不会回不了家了？

医院诊断是：急性脊髓炎。

从胸口以下身体部位完全失去知觉，需要立刻做腰穿手术！

紧接下来的每一天，是吃中药、西药，打激素针，做针灸电疗、按摩……我很灰心，很失望，恨自己为什么在这么关键时刻掉链子？我问主治医生："得住多久？"医生对我说："保守地讲，至少需要两三个月时间。而且由于使用激素药，人会渐渐浮肿，整天昏昏沉沉，极为消极颓废。得了这么严重的病，肯定会留下什么后遗症的！"医生后面的话，我一句也没有听进去。看来，我的病不是一般的严重啊！可是，我的澳门厅主画《盛世之歌》完不成怎么办？——我突然打了一个激灵，我不能倒下！如果我倒下了，《盛世之歌》岂不成了我今生今世的憾事？我画画还有什么意义？——我必须振作起来！

人的精神状态好了，一切都变好了。

病中的第12天，医生拆除了我身上的导尿管，我能下床了，能上卫生间方便了！之前，我是一个整天躺在病床上、大小便都不能自理的重症患者。

  3月8日，我感觉身体恢复得差不多了，加上整天想着《盛世之歌》的重大创作任务，就吵吵着要出院。但无论我怎么吵，医生就是不同意，说再观察一段时间，等我的身体完全康复了，那时候再考虑出院也不迟。医生说得有理有据，我实在没有理由不答应她。

  这样，就一直住到了3月23日。上午10点30分，我在办理出院手续时，医生看着康复如初的我说："没想到你的身体恢复得这么快！这么好！简直是——奇迹！"我笑呵呵地说："我是变形金刚之身啊！"医生忽又严肃道："即使出院了，你也要注意身体，千万不能加班熬夜啊！而且今后一段，你每天必须打两个小时的激素针，身体才会无大碍……"我说"好好好"，其实我的心，早已飞到我久违的画室里去了。

  大病一场，加上药物的副作用，导致我患上了高血压、落下了眼疾，让我深刻体会到"身体是革命的本钱"这个道理，更收获了"艺术创作比人生更痛苦"的感悟。这痛苦，一刻也没有停止飞翔，因为我知道，一旦这种痛苦消失了，我的《盛世之歌》的艺术创作也就死亡了。

  还有什么比死亡更可怕的事情呢？

五

　　我想，有三个时间是流入我蓝色的血管里的——

　　2009年3月27日，我创作的大型工笔画《盛世之歌》顺利运至北京人民大会堂。

　　2009年6月26日，我创作的大型工笔画《盛世之歌》作为主画（裁剪后，成品为569平方尺），正式悬挂在北京人民大会堂澳门厅，以此向澳门回归十周年隆重献礼。

　　2009年7月18日，北京人民大会堂管理局的刘水生局长，亲自给我颁发了"人民大会堂收藏证书"。

　　时间的同一个源头，是一朵朵盛世莲花簇拥着的澳门。

　　恍惚间，我变成了其中的一朵……

月下狗声

月下狗声

　　山月照得累了,河水不响,风也不响,大山的影子鬼鬼祟祟就出来了。

　　就看见了影子。

　　就看见了山月下的门,"吱扭"一下,亮出一道缝,把一团红彤彤的颜色漏泻开来,是墨,非墨,红和墨晕染成了夜,四下里乱爬,如蛇,如蚯蚓,还有它们狡猾的呻吟声,在小镇上不知不觉地重复播放着。也就几秒钟,一条影子从门缝里蹿出来,"呵哧呵哧"的,肚皮贴着地皮,一股烟似的刮了出去,逃遁在小巷外的月下,辨不清是黑还是白,就没影了。秋凉天阔了,看那山月,看出了皎白,看出了莲花,看出了一幅幅山水流转的中国水墨画,竟然,是大雪纷飞时的一丝静。

　　影子停下了,一条腿就那么斜斜的,愣怔了一会儿,看了看东西南北，选了西。我们都不记得影子的名字，影子本不需要名字的，影子就是影子，是黄河里的月亮，一晃，一道一道的，全都变成了波纹。是活在老虎身后的狐狸，就像做贼，踩着人家的脚印一寸一寸地走，生怕在雪地里乱了章法，贼眉鼠眼，收腹提臀，小蛮腰，猫步，像是在走独木桥，整个儿打忽悠。的确，影子走了不远，就看见了另外的一大片脚印，错乱，重叠，反衬出一片银光，影子望望这雪地，发现雪地的一条弯弯曲曲的线痕，很淑女地拿鼻子嗅了嗅，一下就嗅出是谁了，贼兴奋，看看左，看看右，想叫对方的名字，却有些害羞，只好半叫半羞着小跑，有目标、却没有方向地朝前跑。雪下大了，被子似的披在影子的身上，不得劲儿，影子就停下步子，狠狠抖了抖，被子就没有了，再抻一下细细的身子，抬起后面的一条腿，热热的，也尿出了一条线痕，贼舒坦，舒坦得想笑。影子就笑着小跑，笑着跑着，一直向西，也不管什么下雪不下雪了，也不管什么山路好走不好走了，就这样，一个劲儿地跑呀跑，突然，影子就不跑了，再也不跑了，打死她都不跑了。

影子的不远处，站着另一个影子，斯斯文文的，贼清高，像李白，影子叫他秀才。

影子说了声："汪。"

秀才答了句："汪。"

影子腻歪着秀才的身子，咬了一下右耳朵，咬了一下左耳朵，又咬了一下秀才的屁股，一直那么轻唤着。秀才很不安分，心痒痒得厉害，一直"汪汪"地答应着。"汪"是爱称，像保险箱被加了密，意思是"亲爱的"。直到，直到山那边传来了熟悉的一个字——"汪"，两个影子方才停止所有的小动作，吃惊地望着山那边。"汪"是一个人，但那个人，不是主人，不知道他或者她是"谁"。到底，是谁还在月亮下面叫呢？

就看见影子小跑下去了，坡下，岭上，下下上上，上上下下，影子内心汹涌着一股股说不清的冲动，她不知道自己小跑下去的目的是什么，也许什么都不是，但她就是想一直这么跑下去。秀才迟疑了一会儿，看见了前面的影子，也情不自禁地跑下去了。不同的是，影子小跑，秀才大跑，是那种甩开大步的样子跑，奔了声音的源头。

就看见两个影子一前一后在山路上移动，就看见雪花把他们俩的身子染白，就看见脚印和脚印纠缠一处，诞生消失，消失诞生，一条线一条线地迅速消失。

月下出差

秀才的主人叫陈八成。

就说说陈八成出差的事情吧。陈八成喜欢晚上偷东西,喜欢把偷叫"出差",而且他一出差,就是十几年。所以,但凡第二天一早看见陈八成大眼笑成小眼的时候,村人都会这样说:"哼哼,这个二流子,八成又去出差了!"

这一晚,秀才和影子在村口分了手,影子回陈子善家,秀才回陈八成家。

秀才是熟门熟路进了巷子,进了院门,刚要拿前腿扒门的时候,不想,脑瓜子被一只破军鞋踢了一下,就听见陈八成在骂:"滚!"按照以往惯例,秀才立马闪到了一边。陈八成正穿戴整齐了呢,精神头正足着呢,秀才猜想,陈八成看来要出差了呢!

"秀才,想不想明天跟着你陈爷爷我吃香的喝辣的?"陈八成蹲下身来,得意扬扬地这么问秀才。陈八成光棍一根,没有一个亲人,秀才就是他的亲人,有时候当他的儿子,有时候当他的孙子,有时候什么都不是。

"汪!汪!"秀才说。其实陈八成知道问也白问。

"汪你奶奶那个头!"陈八成又踢了秀才一脚道。

秀才很委屈地叫着跑了,远远躲着陈八成。

出了院门,陈八成屏住呼吸,脚步就放轻了,放快了,鞋底抹了油似的,一溜烟飞快。跑到最后,你根本听不见一点人的脚步声、喘息声、甩手甩脚声。

这时刻，山月藏起来了，大地一片混沌，雪花也在一群群地走路，雪花齐刷刷的脚步声超过了人，这样，你更听不见了。大街直直的，好走。小巷子岔多，难拐，容易添一些动静。陈八成不怕，偌大的一个陈家坪，只不过是他脑子里一张巴掌大的地图，谁谁家的院门、正屋、侧屋的格局，他都摸得贼清楚，别看他眼睛小，眼睛小聪明，胆大，不是当官，就是做贼，爱极端。贼的眼睛不光长在鼻子上面，而且还有一对眼睛，长在脑袋瓜子后面，也就是说，贼干活时，一般都留一手。

这叫"后眼睛"。

说归说，陈八成可没有后眼睛，秀才就是他的后眼睛。每一次出差，秀才都在场，秀才从头到尾都假装哑巴。

偏偏这一晚，陈八成去了陈子善家，目标是偷鸡。

山村的鸡，半野不野，白天满山跑，夜晚上树睡觉，斤两足。陈子善家的鸡更多，一下子养了二十几只，清一色的红，而且公少母多，一下蛋，乱叫唤，惹人眼馋呐。这时候正是冬天，鸡已经是三年的鸡了，只只五六斤，再不动手就晚了。陈八成一想到这里，心脏就一个劲地跳呀跳，贼厉害，再跳，恐怕要跳出胸脯之外了。他使劲咽了一口唾沫，静了静心气，方才摸到陈子善家的东边，一手搭着墙头，一提气，约莫大半个人高的墙头就翻过来了，眼神定了定，才辨清楚个东南西北，东南方是陈子善家的正屋，西北方的树上卧着公鸡母鸡，正想着呢，一道影子叫都不叫，就恶狼似的扑了过来，"哎呀不好，陈子善家有……"陈八成两眼一闭，心说完了完了。

老半天了，竟然没有什么动静，一睁眼，两个白影子正在摇着尾巴纠缠着，想好事呢。

是秀才解的围。

不能久留，趁两个白影子还没有叫。

鸡是不能偷了。那就，办理办理别的业务吧。

陈八成摸到了侧屋的一间，摸到了柴火垛，摸到了灶台，摸到了水缸和水瓢，摸到了乱七八糟的洋瓷碗和盘子，最后的最后，两手才向下摸，一路下去，都是他不感兴趣的，唯一感兴趣的，是一个十五六斤重的大冬瓜。怎么办？这个大冬瓜到底要不要？要吧，太重；不要吧，出差无所收获，心不甘……干脆，要了它算了。

等陈八成抱着大冬瓜摸回到墙头边，一下子傻了眼，这么高的墙头怎么翻呀？陈八成正乱乱的呢，秀才丢开影子，一溜烟儿也追到墙头边上，时不时拿脑袋蹭他的裤腿，乱上添乱，心里就越发烦躁了，拿脚踢了一下秀才，只是这次，他没敢骂出那个"滚"字来。秀才也挺识趣，这次，居然没有叫，悻悻退回到院门的方向。

活该陈八成这小子走狗屎运！关键时刻，是影子拿脑袋一下下蹭掉了反顶住院门的那根木棍，秀才拿前腿一点点拨开了大门，又是秀才拿嘴咬着陈八成的裤腿扯到院门口，示意他赶快脱身。陈八成惊讶地看见，那根顶门口的木棍，足足有碗口一样粗。

出了院门，陈八成放下怀里的大冬瓜，起身把陈子善家的两扇院门轻轻地合上了。

出了院门，陈八成走路时就不再是鞋底抹油的样子了，就不再怕秀才叫不叫了，有几次，他反而故意拿脚踢踢秀才，逗他叫，逗他朝前小跑呢。

出了院门，就是小巷子，就是陈家坪的大街，最后，就是他陈八成自己的家了。

把大冬瓜放在案板上，削皮儿，洗了洗，然后对准大冬瓜的将军肚，"咔嚓"，就是一刀，一股刺鼻的臭烘烘的气浪铺天盖地袭来——

细细看了看，刀落处，是一摊是屎非屎的东西。

谁干的？怒不可遏中，陈八成踢飞了一只塑料碗。

谁干的？这个问题，秀才也想问问影子。

月下瓜地

月亮的一根根白胡子，是陈子善家的冬瓜秧。

想一想八九月里,陈子善是多么的风光啊。除了养二十几只鸡,他还有一块五亩大小的山地,全都种上了冬瓜,两三场雨过后,冬瓜们好像比赛似的,满地里乱爬,一个比一个大,从大约指甲盖似的说起,到长得宛如石磙那么大,体重至少二十来斤,甚至有个别的重二三十斤,白嫩嫩的,圆滚滚的,再仔细一瞧,简直就是一头头褪了毛的过年猪。一斤能卖两分钱,这么大一块山地里的冬瓜得值多少钱哪!这小日子,眼馋死人啊。陈子善越来越得意了,以至于得意忘形,一忘形,说话就没轻没重、没先没后了,就不知道王二哥贵姓了,更何况,他陈子善还不是王二哥那么大的腕儿呢!

在陈家坪,大家都穷没事,因为大家都会一个个穷横!穷到横行无阻,天王老子都不怕!大家都富也没事,可关键是,这种情况不可能有!关键的关键,是只有陈子善家和村支书家富,能吃香的喝辣的,大部分人家还在眼馋呢。你想想,他陈子善家的日子会好多久?

第一个向陈子善借钱的,是陈子善的堂叔,当时陈子善家刚刚卖了头茬的冬瓜,满满29车,一下子卖了一百多块钱,堂叔家准备给儿子定亲下彩礼,打算腊月里把儿媳妇娶进门。陈子善卖冬瓜发大财的事全村人都知道,所以堂叔狮子大张口,想借90块钱,相当于这茬收成的三分之二,堂叔还想把借的钱一次花掉,从明年起的4年当中,可以分6次还,可见,堂叔这如意算盘还是贼精贼精的！不料，堂叔借的90块钱却被陈子善除以6，得出了15块钱，也就是说，陈子善只借给堂叔15块钱。陈子善的理由很简单，当年借次年还，借多少还多少，最好都是一次性的，如果借的多了对方还不起，等于自己吃了亏，赔本的买卖绝不能干！钱借到了，堂叔却弄了一肚子的气，当面也不敢发作，只好背地里发牢骚，骂陈子善一心钻到钱眼里，连一个老祖宗的情分都没了。这些话，拐弯抹角就传到了陈子善的耳朵里，心里凉了半截，但钱已经借出去了，收也得等到明年了，只好自认倒霉。等到第二个乃至第若干个亲戚再借钱时，陈子善干脆当了"恶人"，不管是谁，一口拒绝，彻彻底底的"恶人"，他想，不就是不借给他们钱吗？有钱不借不算作恶，全中国有钱不借的人多了去了，说到底，总不能老拿有钱人开刀不是！

陈子善想得太天真了，他不知道，那些鸡人看他时，已经由"眼馋"过渡到"仇富"。

所以，就有了第一起地边纠纷，起因是陈子善家的冬瓜秧长到了邻居陈桂生家的玉米地里。冬瓜无错，人有错。换换别人，这纠纷根本就不算事，笑笑也就过去了。可轮到他陈子善就不一样了，陈桂生就要和他理论理论，杀杀他陈子善家的威风。他不就是有几个臭钱吗？那好，就让他出点"血"，看他知不知道疼！这一下，陈子善彻底变成了一个孙子，对陈桂生又是点头哈腰,又是递烟送酒,陈桂生就是整天拉长了一张驴脸,一言不发。实在没有办法了,陈子善想到了堂叔,托堂叔向陈桂生求情。堂叔说,这个忙,不好帮啊!话里话外,都是一个意思:你陈子善不能让我白忙乎吧?陈子善拖着一副哭腔说,叔,我的亲叔哎,你不帮我的忙帮谁哩?谁叫你是我的亲叔呢?堂叔摆摆头说,算了吧,花上个十块八块的请请客,大家都是一笔写不出来两个"陈"字,抬头不见低头见的,何必伤和气?陈子善心说,到底是谁一个劲儿地伤和气呀?但,表面仍旧还得当孙子样儿。有了堂叔的周旋,事情渐渐就不再算是个事情了。

所以,就有了和陈富来家的第二起地边纠纷,和陈钟祥家的第三起地边纠纷,和陈美丽家的第四起地边纠纷……说到罪魁祸首,都是陈子善家的冬瓜秧。看起来,单单是陈桂生一家也不能说明什么;但现在是陈富来、陈钟祥、陈美丽三家加在一起,找你陈子善的麻烦了,这个时候,你陈子善就应该认真想想了。世上的大事情小事情,都是有头有尾的,好比你面前有一个气球,越吹越大,大到不能再大了,"嘭",就爆炸了!

所以,就有了一个月下之夜,一个8岁的山里娃拿着一把竹篾子刀,潜伏进陈子善家的冬瓜地里,挑了一个十五斤重的冬瓜,拿刀子切开了那冬瓜,取出一小部分瓜瓤儿,然后对准瓜里空空的那部分，撅起小屁股，拉了一摊屎，最后，再严丝合缝地将那冬瓜合上，刀口处，涂上一层薄薄的、稀稀的泥巴。

所以，就有了这年冬天这一晚，陈八成出差回家，糊里糊涂的，就切开了那个冬瓜。

所以，有些仇不能结，有些恨不能留，谁也不知道这些仇恨会在哪里落地生花。

月下三个影子

大雪一样的月光漫卷开来，只剩下了一种白。

月光把全世界的山川都藏了起来，把全世界的江河都藏了起来，把大大小小的村落、山寨、沟壑都藏了起来，把星星点点的人畜、飞鸟、山林都藏了起来，独独留下了路，一条向上爬行着的山路。雪花不紧不慢，一朵两朵十几朵，落在山梁梁上、鼻尖尖上。两个影子才不管这些呢，天不怕，地不怕，除了亲密，还是亲密，爱情的细节在一丝丝燃烧、融化。

一道道山，一道道岭……越跑越多的一个个阿拉伯数字。

直到两个影子的脚步越来越沉重了，直到谁也数不清了，就不跑了。彼此望望山那边，彼此望望彼此，再也不跑了。第三个影子，也许，根本就不曾存在过。也许原本，声音就是一个谋杀你自己的凶手。

就听见突然地,山那边又响起了一个字:"汪!"
是第三个影子!

两个影子你望望我、我望望你,再就是一起朝山那边望望,眼神疲倦,疲惫,一副很知道天高地厚的样子。原来,雪那么远,第三个影子那么远,远得一塌糊涂。秀才和影子又跑到原来的地方,对着山那边叫,长一阵、短一阵地叫。他们很像自己的祖先,一只狼。

山月里,第三个影子也在叫。

三个影子,一起把西天的山月叫落了,就剩下一片天籁了。

天籁,轻轻托起了一片大地。

多么像我和你的这个世界啊。

多想再去看看你

从南方起程北上，从首都机场起飞，走过华北平原，穿越秦岭山脉，山一程，水一程，疲惫中我们抵达大巴山深处的古老班城。

于朦胧中清醒，举目观望，眼前，巍巍滴翠的青山，白云飘绕，山山相对，如遥遥相望的两道硕大屏风霍地敞开一道门扇，一条浩荡的河流穿城而过，青山下、碧水边，一座别样美丽的山城，如梦幻般展现在我面前。

苗乡广场电子荧屏上游走着大红字幕：红军之乡、苗民之乡、民歌之乡……陕西镇巴欢迎你！

倏地，我的心一震，精神一下亢奋起来！陕西，陕西，我来到了红色圣地，我的双脚已经踏在一片神奇的土地上，这里是蓄藏革命星火的圣地，这里是孕育红色政权的摇篮！

拜谒革命烈士纪念塔。

观览革命历史陈列馆。

漫步红军园。

我的双脚慢慢地、小心翼翼地抚摸着这里的每一寸土地。这里的一山一水，一草一木，一沙一石，都掩藏着故事，我在虔敬地倾听，我在仔细地探寻……

终于，我看到了几块这样的石头，薄薄的灰黑色的、缺边少角的残旧的石片片，这上边刻着一行行的大字，那字深深地刻进坚硬的石头：

> 三送红军上大道，锣儿无声鼓不敲，双双拉着茧巴手，心像黄连脸在笑，红军啊！万般离愁怎个消……
>
> 五送红军上了坡，大雁阵阵空中过，大雁能捎书和信，飞到天涯和海角，红军啊！捎信多把"革命"说……
>
> 六送红军兔儿岩，两只白兔哭哀哀，禽兽也能通人性，血肉感情抛不开，红军啊！鱼水永远在一块……

这一个个字，如万千鼓槌，敲击着我的心扉，我周身的血液就如陈年老酒迸入了火花，热烈地燃烧起来……《十送红军》是我最喜爱的歌曲，我常常在苍茫的大夜，在写作、画画累极了的时候，就坐在案边，闭上眼睛听《十送红军》。

我曾经千百次探问，这《十送红军》的歌词，来源何处，出自哪位天才大师之手，这带血带泪的歌儿，让人每听动容，百听不厌。却原来它在这里，在这大巴山的深处，它不是出自某位行家大腕之手，它在半个世纪前就在那风雨如磐的岁月里萌生了，它来自红色根据地巴山万千父老的心，它字字句句溢荡着巴山父老对红军海一般的深情，这石片上的文字……是流着泪的眼、是打着厚茧的皲裂的手，一刀一刀刻进石头的吧！我习书作画三四十年，千朝万代的碑帖墨宝观览无数，可这石片片上的朴素文字，是我看到的最为宝贵的石刻，我颤抖的指尖在那一道道的刻痕间轻触，而后，万分珍重地把它们摄入镜头……

我来自心底的感动，让陪同的当地朋友也分外激动，他们动情地对我说："走，我们一定带你去看看……"

去看什么？难道还有比这石刻，更让人感动的吗？

他们不说什么，也不解释什么，似乎没有办法说，就是拉我走。

"能够步行吗？"

"不能够的，有一段路呢。"

于是，我们上了车。

车出镇巴县城。往南，穿越赤南大桥，沿着河边的大路往前走，路两边是富裕了的农家建起的漂亮小楼，一栋挨着一栋，家家门前绿树掩映，花开正妍，歌声说笑声不时从院子里飞出，河边片片连连的油菜花，如一卷卷泼彩挥毫的巨幅油画，远处，那悬挂在半山腰上的道道细瘦的梯田，又如精工细描的工笔画，真是美不胜收！

车行将近一个小时，来到一座圆圆的土山前。我们下车，沿着路旁森森绿树拾级而上，走至半山腰，忽见"川陕省陕南苏维埃政府旧址"和"川陕省陕南县苏维埃遗址"两块简陋的石碑。

苏维埃？对，苏维埃！这曾在课本上见到的字眼，那么神圣！那么遥远！原来，它的遗迹就在这里，在大巴山深处的一个小山上。此时，我似乎隐约知晓，人们为什么那么激动地带我来这里的因由了……

走上山顶，主峰的四周，参天古柏迎风摇曳，就在古树围拥中，几间屋宇赫然耸立，斑驳的红墙青瓦上结满了历史的古朴与凝重，门牌上标：苏维埃政府遗址青鹤观。

据说很久以前，先人在这山梁上修建了一座道观，四周柏树苍幽，葱葱郁郁，引来一对青鹤栖于树上，翘首东望，寓有"吉祥"之意，故而得名"青鹤观"。

这里曾是中共陕南县委、陕南县苏维埃政府、中共陕南县保卫局、红十二师政治部等机关的驻地。穿越时空，回望当年，这里聚集着中华民族的优秀儿女，他们在这里经受过血与火的考验。

1934年，红军主力开赴前线反击四川军阀围剿，11月8日凌晨，镇巴县保安团纠集千余名反动武装分子，包围了只留有百余名游击队员和机关干部的中共陕南县委和县苏维埃政府机关驻地青鹤观。在敌众我寡的严峻形势下，县委、县苏维埃动员一切力量，于青鹤观山上筑设刺城、木城、土城三道防线。仅凭数支步枪和少许手榴弹以及刀矛坚守阵地数日，打退了千余名敌人的多次进攻，最后敌人火烧青鹤观。县委书记潘天成决定烧毁文件，带领幸存的同志们突围。大部分同志从青鹤观东岩崖滚落下去，钻过刺林突围。宣传部部长陈文先和赤化区委书记陈忠瑞等同志为掩护群众壮烈牺牲。等红军闻讯赶到时，敌人已将青鹤观扫荡一空，仓皇逃窜。县里的干部掩埋了烈士遗体，离开了青鹤观，领导群众继续在钟家岭、盐场一带开展活动。其后红军组织县、区游击队继续反击，频频获胜，保卫了陕南县的大部分苏区，一直坚持到1935年2月红军撤离镇巴。当时流传在陕西省镇巴县的一首红色歌谣，记录了镇巴著名的爱国主义教育基地、苏维埃政府遗址——青鹤观的战斗历程。

　　红军到了青鹤观，吓得饶匪缩成团。
　　宝瓶山梁枪声响，渔渡盐场红了天。
　　……

站在青鹤观，环顾四周，苍茫旷野里没有一座缅怀英灵的祠厅殿堂，没有一记碑文石刻，唯有古柏苍松岿然不动，静默无言。我试图拨开杂乱的草木砾石，寻找那些为共和国诞生而献出生命的烈士们的英魂栖息之处，寻找那些用年轻的生命与沸腾的热血种下的信仰，我行走着、寻找着，草地上有一些微微隆起的小土包，大地无声，草木簌簌，那似乎是长眠在这里的英灵，铿锵的脚步，嘹亮的军歌，似乎在向人们倾诉发生在这里的那一段悲壮历史……思绪交错间，耳边仿佛听到红军当年高亢激越的歌声在钟家岭，在庞家院，在青鹤观山顶，不断地回响……

我心潮激荡，犹如黄河壶口瀑布的涛声在心头旋响，青鹤观，它几经风雨，历尽沧桑。遥想当年，腥风血雨的岁月里，多少革命志士，心怀崇高信仰，在这里度过艰苦卓绝的岁月！青鹤观，就是在这山间野地的几间简陋的房屋里，召开过多少重要的会议，做出过多少关乎革命生死存亡的重大决断！在黑云压城、反动势力意欲灭绝红色火种的疯狂围剿中，在激烈的战斗中，多少年轻鲜活的生命，在这里流尽最后一滴血，为革命英勇献身！

大巴山深处红色圣地——镇巴，它饱经忧患，历尽磨难，这里的每一寸土都曾经历血与火的洗礼，青鹤观，是这红色圣地的心脏,如果把它比喻为身经百战的英武壮士,那么青鹤观就是他帽檐上鲜艳的五角星;如果把它比喻为历尽沧桑的美丽女神,那么,青鹤观就是她眉宇间猩红的美人痣。

久久徘徊,当我们踩着铺满松针的小道下山,一群戴红领巾的孩子,手捧刚刚采摘的野花,向着青鹤观走去,"红军不怕远征难,万水千山只等闲……"琅琅吟诵声在山野间飘荡。

回眸远望,青鹤观于苍碧的翠柏间巍然屹立,它多么像一个巨大的感叹号,标注在大巴山深处寂静的山峦上,千秋万代向人们叙说着那烽火岁月的悲壮故事。

激情燃烧汀泗桥

一

89年前的一场战火,烧红了汀泗桥,烧毁了汀泗桥。

89年前,一场为中华民族独立而战的战争,彻底改变了中国的政治格局,动摇了依靠外国列强欺压中国人民的北洋政府的根基,向天下民众播种了"我们是国家主人"的思想,彻底摒弃了几千年封建王朝统治形成的君贵民贱的意识形态,使"国民政府"的概念开始根植民心。

这场发生在1926年5月的战争,在中国历史上被称为北伐战争。这是一场由激情燃烧的先知先觉们发起的铁血之战,旨在谋求民族独立、由劳苦大众当家做主人。广大平民积极投身,最终形成了一股洪流,以风卷残云之势扑向外国列强和代表中国腐朽势力的北洋政府。在汀泗桥战役——一场决定北伐战争成败的战斗中,为中华民族独立而战的勇士们,前赴后继地倒在了汀泗桥畔,以血肉之躯奠定了国家基础。这股无坚不摧的革命激情燃烧了汀泗桥,燃烧了中国,燃烧了世界。它的胜利,坚定了中国人民建立民主联合政府的信心,激发了国人为自己国家而战的巨大热情,震惊了世界。被无情掠夺、遭到残酷屠杀的"东方睡狮"开始在"国民政府"的组织下,抵御外国侵略势力。从此,外国列强瓜分中国的狂潮被扼制,"八国联军"火烧圆明园、掠夺中国物质财富和精神财富的历史正被逐步改写。

现在的汀泗桥,是南鄂的一座小镇。在唐朝,为咸宁县出大长江的官埠。这里的官埠桥有一条驿道通往蒲圻县的官塘驿,从官塘驿通往都城长安。这条驿道在咸宁县与蒲圻县交界处,被一条连通长江的河流隔成东西两段,东段在咸宁县内,叫东街,西段在蒲圻县境内,叫西正街。洪水季节,河水泛滥,老百姓时常受到生命威胁。据说唐朝有一个和尚化缘在这条河上修了一座小石桥,后来被洪水冲毁。到了宋朝淳祐年间,当地一个叫丁四的农民,父兄都被洪水夺去了生命。为使悲剧不再重演,平日以打草鞋卖草鞋为生的丁四发起强烈的愿心,决心要为苦难的乡亲造一座桥。经过多年的努力,他拿出卖草鞋的全部积蓄,在乡亲们的帮助下,在河上修建了一座石拱廊桥,将驿道连成一线。后人记其功德,将这座救命的"石拱桥"取名为"丁四桥"。有了这条通往古都长安的驿道,有了连通大长江出大洋的水道，人们开始在驿道两边、在丁四桥头开埠经商，逐渐形成集市，经济活动逐渐繁荣起来。因为这座南鄂小镇的繁荣得益于一河好水，人们便将丁四桥更名为"汀泗桥"，此河亦得名汀泗河。从此，这座南鄂小镇因桥而名，至今800年。

让800年前的丁四万万想不到的是，他以血泪愿心修建的这座石拱廊桥，被一场声势浩大的战火烧毁。昔日的汀泗桥因为西凉湖而三面环水，处在两大军事重镇岳阳、武汉之间，扼粤汉大动脉——粤汉铁路之咽喉，占据汀泗桥东的塔垴山即可虎视粤汉铁路，加上汀泗河上的铁路大桥完全暴露在塔垴山下，只要在山上架起枪炮，麻雀都飞不过这座铁路大桥。因此，当坐镇武昌的北洋政府两湖巡阅使吴佩孚，得知国民革命军从广东出师北伐时，立即率兵扑向汀泗桥，抢占塔垴山，在汀泗桥大规模修筑军事工事，企图将北伐军阻挡在武昌城外，溃败于汀泗桥。但出乎吴佩孚的意料，这支已经取得民心的仁义之师，尽管在汀泗铁路大桥和汀泗石拱廊桥西端死伤无数，却在汀泗桥农民协会会员的帮助下，带叶挺独立团从古塘角村翻上塔垴山，抄了北洋军后路，攻克了他的战略要地，大败北洋军。北伐军最终占领了汀泗桥，取得了北伐战争的决定性胜利。北伐军在取得汀泗桥战役的胜利后，紧接着取得了贺胜桥大捷，进而攻克了武昌城。广东国民政府"一战定天下"，随之将国民政府从广州迁到武昌，将武昌市和隔长江相望的汉口市、汉阳县三合为一，取名为武汉。武汉成为国民政府的首都。汀泗桥，成了守护武汉三镇的西南要塞。

从此，汀泗桥走进了中国历史，古塘角也在中国史书上有了自己的名字。汀泗桥人组织的运输队、担架队、铁路破坏队，紧跟着北伐军，一路攻入武昌城，也把"汀泗桥良心"写进了中国历史。

北伐战争的胜利，让汀泗桥人看见了革命的曙光，切身感受到了这支正义之师给他们带来的改变。无论从思想上，还是从生活上，汀泗桥人都发生了重大变化。思想上，他们完全接受了"革命"需要付出血的代价的观念；生活上，昔日他们被土豪劣绅欺压，当牛做马，如今他们开始挺起腰杆，扬眉吐气地做人了。遗憾的是，在后来的革命斗争中，以黄埔军校学生朱铭骨、周九商为代表的一大批汀泗桥人倒在了追求信仰的道路上，未能看见中华民族的独立和他们为之奋斗的新中国的建立。

二十世纪三四十年代，中华民族到了最危险的时候，日本帝国主义对中国发起了全面侵略战争。1937年7月7日卢沟桥事变，1938年南京失守，国民政府从南京迁至武汉，武汉再一次成为中国的京畿重镇。在武汉保卫战中，汀泗桥再度位居军事重地，书写了"两次卫京畿"的历史。当一架轰炸武汉的日军飞机坠落在汀泗桥附近的农田里时，本已逃生的日军飞行员被当地农民用锄头打死。找到日军飞机残骸和飞行员尸体的日本人，抓住一对在田间劳作的农民夫妇，割下他们的头颅挂在汀泗桥示众，试图吓倒汀泗桥人，却激起了勇敢的汀泗桥人对日本侵略者的更大仇恨。武汉失守后，汀泗桥随之沦陷，成了日军进攻长沙的物资供应基地，日军在东城门派重兵把守汀泗桥。汀泗桥西街有着48口天井的大商铺春生裕、有着几重庭院的大商号同德园，都成为日军的物资仓库。李先念率领的新四军第五师战士，为了保住长沙，千方百计袭击日军物资仓库，意图切断进攻长沙的日军物资供应。在老百姓的暗中帮助下，新四军火烧春生裕。汀泗桥街上的耄耋老人，至今依然记得当年每到半夜被枪声惊醒，天亮时看见街头巷尾倒在血泊中的新四军战士的惨烈场面。人们偷偷地为战士们收尸，将他们埋葬在虎视粤汉铁路的塔垴山上。

自从谋求中华民族独立和解放的火种在汀泗桥播撒，熊熊的革命烈火再也没有熄灭过，反而因为对"革命"独有的切身感受，汀泗桥人以巨大的激情投入其中。抗日战争胜利后，国民党部队接收汀泗桥，占据了这座军事重镇。当中国人民解放军解放武汉，一路高歌猛进直取汀泗桥时，历经战火锻造的汀泗桥人，看见解放大军到来，站在汀泗桥上，冒着呼啸的子弹，挥舞着铁拳高歌"冒着敌人的炮火，前进！前进！"勇士们前赴后继地冲上河中的竹排，冲向河对岸敌军重兵把守的西街，在枪林弹雨中，烈士的鲜血一次次染红了汀泗河水。此时此刻，汀泗桥人义无反顾地汇入革命洪流，以血肉之躯迎接新的曙光。

为中华民族独立和解放而战的烈士英魂，在汀泗桥上空化作万道霞光，渐渐融入历史的天空。

汀泗桥解放了。第一支进入汀泗街庆祝解放的腰鼓队进街了，他们来自古塘角村。紧接着，几十支腰鼓队从汀泗桥四面八方涌进了东西两街。汀泗桥锣鼓喧天，胜利的喜悦、新生活的憧憬写在人们的心上，洋溢在人们的眸子里。

在这座南鄂小镇燃烧了近百年的战火就此熄灭。伤痕累累的汀泗桥，经受过无数次血与火的洗礼后，依然静静地躺在碧波荡漾的汀泗河上，以钢铁般的意志，迎接着太平盛世的到来。

二

过去的汀泗桥以汀泗河为界，东西两街分属咸宁县和蒲圻县管辖。在旧商会和黑恶势力、土豪劣绅的操纵下，东西两街的大小商家，为了各自的利益，年年厮杀，年年血染汀泗桥，也给这座饱经战乱的南鄂小镇留下了伤心的记忆。

在汀泗桥，还有一股不可忽视的力量，那就是湖南移民。在地域上，洞庭湖与汀泗桥仅距百里之遥。明朝末年洞庭湖发大水，淹没了洞庭湖边和湘江两岸的长沙、湘阴、汨罗、望城、岳州等县的大片村庄，无家可归的湖南难民有的乘木排，有的把年幼的儿女、年迈的父母放进打谷用的丰斗中，有的挑着儿女，沿长江顺江而下，进入湖北境内，在长江边的蒲圻县、嘉鱼县和咸宁县的汀泗桥一带广袤的江滩、湖滩，用芦苇搭建茅棚，围湖造田，谋求生路。到了汀泗河两岸湖滩的湖南难民，以他们的忍辱负重、勤劳坚韧在汀泗桥立驻了足，逐渐形成一股强大的势力，参与汀泗桥的商业竞争。这座本来就在战火中飘摇的小镇，又因为咸宁、蒲圻、湖南三股势力的角逐变得更加血雨腥风。

在湖南、湖北地区抗日的国民党某集团军司令霍揆章，为解决汀泗桥这三股势力之间的矛盾，凝聚抗日力量，想出了在汀泗桥设立湖南县的办法，将集聚在咸宁、蒲圻、嘉鱼、汉口长江边的湖南移民统一划归湖南县管辖，使这些在湖北已经落地生根的湖南人由地方政府管理，不再是无根的漂萍，在湖北的地盘上刀光剑影争天下。但由于抗战日紧，霍揆章这一愿望终成泡影。今天，在这里的湖南移民中，对这段历史仍有记忆的已寥若晨星。

和平对于汀泗桥人来说，是企盼了上百年的愿望。解放了,战争的硝烟已经褪去,但商战的硝烟仍然弥漫上空。为了解开这个几百年形成的死结,新生的湖北省人民政府决定将划汀泗河而治的汀泗桥合并成一个行政区,即划归咸宁县管辖,使河两岸共用一个"汀泗桥"名的湖北人和湖南人,在和平的环境中和睦相处。然而,这个美好的愿望却受到了国民党反动派的潜伏势力和西街一些土豪劣绅的阻挠,他们暗中鼓动蒲圻人反对将汀泗桥西街划入咸宁县管辖,并集结了3000多人与驻扎在汀泗桥的解放军一个连对抗。对抗中一名暴徒从解放军战士手中抢夺枪支,引发走火,打死1名群众,继而引发动乱。在这次动乱中,汀泗桥西街一些激进的"革命分子"参与其中。国民党反动派的潜伏势力更是趁机煽风点火,散布共产党杀害百姓的谣言,越发激起不明真相的蒲圻人不满,双方剑拔弩张,一场血战在所难免。在反革命分子策动暴乱之际,湖北省人民政府果断决策,将7名组织参与暴乱者押上审判台,公审枪决。这7人中除国民党潜伏势力外,包括共产党自己培养的革命骨干,他们是西街商会会长、民兵连长、妇女主任和店员工会负责人。在被宣布枪决的7人当中,因为妇女主任身怀六甲而免于立即执行,其余6人被当场执行。这些昔日的革命骨干,在大局面前迷失了政治方向,为此付出了生命的代价,令人扼腕。共产党忍痛处决了自己精心培养的革命骨干,却没有损伤老百姓一根毫毛,使汀泗桥人心服口服,安稳地平定了反革命暴乱，将为各自利益厮杀了几百年的汀泗桥三股力量三合而为一，才有了今日祥和平安的汀泗桥镇。

中华人民共和国成立后，汀泗桥人同全国人民一样，经历了土地改革和公私合营。土豪们的田地、房屋、农具、财产被没收，分给了世世代代当牛做马的穷人；汀泗桥街上一百多家大小商号，按行业成立了供销社、铁器社、竹器社、木材加工合作社等，昔日的店员、苦力、伙计，不再是被剥削、被奴役的下人。他们当家做了主人，再一次以巨大的革命热情投入新中国的建设中。

只可惜，在砸烂旧世界、建立新世界的"革命激情"中，汀泗桥许多古老的建筑被摧毁。

大商号春生裕、同德园，今天成了镇政府办公区、粮仓，许多旧商铺次第拆除，原地建起了新式楼房；昔日香火旺盛的庙宇被砸烂，如今仅从幸存下来的"庙巷"中，依稀可见它的墙基和老土；当年英王陈玉成火攻曾国藩部被烧炸了的大门石枋还在，曾国藩战败躲藏的寿春堂被它的后人拆除了半边外墙，建起了两层小洋楼。但是，从紧邻汀泗桥的"三泰行"门楣上的3个苍劲大字中、从红花院那几间失去了往日风花雪月的旧屋宇上，仍然能看见古老繁华的汀泗桥身影。尽管汀泗桥街上那一百多家商铺的招牌已荡然无存，但寿春堂、春生裕、同德园、三泰行、聚成米行、余庆、玉丰和、南洋照相馆、刘记剃头铺、田记铁匠铺、金万顺木材行、陈长春药房、丰埠钱庄、刘顺兴银楼、颐易楼、颐和隆、景阳楼、同兴楼、肖志大丝烟铺、锦庄衣庄、华丰、德茂和、龙恒升、董记马号、凡爱西药房、余记豆腐房、叶德和麻花铺等一大批叫得响的商号，犹如铺在南鄂大地上的历史画卷，定格在人们的记忆里，它们的故事，成为当地百姓茶余饭后永远的话题。

今天，承载着汀泗桥历史的地名还在。塔垴山、胭脂巷、庙巷……老街上，穿越其中，仍然能从那些废墟中读到古镇的精致与排场，闻到缭绕烟火的味道，感受到那个年代的脉搏和律动，触摸到历史深处的一缕缕气息、一丝丝苍凉、一次次悲壮。那里的每一片瓦、每一根梁柱、每一截残垣断壁，都见证着汀泗桥的历史烟云、传奇故事。

今日的汀泗桥人陆续搬出了老街，在武汉至长沙的大国道边建起了商业新区，再次离开了他们的"祖居地"，却恰恰使象征着乡愁的古老汀泗桥原貌得以保留下来。这也许是天意。

以商成镇的汀泗桥，"信"是商家立业之本。这个蕴含着哲学意义的中国文字，被世世代代的汀泗桥人虔诚地奉为行为法则，由这个字所衍生出的诚信、守信、威信、言而有信等中国传统道德体系中的基本价值理念，也深深植入他们的生活，生生不息地流淌在一代又一代人的血脉中，成为他们征战商场、无往不胜的利器。

过去，这里的茶叶、苎麻、桐油、生漆、木材等主要在国内销售。中华人民共和国成立后，因为安定的社会环境，这里的贸易更加顺畅，尤其是丰富的楠竹资源，孕育出一批批能工巧匠，做出精美的竹床、竹椅、竹桌、竹帘、竹桶、竹筷、竹碗等，不仅在武汉的大街小巷随处可见，还进了南京、上海，通过国家商业渠道远销海外。1965年8月，汀泗桥历史上又迎来了新的辉煌——"全国农产品商品化交易会"，这是汀泗桥历史上第一次承办全国性盛会。来自全国各地的政府官员和商贾聚集汀泗桥，让大家重新认识了这个昔日的军事重镇在和平时期的长足发展。在这次会议上，当地出产的苎麻在全国纺织原材料评比中荣获金奖，被国家认定为最优质的工业原材料。汀泗桥供销社因为"百问不烦，百挑不厌"的热情服务，成为全国商业战线的一面旗帜。"内学汀泗，外学利农"的标语口号一时风靡全国各行各业。昔日的军事重镇摒弃了戈矛，一举成为江南的工商业重镇。

改革开放后，松了绑的汀泗桥镇更是如虎添翼、飞跃发展，以商起家的汀泗桥人有了更大的舞台。

因北伐战争而名扬天下的古塘角村，原是一片湖野。当年，许多湖南难民逃到这里，选择山坡盖起茅草棚安身，围湖造田，安家置产，开垦出了数百亩良田，在这里逐渐形成了延绵数里的茅棚街。中华人民共和国成立后，这里是汀泗桥向国家缴纳公粮的大村。但已经在血脉中植入了"无粮不稳，无商不富"的人们，突然被改革开放的春风唤醒，他们又以巨大的激情投入改革开放的大潮中，奋力搏击商海，你追我赶地奔向富裕之路。

姚文祥，祖籍湖南湘阴，是湖南移民的第四代。他兄弟姐妹5人，昔日一家老小住在茅棚，吃饭靠借粮，读书靠向学校打欠条。1989年，姚文祥高中毕业后进了咸宁县钉丝厂，成了一名国企职工，端上了铁饭碗。也许是他出生在汀泗桥这个因商而富甲一方的缘故，抑或是目睹了改革开放后村里涌现出许多"万元户"，姚文祥开始静心思变。1992年年初，他不顾家人反对，毅然辞职下海到广东打工。初到广东举目无亲，他靠打拼积累到一点资本，又向亲戚朋友借了10万元，买了一辆大货车跑运输，但不久亏得血本无归。他靠着"在什么地方跌下去，就在什么地方爬起来"的信念，重新站了起来，在广东做起了土方工程，迅速翻了本。有钱后他回家承包了300多亩山林，同时兼顾跑运输、开挖掘机，年收入40多万元。如今，他早就拆掉茅草棚，住上了大别墅，还在咸宁城买下一栋楼房搞经营，供两个儿女上大学。

李文化，一个典型的靠山吃山的汀泗桥农民，也是汀泗桥土生土长的湖南人，家里原来也住茅棚，很穷。改革开放后，他瞄准了城市建设的商机，承包了几百亩山林，开始育苗木搞园林绿化。李文化靠开阔的视野、勤劳的双手、超人的智慧，迈步富裕的行列，开上了小汽车，住上了别墅，同样在咸宁城拥有一栋门面房经商，年收入过百万。

周军，祖上就是当地人，他一家人原来住着泥巴屋，辛苦一年收入才几千块钱，糊口都难。改革开放后，他承包了800亩山林，办起了砖厂、竹木加工厂，如今成了远近闻名的"周百万"。

致富不忘乡亲。姚文祥带动乡亲们跑运输，李文化带领乡亲搞园林绿化。周军安排乡亲就业，每年仅向乡亲们发工资一项就达60多万元。他们成了致富一方的带头人。

1984年，著名电影导演谢添来汀泗桥选拍摄《生财有道》外景，一眼看中了湖南人搭建的十分整齐、美观的茅棚，不久便在古塘角村开机拍摄，当地百姓成了群众演员，同他们世世代代居住的茅棚一起上了银幕。与拍电影密切相关的一件事此时发生了，它扑朔迷离，十分神奇。在姚文祥家茅棚旁边的一户危姓人家的堂屋，挂着一块从清朝流传下来的大木牌匾，上面雕刻着"生财有道"4个大字，不晓得是谢添看中了这四个字，还是原来的剧本就叫"生财有道"，反正电影面世后呈现在国人眼前的是《生财有道》。让人们万万想不到的是，《生财有道》作为农民致富的号角，在全国热播之时，这块挂在危家祖堂屋几百年、作为湖南人祖训传世的大木匾不翼而飞,至今下落不明,有湖南人解释是被"有识之士偷走了"。这块牌匾的老主人危友生已经溘然长逝,危氏后人以达观心态期待着这块承载着许多传奇、许多不解之谜的大牌匾再现人世。倘若这块充满致富奇迹的牌匾,某天浮出水面,那将又是一个精彩的故事。

星移斗换,许多年后,古塘角村昔日的茅棚不见了,换为一栋栋宽敞明亮、中西合璧的别墅。家家户户门前有了宽阔的水泥路,路两边花木掩映,绿树成荫。这里再一次被电视剧《人在囧途》的导演看中,成了拍摄外景地,上了荧屏,轰动全国。

在古塘角村,至今保持着淳朴的民风。作为湖南人媳妇的湖北女子吴安意是这个村的党支部书记,在这个湖南人集聚村任职20多年来,湖南人没有因为她是湖北人而排斥,其中根本的原因就是她没有把湖南人当外人,而是当成了自己的父老乡亲、兄弟姐妹。她深情地告诉我,湖南移民这个群体十分勤劳善良,非常团结,从无打架斗殴现象。过去湖南人有女不外嫁,都嫁给同样有着漂泊命运的湖南人。今非昔比,她们不少人嫁给了湖北人。也有湖南小伙娶当地的湖北姑娘,完全融入了汀泗桥,成了名副其实的汀泗桥人。我同他们交流时,间或从他们偶尔夹杂的乡音中,才能听出他们是湖南人。也许这就是他们留下故乡最原始、最纯粹的印记吧。但随着时间的推移，曾经背井离乡的湖南人，将永远融入湖北的山川大地，在这块美丽传奇的风水宝地上，与湖北乡亲世世代代涵养自己的血脉，传承着中华民族的精气神。

三

文化是民族的血脉，是人民的精神家园。今日的汀泗桥人，凭着对历史文化的尊重，用心呵护着这张弥足珍贵的名片。在新的历史时期，古老的汀泗桥焕发着新的生机。

2008年10月14日，汀泗桥镇从北京迎来了"中国历史文化名镇——汀泗桥"又一特大喜讯。从此，汀泗桥这座历经无数风雨沧桑的历史名镇，被列入了国家保护和建设计划。一度沉寂的汀泗桥，随着新时代的节奏，以其独有的古镇风貌，再现荣光！

2009年，汀泗桥再一次迎来全国性会议。"全国水稻无公害化种植现场会"在这座历史名镇召开。汀泗桥农业环保种植经验在全国水稻种植区推广。汀泗桥又一次在中国历史上留下记忆，为国家食品安全做出积极贡献。

经汀泗桥政府首批规划，在云雾缭绕的深山老林里开发了13000亩新茶园。川玉茶作为老字号，所开发的新茶品质上乘，一经面世,即供不应求,先后荣获"第七届中国国际有机食品博览会金奖""上海国际文化旅游节中国名茶金奖"老字号,做成了国际品牌。

神童牧业和温氏养猪今年相继落户汀泗桥,这是当地又一大规模化产业,建成后年出栏生猪50万头,是目前华中地区标准化肉猪养殖基地之一。

89年后的今天,在汀泗河上静静躺了800年、唯一见证了这座南鄂古镇800年风雨沧桑的汀泗桥重修了,又以红梁碧瓦再现人世。这是太平盛世给它的荣耀,没有人希望它再次被战争的炮火摧毁。这里的山山岭岭埋葬着无数烈士英灵,人们更不希望再因战乱添新坟。时至今日,饱受战争之苦的汀泗桥人,仍不时能从河道的污泥中挖出尸骨和枪支残骸。这些无名尸骨无论是战争中哪一方的战士,这些枪支残骸无论在当时是为正义还是为非正义而战,都警告人们战争的可怕,和平的不易。它警醒人类远离战争,珍惜和平,才是唯一要做的大事。

现在,由我书写的"汀泗桥",这三个高悬桥上苍茫厚重的大字,我希望它永远镌刻在每个过往汀泗桥的世人心上。

中国人的中国梦,在过去和现在,有着不同的解读。过去中国人的梦想是争取民族独立,彻底终结外国侵略者在中国土地上杀人、掠财的历史。今天中国人的梦想是争取民族复兴,国家富强,人民过上和平安宁幸福的日子。

对于汀泗桥来说,在中国梦的大背景下,复兴汀泗桥镇的昔日盛况,应该是一个美好期盼。据咸宁地方志记载,清朝咸丰年间的汀泗桥"官宦巨贾,彩衣竞舞于庭前,高朋满座于堂上。汀泗河中画舫琵琶弄弦,汀泗桥上宝马香车争弛。满街罗绮珠翠,人流塞途,争购百物,席地不闲"。今日的汀泗桥,虽在国道边形成了另一个繁华的市场,却冷落了古老的汀泗老街,若能让它再现桥上宝马香车,桥下琵琶弄弦,那该是一处多么怡人的景象。历史之所以不被人们遗忘,是因为它可以以史为鉴,可以教育后世,明得失、知兴替。汀泗桥承载着中华民族一段那么厚重的历史,足以为后世提供诸多治国兴邦的教训。可惜的是,汀泗桥的部分古建筑由于后人疏于保护而逐渐破败,风姿不再。

值得欣慰的是,当地政府对汀泗桥老街早就采取了保护措施,对古镇做出了恢复规划。任何人不经允许,不得再动。古街中的一砖一瓦,不得再添新建筑。因此,今日来到汀泗桥的人们,还能依稀看到这座古镇昔日的繁华。我对复原这偌大的古镇充满信心,其理由是,除了历史的厚重和人文的积淀,这里有着蓝天白云、青山绿水,有新鲜的空气、安全的食品、洁净的水源。这里地理位置优越,交通便利,生态环境优美,资源丰富,得天独厚,很适合有识之士在这块黄金宝地上"开疆拓土",营造绿色世外桃源,吸引国内外投资者和游客的目光。

整合天下赢。恢复汀泗桥历史遗迹,势在必行。

塔垴山,北伐战争的主战场。山上北洋军的战壕还在,他们架设重机枪封锁粤汉铁路汀泗大铁桥和汀泗廊桥的碉堡已经复原,过去树木葱茏,风景宜人,现在植上了新苗,待来日长成参天大树。

丁四庙。过去汀泗桥后人为纪念丁四修桥善举而修建的丁四庙,永远是人们心中最响亮的名字。汀泗桥人世世代代记得"丁四"这个名字。今天重建,意义非凡。

宋代古井、孔子文庙、塔垴山下的六层古塔、大牌楼等,恢复有望。

红花院。烟花散尽,却是人们心中永远的痛。这座古妓院在日本人占领汀泗桥后,被日军变成了慰安所,被日军强征来的慰安妇们在这里留下了几多血泪,留待后人考证。呜呼!汀泗桥的老人记得日军投降时,在红花院大门外架起干柴,枪杀了被他们蹂躏的慰安妇,同那些因为受伤还没死断气的日军士兵一起放在火上化成灰烬。

胭脂巷。通往红花院的巷道里的老石板还在,这条充满脂粉气的烟花巷道旁那家肖志大丝烟铺不在了。吸大烟,是那些烟花女和慰安妇们宣泄心头怨恨的方式,这间紧邻汀泗桥头,又紧邻红花院的丝烟铺,有多少妓女进出?红花院、胭脂巷、烟丝铺,希望你永远沉入记忆的海底,掩埋昔日的伤痛。

大商号春生裕。那里记载着日本帝国主义侵略中国、攻打长沙城、导致长沙被一场大火烧毁的一段历史,要让它再现人世,向世人诉说日军罪行,才能不忘国耻。

竹场街。过去繁华的竹场街遗址,今日修起了气势恢宏的北伐战争纪念馆,形成了新的集市,已名存实亡了。

隐于西街庙巷之中的大寺庙。昔日暮鼓晨钟,香火绵延,如今唯有大规模修建才能恢复古刹当年的清净庄严。

以汀泗桥为界,东街的戏院西街的戏楼。过去武汉的汉剧、楚剧名角经常被请到这里来唱对台戏,万盏灯等角儿都是汀泗桥的常客。如果能在这座古老小镇中再次听见国之瑰宝,那该多好!

有着千百年历史的汀泗桥镇,历经了唐代的贞观之治,宋朝的天下太平,明代的洪武兴邦,清朝的康乾盛世。今天,中华人民共和国成立后仅仅六十余载,汀泗桥人便在这块激情燃烧的热土上再造了一个现代都市,远远超过了旧王朝千余年的积累。这不能不说是中华民族独立、富强,人民当家做主创造的奇迹。

我坚信,未来的汀泗桥会更好、更美。新镇与古镇相得益彰!

我坚信，因为中华民族的日益强大，历史的悲剧不会再在这座南鄂小镇重演。和平、安详的阳光会永远照耀着这座激情燃烧的历史古镇。

汀泗桥，我将用我的热血和汗水再一次为你挥洒："有此桥才有汀泗"，"沧海桑田八百载，和平盛世亿万年。"

五台山的白杨

画家是为万里江山而生的，因为画家知道，人世间最美丽的是什么。

可江山如此之大，河海山川何其多，大美在哪里？美在外表，但更在内质。一眼之间的美，或可容易发现，但凡是大美，内在的深邃的东西，如电波，如密码，无形地隐藏在物事的深处，只有心音相近相吸，才能够深谙其神韵，这样的美，往往是第二眼第三眼的美，若是寻找到了，便会念念不忘。

在我的心中，五台山，便是这样的地方。

多年来，我一次次地登临，一次次地拜望，看山寺桃花始盛开，看香火袅袅，的确是一种精神的愉悦和享受。但最吸引我的是山上的白塔，静穆的气氛，尤其是清晨太阳从山头刚出来的时候，阳光四射，多姿多彩。山上白雪皑皑，山头白云悠悠，山下白杨簇簇。

近几年我更是频繁上山，我对五台山的白杨树情有所钟。

殊像寺山门外的一大片开阔地上，有一簇16棵高高的白杨，深深地吸引着我，我记不清多少次去拍照、去描绘，只盼年年拍照、年年画，常画常新。

这16棵白杨树的根部紧紧地生长在一起，到半空后逐渐散开，越向上越疏放，远远望去，就像高高的香炉，更像盛开的莲花。在阳光的照耀下，显得格外圣洁美丽。

东山头上白云袅袅，行云流水，这16棵白杨绵绵散发出的芳香在空中弥漫。

大自然的美，人类无法干预。当初，大概是北方的速生杨成材快用途广，容易早早见效，所以政府提倡，老百姓乐而为之，广为种植。可白杨树不管那么多，它只管扎根于一方土，尽情地展示生命的蓬勃与妖娆。于是，在豫中平原，在黄河古道，你会看到广袤的成片成林的白杨树，旗帜一样飘扬在大地上，成为一道道景观和屏障。

但是最美的白杨树，不在豫中平原，也不在黄土高原，不在西部边陲，不在江南，也不在东北。最美的白杨树，应在山西省五台县的五台山上。

五台山的白杨树，独树一帜。春天到五台山，你看到的是闪着油光、润含春雨的叶子，树杈里如筛子般透着光。夏日的白杨树碧翠葳蕤，摇啊摇，毫不懈怠地送给人们清爽。深秋的白杨树，没有干裂秋风的萧瑟，而是像满山洒满了金子，铺天盖地。汽车从白杨林里穿过，那金色的纯净的紧紧地吸引着你。山道弯弯,十米一景,一弯一色,道道山谷,白杨树像列队的士兵,在你的眼前翘首相送,送你的车倏然飞过去。脚下的"金子"哗哗随风飘舞,或者厚厚地铺在地上。空中飞舞如蝴蝶般的叶子,像一路歌声护着你的车送你下山。

我为五台山的白杨树深深地陶醉。一座白塔,亿万片金色的叶子,把五台山装点得神圣无比,仿佛你来了就是好运就是吉兆,你离开时就是走向锦绣前程。

如果你不亲临其境,何以能见到如此的繁华与铺张;如果你不亲临其地,静观其盛,怎知世道人心佛性,一体相融,一脉相承。

沧桑正道,我把发现美的眼仰视晴空,心中万里无云,我把美的视角投向深层,打捞起自身的灵性,我发现了从来没有过的发现。过往,我们物质和精神的铺张,是把有限的资源浪费殆尽,大自然的铺张是施与众生。如果我的眼睛承接了大自然的铺张,我心中的欲望就会淡化就会消融,我看世界的眼光视角就会不一样。

我仰望着白杨树,看它铺展在空中的华美,我的心如清风中的睡莲,一瓣一瓣绽放,芬芳的心香在弥漫,随之一股豪迈的气息,在胸间激荡升腾!

忽然之间,我心生一种激情,我多么想铺展开一块硕大的画布,把眼前的大美,淋漓地挥洒出来!

是这样的激情，点燃了我寻找探望的欲念。是的，大自然，天地人心，有多少的大美，它就在那里，心，打开了，才能够得见。此刻，在五台山这样的高天静地，素净抚平灵魂，我的身心是张开的，我在这里，一切入目的，都有了别样的大美……

我一个人，顺着一条峡谷，往远处行走，一条清静的河，轻轻地吟唱，河里硕大的石头，白色的、灰色的、青色的，卧在那里，它们如吟者，端坐在那里倾听天籁之音；它们如钓者，静候在那里，托腮凝思，被水洗刷得那么的细腻圆润，纹理丝丝可见，那是一层层的年轮，我的手抚摸着那石头，玉一般的清凉。哦，我是在这里抚摸着时光的沧桑。

我走出了草木葱茏、河水轻盈的山谷，我奔向高高的大朝台。山巅之上，草木稀疏，这里全然没有了山下的景象，山下游人如织，这里是清冷的，一条白亮的路，如手势，如隐语，如画，如诗，指向山巅之上的大朝台，像我一样，一个人，两个人，或三四个人，走在路上，这里没有喧哗，没有了言语，人们都在悄无声息地走，默默地走。这个时候，我才知道，人在无声的时候，是在走向回归，是从喧嚣的热闹中，反观自身……

一个人，一袭明黄色的长袍，他，三步一卧，犹如婴孩扑向母亲的胸膛，他的肢体，妥帖地匍匐在大地，目无外物，那肃穆，那谦卑，只向天地……行走的人，被他慑住，痴痴地望着，手中端着相机，竟忘了把镜头对向他，似乎他的身上有一股威严，有一股子不可窥测的神圣……人们，只是静默地看他，大声喘息似乎都怕惊扰了什么，举手投足都怕是亵渎了什么。

这蜿蜒在高山之巅的路，它通向大朝台，这行走在路上的人，是走在朝拜的路上。其实世上无论多么高远的殿，无论多么威武的神，都是一种象征，都是为了制造一种氛围，人需要一种氛围，摒弃尘嚣，让自己的心沉淀，寻找到自己。其实神灵在心。人的朝拜，无不是拜望自己的内心，无不是看看自己，人是多么需要看看自己！

人在寻找，在探询自己的时刻，就是向静，向善，向美朝拜的时刻。这样的时刻，身外的物事是美的，自身是美的，这个时候，你才更清楚，你仰望什么你崇拜什么。

五台山，就是这样的地方，这里的宁静，这里的氛围，让人慢下来，静下来。让人的心打开。打开，才能够接纳一切；打开，才能够让人张眼看天地大美，才能够看透世道人心的良善。

慢下来，才让我们看看世界，静下来，才能够看看内心，只有在这个时候，被层层浮尘蒙蔽的心灵，化作破茧而出的彩蝶，在天地间翩然飞舞，我在这里，是这里的宁静让我观望内心，心魂打开的时刻，我看到了一切的美。只有在这里，我才深深地感受到，我画画，其实我是在画我自己。我看到了自己，我才能够看到一切的美，比如五台山的白塔、白杨、大朝台、河谷……

因而，我才看到那16棵白杨，我才能够看到一坡一湾的白杨；

白杨，它的根脉深深地抓向大地，它才有飞扬于云霄间磅礴的大美；

在这里，望着白杨，我就想到民间的俗语：树有多高，根就有多深。

我也由此想到，尼采说："其实人跟树是一样的，越是向往高处的阳光，它的根就越要伸向黑暗的地底。"由此，我不能不想到画布上的美，那是要靠人心的宁静、宏绰，人有超拔的、轻灵的神思，美才能够铺展，气韵在那，才能够赋予色彩魂魄。

是啊，人，只有心向下，有那匍匐大地的谦卑，才能够倾听天地人心的丰厚与沧桑，一个艺术家，只有心向下，才能够有飞扬的艺术。

而在红尘的攀缘中，为着名与利、欲与望，身与心一起浮躁地升腾，只有在这里，才有这样的感叹：我们忙忙碌碌的日子，挤压的是我们的神经，最对不起的是我们的生命。

我每来一回五台山，心就有一次醒悟和提升，艺术就有一次升华。

所以，我一次次地登临五台山，一次次地仰望这里的白杨。

我一次次上山，很难说，我是来看景观、看树木，还是来看什么。

这样的拜望，会让我犹如重生一样，总有新的境界让我仰望；这样的拜望，会燃烧我的激情，让我写下去，画下去。只要我写下去，画下去，我就不断需要这样的激活，我就会一次次重走五台山。

所以，我别离，我不招手，不回头，我转身，离去。

因为，我知道，我还会来，来看五台山的白杨，看白杨俯瞰着的一切……

无　声

无声，是一种最高境界的孤独。

山水万物，有大美丽，但游历于这中间，如果能找出你最养眼的一物，恐怕得花费一番脑筋的。这一物，往往被我们熟视无睹，往往和我们擦肩而过，而这一物，恰恰正是你要找的一种小美丽。半生飘零中，我不知到过多少高山大河写生，收获了数不尽的幸福和快乐，所以，我特别关注那些郁郁葱葱中的小细节、那些呼之欲出的小美丽、那些被我们忽略掉的小孤独。

穿行在巍峨迤逦的大巴山南麓，一种寒气逼人的静直袭上我们的肺腑，暗含了某些古典主义的怀旧气息，潮湿的无声感开始在心底展开，到对它的迅速集结、抗议，无声里的大无，是虚无，是竹。更准确一点说，是大竹的竹、五峰山的竹。

在五峰山上，迎接我们的，是漫山遍野跳着、舞着、站着、拉着、唱着、喊着、笑着、跑着的竹子，青衣翠衫的水灵灵的竹子，大大小小的高矮胖瘦的竹子，宛如山里妞，宛如

"棒棒军",他们不管天下不下什么雨,不顾什么漂不漂亮,全都跑出来欢迎我们来了。这一幕,亲切,温暖,久违,我们一下子感动了!竹,以一种山里人的大胸襟向我们伸出了手,以一种山里人的大粗犷给我们倒满了酒,以一种山里人的大气魄将我们一个个灌醉,以一种山里人的小动作把我们一个个叫醒,这一刻,整个世界简直疯掉了,整个肺腑简直爽死了!这一刻,我们不上五峰山看竹、不上五峰山听竹、不上五峰山吻竹,我们岂不白来一遭了吗?

雨不紧不慢。打开一把伞,拣了一条歪歪扭扭的山路,顺着湿漉漉的石阶爬了上去。越往上爬,竹子越多,我们的视角也慢慢从仰视变成了平视、俯视,乃至于后来,都有些鸟瞰了。竹的阵势,越来越大了,他们三五成群、四下散开,他们不拘小节、不卑不亢,雨"哗啦哗啦"地落在他们的头上、身上,特别像是某个人偷偷嗑瓜子的声音,末了还傻乎乎在偷笑,仔细一听,其实什么声音也没有。在偌大的竹海里,很多声音聚集在一处,非常杂乱无章,你根本分辨不出哪一种声音像嗑瓜子。竹林幽深,竹叶遮天,一丛丛,一棵棵,从来都是一副雄心勃勃的样子,这里面,我不知道他们哪一个是男的、哪一个是女的、哪一个是老的、哪一个是少的,他们的心态都很阳光、积极向上,他们都是"励志哥""心灵鸡汤妹",我想在他们的生活当中,是从来不知道忧愁、烦恼的。

山下伸出了一条水泥路，沿山势而上，连接竹海内外。水泥路的上下左右，挂满了歪歪扭扭的小小的山路，宛如一个浑身挂满电线的超人，在绿浪翻滚的大山中穿越、飞翔，好不自在。山上有山，高峰不断，但谁不想"一览众山小"呢？激情之下，我甩开众人，随便拣了一条小路就朝上爬去，潜意识里，路的尽头应该就是五峰山的最高处了。一时间，我紧紧盯住前面那些湿漉漉的石阶，一鼓作气地往前爬，耳边所有的声音仿佛都不存在了，眼里所有的景物仿佛都蒸发掉了，爬到山顶去！那里的世界将更加壮美！这样想着，脚步也不知不觉地加快，汗水和着雨水往下乱淌，举伞的一只手渐渐开始酸疼，索性合上了伞，只身朝前头爬去。

　　果真，我到达了山顶，但这顶，并不是最高的顶，也许此行中，最高的顶不会遇见。不过，这样也好，今天我不是收获很多小美丽、小幸福了吗？人生当中，有舍才有得，有泪才有笑，有苦才有甘，有恨才有爱，换一个角度看人生，你会发现每一个地方、每一个时刻都是最美的风景。倚了一棵碗口粗的竹子，我的心情慢慢平静下来，举头看天空，一颗一颗的水珠从上面落下来，从一片青嫩的叶尖或者竹叶之间的缝隙里落下来，打在我的身上，凉凉的，冰冰的，一滑，便打湿了我的眼睛。我的瞳仁开始聚焦在这一棵竹子上，聚焦在这一片青翠中。雨开始下大了，一阵紧跟着一阵，和着清新的山风，化作云雾散开了，那情形，不叫一粒、一颗，也不叫一滴，而是一股股、一抹抹的空气，把你一点点融化，直到把你变成一滴小小的、小小的雨水。

突然之间，全世界所有的声音都不见了，天地混沌一片，空荡荡的竹海里，只剩下我孤独的一个人。世界变得很小很小，小得宛如一颗心，在无声中日夜漫游。此刻，一片竹海的无声让人失忆，岁月在无声流淌……

转身望望，有人复尘而来，想必他应该是另外一种心境吧。

泼墨绵山

美丽的绵山是我向往已久的。

8年前,我曾约一位大学同学到山西陵川县的锡崖沟写生,之后再去介休市著名的绵山风景区游览,不料同学在写生期间突然身体不适,不得不返回。就这样,我与绵山擦肩而过。

绵山属太行山脉。我钟情画太行山,认为太行山写生是画好山水画之根基。而画山水画,就像游山玩水那样,于山水之中汲取乐趣,汲取心中那份喜悦,在画山水的过程中颐养身心。想起以前,一友人到家中做客,看到墙上悬挂有我的一幅《太行风骨图》,他驻足良久后不解地问,这是北方的太行山吗?太行山是这样子吗?这山石的轮廓,怎被勾画成了一块块重叠的长方形?没见过!友人不画画,自然不懂得绘画技巧里那充溢"古韵"的皴法画法,不懂得要从绘画中的用线和用墨,来判定作者是否有深厚的传统笔墨功力。不过,他说的所谓"重叠的长方形"山石轮廓,我认为正是北方太行山脉气势雄伟、棱角突现的特性了。

我与美丽的绵山总算有缘。

2008年10月中旬,因我的散文《向上的春天》在《中国作家》杂志社举办的"金秋之旅"征文比赛中荣获一等奖,有幸受邀,与来自全国各地的文友齐聚绵山。我想,这绵山一步一景一典故,对景写生,时间当然不够,只能用手中的相机先把壮丽雄伟的风景拍摄下来,待回去后再仔细研磨,用画笔精心描绘出来。

第二天清晨,外面开始下起了小雨,之后雨越下越大。正当我们无奈感叹天公不作美时,雨竟停歇了。呼吸着清新、湿润的空气,我与两位文友进入绵山有名的景点——水涛沟,沿着水涛沟旁边的小路,犹如两三片白白的云朵一样向深处漫游。雨后,沟里的水清清爽爽,流得更为欢畅了,在水的中央,绕过巨石的地方还略显得湍急。沟的两边与中间,每隔不远的距离都有一些石景和动物造型,数一数,十二生肖动物已快齐全。看着它们只只形态各异,自有一番情趣。

我们继续前行,不经意间,看见对面沟边有一尊古代男子的玉石雕塑,男子一手托面,一手轻放,神态懒散,坐卧于大青石上。旁边,有一坛子倾倒着,里面"汩汩"地不断流出清水来。"知——章——醉——酒",旁边友人轻声念着巨石上的字。我闻而惊喜,原来这尊雕塑是唐代大诗人贺知章!我是熟知贺知章的,不光他的诗作《回乡偶书》古今吟咏不绝,他还与李白、张旭等人合称为"饮中八仙",他曾在开元年间两度游览绵山。开元七年(719年),贺知章首次来到这里,置身仙境,诗兴大发,留下诗篇:"别离江南岁月多,绵山修真消劫磨。常见门前涛沟水,不思他山镜湖波。"他又被称为"狂客风流",不仅体现在他的交游上,还体现在他的书法艺术上。唐代大诗人李白、刘禹锡、温庭筠都曾写诗赞美过他的书法艺术具有浪漫美,"笔力遒健,风尚高远""壁上笔踪龙虎腾""落笔龙蛇满坏墙"等都是对他书法作品的褒奖之词。贺知章为我们留下来的还有草书《孝经》,纯正的晋人法度,二王风格。此经字字独立,点画连而不断,既有章草隶意,又有今草风韵。其艺术成就极高,乃系唐草中今草和狂草的桥梁之作。

我们在谈论贺知章及其书法造诣的话题中,不觉又拐过了一道弯,无意间抬头,看见不远的高处,有一个写着"乐天草舍"牌匾的小亭子。

相传,唐元和十一年(816年),白居易来游绵山。到这里后,已觉神倦,遂靠着山崖睡去,不觉进入梦乡。忽见两只神龟驮着经书在眼前晃动,旁边有一位老翁手扶龙头杖,尾随仙鹿。老翁和颜悦色地告诉他:"今日神龟献书,明朝独占鳌头。"元和十二年(817年)春,白居易果然考中进士。历史上,白居易为官期间曾多次直言陈谏,得罪权贵,而屡遭贬谪。因与介子推志在政治清明的志向相同,一生敬慕介子推,多次游览绵山,曾在此屋居住,故以其字命名曰"乐天草舍",他在这里写出《寒食野望吟》十余首,全部收录在《全唐诗》一书里。

我在中学时代,曾读过极富感染力的《长恨歌》《琵琶行》,喜欢上了白居易,也喜欢上了唐朝,喜欢上了盛唐那具有象征意义的富贵之花——牡丹。如今我喜欢画牡丹,也经常用白居易的《惜牡丹花》诗来题我的牡丹画。不过,相比画画,我偏爱书写笔墨淋漓的行草书,偏爱以白居易《琵琶行》"大弦嘈嘈如急雨,小弦切切如私语。嘈嘈切切错杂弹,大珠小珠落玉盘"这些节奏感强烈的诗句,来品味书法的韵律美。

美丽的景色,亲密的友人,喜欢的古代书法家,我一时难掩兴奋之情,禁不住哼唱了起来,竟惹得身旁过往游人侧目。原来,这里除了欢快的流水和偶尔的鸟鸣,实属幽静,是回音使我的音调变得清亮高亢了。

欢声笑语间,我手中的相机也在不停地闪烁着……

"已近中午,我们返回去吧。"一友人提议道,我们便转身回返。恰在此时,我猛然发现了沟对面有一座小房子!那是什么房子?我颇为好奇,便与友人踏石过沟,近前,看到门匾上题写着"霜红山房"。"是傅山!他曾在此居住过啊。"我脱口而出。友人看我惊喜的表情,笑着逗我,今天是否捡了个稀罕宝贝？怎么一路来连连惊喜？我笑说确实是发现了稀罕宝贝。友人怎会晓得我对傅山的敬佩之情？

　　傅山乃山西阳曲人，与绵山毗邻，遂常来绵山。明崇祯十五年（1642年），他在绵山为云峰寺题写了草书长联。清康熙十七年（1678年），他为逃避做官，再一度到绵山隐居，因这时万山红遍，层林尽染，故称其屋为"霜红山房"，并将他所撰文集称之为《霜红龛集》，其中有《题介子祠》《介山石乳泉》诗。傅山是位精通诗、书、画、医、武的"五绝奇才"，一生屡遭险岵，但他一直以铮铮气节来面对命运的挑战，其坚贞不屈的品格，在明清之际的知识分子中独标风骨。他的艺术个性也极其率直，其书自大小篆隶以下无不精妙，并及金石篆刻。在书法史上，他的突出贡献是将徐渭浪漫派书风发展拓新，并标新立异地提出了"宁拙毋巧、宁丑毋媚、宁支离毋轻滑、宁真率毋安排"的审美标准，综合为浪漫派之大成。傅山"四宁四毋"的艺术特点，可概括为亢奋桀骜、无意于书、禅意如梦，让人产生一种惊异感、一种陌生感。就其禅意如梦而言，如他的《行草书四条屏》中一屏云："飒飒秋雨中，浅浅石溜泻。跳波自相溅，白鹭惊复下。"秋雨泻石溜，跳波互相戏溅，惊得白鹭复下叹奇，这是人与自然的相互感应与幻化，是禅意，也是梦境。梦是潜意识的直觉形态，禅是超意识的直接形态，两者结合，造就了傅山的一种高超意境。

可以说，博山把中国传统美学思想的核心：真、善、美中的"真"与"美"，进行了绝妙的诠释。

游览水涛沟，没想到收获颇丰，我委实难掩兴奋之情，大喊友人给我多拍一些照片，好让我留待以后作为永久回味。

水涛沟回来，我们又游览了大罗宫。

大罗宫是目前中国最大道观建筑群。在大罗宫一层讲经堂，我惊喜地发现，墙上悬挂着老子的《道德经》全文，竟然是由百位全国名人所书写，然后用108花梨木镌刻而成。我慢慢近前，发现了有我崇拜的赵朴初、启功、刘海粟，以及欧阳中石、沈鹏等当代书法家的墨宝，有的行楷笔力劲健、雍容宽博，隐隐透出一种佛家气象；有的如兰竹清幽、垂柳婀娜，具瘦硬通神之体态；有的雄肆豪放、瑰丽沉厚，自有一种粗犷朴拙之气；更有的体势飘逸雄健，俊美险绝，变化迭出，于温润凝重中显遒劲，秀美跌宕中见洒脱。尤其是沈鹏的书艺，博采众长，融会创新，其草体独具风貌——苍润的笔墨、起伏的韵律、疾徐的节奏、深邃的意境。

我自幼练习书法，至今亦有三十余载，对于赵朴初、启功他们的书法艺术，我都曾潜心研习过。在孜孜不倦的学习与钻研中，我慢慢体会到，书法的最高境界应该建立在"天然"与"工夫"之上，当"道"与"技"二者高度融合，化为书法家所要表达事物的灵魂，才能达到"天人合一""大道自然"。

雨飘飘，雾蒙蒙，坐在返程的车上，我低头闭眼，双手合十。旁边友人轻声笑问，在祈愿什么？我笑言，绵山美，心情美，感觉像是回到了初恋。

一路平安，终于顺利返回了家中。

当天晚上，想着梦幻般的绵山，想着我所钦佩的那些名扬古今的书法大师，不由得心潮澎湃，豪情勃发，随即摊开纸来，挥毫泼墨，一口气写下了"知章醉酒""乐天草舍""云峰灵光""龙门之光""绵山风光人间仙境"五幅书法！

看油菜花的人睡着了

车过兴化县城，旋即有一股股香气飘逸开来，这香气里，我似乎有些昏昏欲睡了。

"看，满世界都是这金黄黄的油菜花呀！"同行的一个女孩竟然按捺不住了，笑眯眯地小声告诉我。一看，果然是，花开水上，荡舟花间，这油菜花铺天盖地的呀！不想，当地人却说："这儿还不算最美的，要说最美的地方，就是我们缸顾水乡的'千垛菜花'了！比你们想象中的还要美！"

看厌了，便把眼睛闭上了，便什么也不想，随他们去吧。

我好像真的睡着了。

四月的大纵湖也睡着了，所有人都睡着了。想想，在缸顾乡境内两万多亩的水面上，该有千千万万个垛田镶嵌在这一片波光粼粼的水乡，一个垛田就是一个"小岛""土岛"，岛上除了油菜花什么也没有，想象那些亭亭玉立的顾盼流转的一种黄，从眼前一直铺到天边，该是多么气吞山河啊！想想，我们荡漾在香气弥漫的水上，漫游在千垛菜花当中，莫非，我们的每一个灵魂也沾上了油菜花的香气？似乎，我听见了他们的笑声、垛田上空的鸟鸣，也似乎，是那些蝴蝶们、蜜蜂们的轻唱，是野鸭们在一下下啄开田间漂浮的水葫芦……也似乎，什么都不像。我睡得蜻蜓点水似的，根本就睡得不那么踏实，脑袋一打磕碰，就醒了，紧接着，又睡着了，再打一下，就猛地一激灵，还是一副睡相。刚开始，他们老是笑我没福气，这么美丽的风光竟然打瞌睡，没有一点画家的样子。我问他们，那，画家遇见这油菜花的时候应该是什么样子呀？一个说，主要是看你那双眼睛，像……狼遇见羊呗。大伙都笑了。我说，我又不是那些剃光头、留长发、留大胡子之类的画家，干吗不能睡觉？他们想想也对，这之后，就没有人再取笑我了，我就一脸微笑着睡着了。

这香气，一丝一丝的，便融化在我的梦里了。

梦非梦，花非花，我非我而已。

睡着，车在疾驶，伴随着车身的一起一伏，我宛如端坐在8000米上升期的飞机里似的，忽而像"神舟八号"飞船向上直冲云霄，忽而像迈克尔·杰克逊跳起了太空步，也就是脚踩祥云、口吐泡泡糖的那种感觉吧。恍恍惚惚里，一丝幽幽的香气不动声色地钻进了那些云朵里，钻进了肺腑，先是一点儿，略略带了一点点引诱人的妩媚味道，那眼神，有点坏，似乎在黑暗里伸出了一只小手，只轻轻一下，便挠到了你的心尖尖上，然后是一下一下，再就是一阵阵儿，以至将你整个儿都俘获在她的温柔乡之中了。这时刻，没有谁能抵挡得了江北少女的美丽的，没有谁拒绝得了江北少女的阵阵香气的，可见在强大的美丽和香气面前，男人再大的雄心壮志也是很容易被打败的，尤其是倘若你面对香气，你可能一开始看起来很坚强的样子，可是到了后来，你渐渐抵挡不了她们将你的心一点点融化，以至融化为"0"，一个大大的虚无，你，最终也会变成了一丝香气的。江北少女并没有什么错，错的是你自己，是你自己没有出息，错的也可能是这个香香的世界，错的是我们选错了这个世界来看她，明明知错却犯错，一错再错不知错，难道，犯错还需要太多的理由吗？

是的，我无法拒绝这样一种诱人的香气，她，让我想起了人生第一次近赏兰花的情景。若干年前的一个午后，我徜徉于花市，不经意地，那朵微笑着的兰花便扑入我的眼帘，准确地说，是第一时间，兰花那特有的香气俘获了我，幽香，幽静，深谷里，与世隔绝的悬崖上……我实在想不出自己曾经在哪里嗅到过，嗅到过这些令我热血沸腾的熟悉的知音的香气，我当时幻想了很多很多，终也没有想起自己应该怎样表达我辽阔久远的心跳。回画室后，心跳愈加猛烈，夜不成眠，老想那兰，那微笑，终于一个夜半，我疾步于案头前，奋笔作画，将心底那份感动一泻千里。别人画兰，时常以《芥子园画谱》的画兰图式描摹，忽略画好兰花必须先练好书法，体会怎样以书入画之理。这样一来，画者多了，难免一个"俗"字。为此，我一改常人的画兰之道，运用有轻重、快慢、提按、捻转和节奏的笔法，使笔下的叶子柔中带刚，见力量，富弹性，而且可长可短、可疏可密、可多可少、可粗可细地尽情生长在繁复的构图中，律动的线条赋予兰花独特的神韵和无限的生命力。尤其是我采用大笔写意的《空谷巨兰图》，行笔粗放，构图大气，一片片兰叶雄健刚劲，一朵朵兰花热情似火，把平常人眼里的看似小家碧玉的兰花绘画成了一个超级大帅哥，因为我知道，那兰花是男人式的，是陈奕纯式的，是"我"的。

玉成后，我悬挂于画室门口迎客的位置，一天一天，我时时在感应那种惊心动魄的心跳。

而此刻，香气来了，我的那种心跳又气势汹汹地来了，我知道自己是无法遏制的。显然，我被一个叫"幽香"的词语一枪命中。

我仿佛睡得更死。天知道，我竟然丝毫没有把这香气和车窗外的油菜花联系在一起呢！

而伴随耳边的一阵阵惊呼，我仿佛听见他们的一些对话，恍惚感觉这香气越来越浓烈、热烈了，浓得让人简直不能呼吸了。有人说："好美啊！从来没有见过这么多的油菜花开在水上的呀！"有人说："这里的垛田真多，起码有成千上万个，比铺天盖地的油菜花更有趣！一块黄一块绿的，好像少女的花衣裳！"也有人说："不止一万个呢！等一会儿，我们坐小船看油菜花吧？肯定，这水上看花更有女人味！"立刻就有人纠正道："不是女人味，是男人味嘛！"接下来，我听见了一阵大笑，坏坏的笑，车窗恍惚间被拉开了许多，后来，是越来越多的疾驶而来的香气，越来越大面积的香气，熏染得人们昏昏欲睡的香气，那么快就让人醉倒在她的怀抱里啊！后来，人声越来越嘈杂，汽车们的鸣笛声浪高一声低一声的，还夹杂了路边小贩们的叫卖和茶鸡蛋的热气，喜欢的和不喜欢的导游说话声、景区管理人员的官腔官调……我的眼皮越来越重，什么都不想看，始终保持了一个睡觉的姿势，只想进入一个刚刚行走了一半的梦境……

"哗啦"一下，车门突然被打开了，明晃晃的天光大把大把地涌过来，刺得我接连眨了十几下眼睛，最后，方才适应。

再适应的，是一种铺天盖地的金黄色，大气磅礴的黄啊！

再适应的，是渐渐变得熟悉无比的香气。

这时刻冲撞我灵魂深处的幽香啊……

在那高高的白茶山上

下午雨是神秘的。10月23日，雨，便小声小气地来了，像畲族的少女，像山娃子酣睡中的呼吸，像茶花在悄悄打开。细想想，又真的什么都不像。不晓得那山叫什么名字，许是一生中第一次来，云不散清愁不散，时间总是匆匆，罢了罢了。

在那高高的白茶山上，一个山水清明的下午刚刚被打开，静，手机信号全无，世界一片白。

下车时，我们慌慌着去找各色的伞，撑起的一刹那，亮亮的雨还是"咯咯咯咯"笑着扑了过来，由不得你躲闪的工夫。看那雨丝儿，斜斜疏疏，眼前一闪，细细的，细得让人看也看不见，揣想应该不是很大，走着走着竟然合上了手里的物件，好在真是如此。这样没有遮挡，整个世界便没有了遮挡，一个人轻便了许多，大步走在他们的前头，眼睛总是看不够，天白，地白，到处都是白的，神秘的，尤其是白茶山上的一种香，一丝一缕地弥漫开来，和着一丝一缕的暗暗压将而来的云彩，那感觉，让你说不清楚，也不想说清楚。很长一段时间了，我一直沉浸在对书画艺术的清愁中，太痛苦太痛苦了，吴冠中"笔墨等于零"之说我不敢苟同，艺术也绝非一个"零"字所能概括，许是探究本身便毫无意义吧。这使我想起从福鼎茶友那里听来的一些趣事，比如他们一上班就"斗茶"（比茶），在品茗过程中对各种白茶进行评比，茶场的新品也好，茶农的新绿也罢，比的是茶乡人对白茶的发自肺腑的喜爱啊。那么，最上品的白茶在哪里呢？我曾经这样微笑着问那茶友，他也微笑，只是一时答不上来，说可能，上品的白茶还没有被他们发现吧。我问他，上品在哪里？他伸出自己的舌尖，指了指。

是的，清愁总会找到另一个清愁的。

福鼎的秋天丝毫不见凉意，虽然翻过北面的那些山就是浙江了，翻过东面的那些山就是东海了，虽然台风天气总会时不时骚扰一下这里，但高山和大海相拥，也会获得一些意外的福分。于是乎，滋润的、曼舞的、性感的、骨感的、环肥燕瘦的、卿卿我我的、倾国倾城的、在水一方的……你应该是知道了，我所能指的，也就是白茶的一个个身姿了。我无法目睹白茶生长中的每一个细节：种茶、护茶、采茶等，这不重要。重要的，是独一无二的山区海洋性气候对于一种植物的影响，准确地说是一年长时间的云雾天气的影响，很容易对这植物形成单独的改造和培养，后来的后来，我想这植物也变成了世上茶类中独一无二的了。为什么总爱把茶比喻成少女呢？因为，它身上散发出香气，神秘的迷人的一种香，特别像少年时的畲族女孩。也因为，它银装素裹、白毫披挂的倩影，它素颜朝天、出水芙蓉的清秀，特别像少年时的畲族女孩。更因为，它举手投足间流露出闽东北大地的一种原生态，让你在刹那间也变成了一棵白茶树，和它一样美丽、羞涩、聪慧，特别像少年时的畲族女孩。如果我是一棵白茶树，如果我和她们一起生长在眼前这高高的山上，我还会一如下午雨一般清愁吗？

雨，依旧是个愁啊。

何时才能到达终点呢？

这样想着，便听见有人在叫我，慌慌地塞过来一把铁锹，铁锹把的顶端，系了一条红色的飘带儿。一看，是请每个人种植一棵白茶树，就像认养一个孩子似的，茶场方面的意思是沾沾我们的名气，特意在白茶山上开辟了一块空坡地。

下午雨，如下午茶，一颗心，竟越发地清愁了。

在那高高的白茶山上，我看见三三两两的畲族少女和茶农们穿梭在人群中，指导着我们这些山外人挖坑、填土、挂上写有各自名字的铝牌子。种植着白茶树，绿汪汪的山坡地好像一块海绵，迅速吸干了落下来的雨丝儿，吸到后来呢，海绵的肚子里也吸饱了，吸饱了便不再吸了，多余的水儿便源源不断地溢出来，脚踩在海绵上面直打滑。蓦地，畲族少女说："老天作美,替我们给小树苗浇水了!大家还不鼓掌感谢感谢他老人家呀!"一番话,把众人都给逗笑了。

我更加小心翼翼起来,小心翼翼着在土坑里扶正我的小白茶,用另外一只手拼命拖动铁锹,铲了一两捧泥巴,泥巴里夹杂了不少小草梗儿,小心翼翼着填进去,填平,紧接着,用皮鞋使劲踩了踩。我收起农具站在一边,眯眼瞧瞧,发现小白茶树栽得有些不正,便又走过去,扶正,不放心地踩了踩,再就是要给小家伙继续填土了,因为小家伙的生命太脆弱了,脆弱得不亚于我的孩子。这时刻,一个有经验的茶农便劝阻了我,他说土填得太多会影响茶树的生长,说白茶山上的土地灵着哩,种什么,活什么。边说边收了我的农具,叫我放一百个心。听了他的话,我还是不放心,可是没有办法,因为铁锹已经落在了他手里。只得走开了,只能走开了,我确实再没有其他的办法了。

几步一回头,惶惶地想,白茶树的明天呢?

一直回到山口的返程客车上,才知晓,和我一样担心的,并不止我一个人。我们都在齐刷刷地想,白茶树的明天呢?

一直到雨丝儿渐渐变大,变粗,粗得好像一根根松树枝似的,拼命从外面敲打着车窗玻璃,拼命喊着我们一个个的名字,拼命哭叫着骂我们心狠,直到车窗玻璃模模糊糊一片,又一片,全都是湿湿的,湿湿的。

进入市区，喧闹恢复，手机信号恢复，虽说看不见黄昏，我知道我们已经走进了23日的时间深处。过上几十分钟，我们就该吃饭唱歌、睡觉做梦，再过上几个小时，就是下一个黎明了。

但我想我的树，亲亲的小小的白茶树，可能叫我一整夜都睡不着觉的白茶树啊！

在那高高的白茶山上，我是一棵小小的白茶树。一直到第二年的1月里，也就是2011年的1月，我们都天南海北地走开了，思维还踯躅在那个飘满下午雨的清愁的山上。

清愁不减，不想她了吧。不想不想……

天使一滴泪

　　天使一滴泪，仅仅是一滴泪，那泪，千年一颤，绿了三湘大地，最绿的，就是张家界。

　　来湖南出差已经三四天了，对于仙境一般的张家界的向往更是与日俱增，睡不着，还是睡不着。好不容易挨到4月19日，午饭后，只得狠狠心，推却所有的事，约上三五文友驱车直奔湘西北的方向。游张家界，主要是看什么？当然是张家界的山了："天下奇山""天然雕塑园""天兵出征""十里画廊"……一路上，我的脑海里反复跳跃着这些词汇。张家界，难道真的是天使的一滴眼泪吗？

　　游玩只能安排在4月20日全天了。

　　一大早，当地的朋友就给我们派了一辆小车上山，顺道又接了市里的一个导游小姐，半途，导游小姐忽然望望车窗外说："哎呀，今天是阴天！大家下车时别忘了带伞，小心下雨！"果然，在张家界景区吴家峪口门票站前的小广场，当我们不以为然地下车的时候，迎接我们的是一丝丝一缕缕的薄薄的水粒儿。"下雨了！"我们边慌忙撑伞边说。导游小姐却习以为常地纠正道："这不是雨水，是雾啊！在张家界，'十天九雾'已经是家常便饭了！"细细看看，的确是雾，零零星星的水雾，远山近峰，四下飘散，朦朦胧胧中，一如少女般清秀、清明的张家界便向我们姗姗而来。我想起了两个字："忧郁"，这雾，这女子，这时刻，都应该是忧郁着的吧！

上得山来，端坐在环保型的中巴车内，一行人遥望车窗外影影绰绰的山色，方才知道张家界的雾气之大。行至著名的"十里画廊"景点时，雾气浓得似乎化不开了，风一吹，宛如一道道洁白的纱幔似的在飞舞，可眨眼之间，那纱幔又突然消失得无影无踪，3103座石峰消失得无影无踪，一点点痕迹都没有了。然而，美并没有走远。推开车窗玻璃，我看见一粒一粒的雾水扑面而来，细细的，尖尖的，滑滑的，凉凉的，好像少女密匝匝的心事，好像少女绵长长的忧愁，好像少女的情歌，只一下，整个人整个灵魂都湿了醉了，都掉进了这幅画里。忽听见导游小姐叹了一声，又叹了一声，忙问何故，她说："真是太遗憾了！这么美丽的景点都被雾挡住了，什么都讲解不成了，唉……大家如果不是赶上这样的鬼天气，该有多好啊！"我知道，她遗憾的怕是自己的口才派不上用场了吧？算了，不听也罢。

和我一样，雾里的张家界也应该是忧郁的。

在号称"世界第一梯"、高326米的"百龙"天梯上,在奇峰险要的迷魂台山道间,在"天下第一桥"天然石峰桥的仰视中,在袁家界的土家吊脚楼下,雾,始终引导着我们一步步走进原始,走进一个个神话故事,宛如几千年以前的那个天使、那个忧郁的湘西少女,相约相伴,一路无语。这样的天气里,在张家界369平方公里的大野上,我不知道传说中的武陵峰林是什么样子,不知道现实中的金鞭溪到底有多美,不知道千里相会的夫妻岩是否真的感天动地,不知道天子山御笔峰是否再现"好莱坞"大片《阿凡达》里的惊险神奇,只剩下了雾,无边无际的水雾,越来越细密、越急切的水雾,斜斜的,弯弯的,湿了眉眼,润了衣衫,即使是一个个都打着雨伞,也无疑是徒劳。在上山爬山过程中,有人忙着用数码相机拍照,但在回放时总是摇摇头删掉;有人小声地问着导游这样那样的山峰的典故,在想象中对照现实中的一峰一景,也难得导游在喘息间不厌其烦地一一作答,我倒是对这些不感兴趣的。在时下,大同小异的旅游景点已经使我们的眼球麻木了,神奇的山水风光已经被过多的商业包装变得越来越俗气,相反,寻找大自然的原始、古朴倒成为现代人的一种共识。面对水雾浸染的张家界,好像中国画一般的张家界,我的心灵是清明的,这个世界是清明的,清明是一只飞翔在时间之外的小鸟。

朦胧是一种忧郁,忧郁是一种美,发现美,也当属于画家。

　　雾越来越急，越来越急，自然而然，雾演变成了一场薄雨，小雨，毛毛雨，不动声色、密密麻麻地下着，宛如湘西女子正织着土家的布面，一经一纬，一送一顿，织着一场忧郁、绵长的春天。我们在山间行走，青黛色的山峰缥缈若现，云雾间的建筑缥缈若现，猛回头，鸟瞰盘山道上正在移动着的四方游客，宛如一只只五颜六色的蚂蚁一样，在群山峰林中品读着人世间一场巨大的寂静之美。返程途中，我们改乘天子山索道，果然，一座座石峰大山藏秀，一列列天兵指点江山，人在其间，宛如在天堂里漫游，不忍归去。天上人间，天使是唤醒每一个灵魂上路的人，是第一个带给我们祝福的人，是发现美、传播快乐的人。但是，天使却在三湘大地上流下了一滴泪，那泪，就是张家界，所以湘女最多情，所以湘竹斑斑泪，忧郁成一种守望千年的沧桑。

　　回到门票站的时候，已是傍晚。突然之间，雨停了，雾散了，神奇的张家界渐渐显现出她的大美，我们不禁哑然而笑，然后，是无边的遗憾。导游小姐看出了我们脸上的表情，说："这样吧，我作为一个湘妹子，给大家唱一支张家界的情歌好不好？"我们齐声鼓掌。她便很羞涩地唱起来，歌词记不全了，大意是"阿哥要下山，阿妹舍不得；下次若回张家界看俺，一定不要走路—坐车—开车—坐飞机来，阿妹心疼俺的阿哥呀"。坐在后排的张国领急了,忙问:"这也不能来,那也不能来,你让我们咋来看你呀?"导游小姐接着唱道:"下次若回张家界,一定要从梦里来。"片刻醒悟后,我们都大笑起来。再让她唱一些别的,她大概是生气了,索性一言不发,这样,一直赌气到我们和她的分别。

入夜,我的脑海里一直浮现着白日里张家界的云雾,盘旋着她那忧郁的眼神,辗转反侧,睡不着,后来在半睡半醒里听见了一阵阵蛙鸣,就再也睡不下去了。

不如不睡,想想那山、那人、那情歌,吸了两三支烟,倦意渐渐又来了。

布谷飞过北京城

一

我屏住了呼吸。

湿湿的夜,夏虫们的各种鸣叫好像一场暴风雪似的骤然落下:大的,像珍珠玛瑙样儿的第一个落在地上,玻璃球般弹跳着,一会儿出现,一会儿消失,我想,是蝉在脱壳;小的,像极了老奶奶簸箕里的米粒儿,孩子般一个连着一个往大铁锅里跑,声音急而小,断断续续,最后断断续续就连成了一道长音,那,是蚯蚓、蜈蚣、蛇,或者蟋蟀、蝈蝈;再小的,像一个武林高手随便抓住一块小石头,使劲一发内功,小石头立马就被他攥成了一把面粉,掺和在一朵朵霜花里面,一股脑地被弹出九天外,然后纷纷扬扬落下,交织成一种杂音,那,是更小更小的虫子们;小到不能再小的,你是无法拿耳朵去捕捉和辨别得到的,根本不叫什么声音,使劲晃一晃你的耳朵,你恐怕连自己都会怀疑的,这世界根本就没有什么声音,这世界有的,是天籁,是雪花和雪花翘起脚尖走路的声音。雪下得真大啊,一粒一粒,一阵一阵,一把一把,一步一步,包括我们不知道的,包括曾经有过抗拒和敌视的,都在慢慢、慢慢地积蓄,积蓄,汇聚成仇恨的愤怒的江河,"嘭",炸药包似的,全都爆炸了。下了半夜的雪,终于停了,所有的男低音、男中音、男女和声都消失了,我怯怯地望望黑黑的远方,远方的延伸处,什么都没有,什么都消失得一干二净了。

窗外,北京往北,北京北郊,布谷鸟一声一声在叫,一路上,长长短短地叫,清亮的鸟鸣飞过了北京城,飞向了北京往北的地方。我的耳边荡漾起英国诗人威廉·华兹华斯《致布谷鸟》的诗句:"啊,快乐的新客!/听到了,听到你我喜不自禁,/布谷鸟啊,你到底是只飞鸟,/还是飘忽不定的声音?"这位十八世纪末叶的诗人还歌颂道:"我躺在草地听你欢叫,/空谷震荡,回应频频,/山山传遍,处处弥漫,/一声悠远,一声贴近……"是的,今夜的布谷鸟是男高音,透亮,清明,我们的心,宛如被上帝轻轻放在清水里洗过,爽爽的,老是想歌唱。

轻轻地叫,轻轻叫,再叫,叫得人心里慌慌的。

叫得,叫人想落泪。

北京北京,浅浅的夜,我在你的怀里呼吸,在你的呼吸里辗转反侧,在哭。

北京北京，我不知道我的布谷鸟飞到了哪里？

二

白天，课余课外，我骑着一辆"凤凰"牌双杠型自行车，游走在京郊的大街小巷，我的目光一遍遍打量着这座古老的、艺术化了的北京城，我想，那应该是一座构筑在纸上的当代北京城，底色不是泛黄色，而是真真实实的那种中国红！

我在北大读研，主修书画专业，课余参与百卷本《中国全史·中国古代艺术史》分卷编撰的重大任务，采访工作艰难繁杂，每天每天，我都骑着那辆破旧的自行车四下奔波，我把自行车当作我的两条腿，也就是说，我用自行车在一步一步地丈量着我们的北京城啊。北京，两个温暖着亿万炎黄儿女的心的字眼——中国的首都，我第一次感觉到自己的脸紧紧地贴着她。

北京，从古到今，有多少人为她彻夜难眠啊。唐代诗人陈子昂在《登幽州台歌》中唱道："前不见古人，后不见来者。念天地之悠悠，独怆然而涕下！"那是悲壮的北京。而"诗仙"李白有诗《自广平乘醉走马六十里至邯郸，登城楼览古书怀》为赞："醉骑白花马，西走邯郸城。扬鞭动柳色，写鞚春风生……闲从博陵游，畅饮雪朝醒。歌酣易水动，鼓震丛台倾。日落把烛归，凌晨向燕京。方陈五饵策，一使胡尘清。"这是豪迈的北京。北京北京，此刻，一伸手，就可以触摸到，就像贴近了母亲，那么亲，那么亲哪！

更亲的，是我在完成一个个采访任务后，深夜编撰、潜心创作的时候，我的眼前时不时会回放这样的镜头：上午11点12分，我单脚着地，停下自行车在北大西门等红绿灯，看到了人行道上有三五个身着印有京剧脸谱、梳羊角辫的高中女生；12点03分，我从中国社科院老专家的办公室出来，买了一块烤红薯，花了两毛七分钱，吃完烤红薯以后，我骑出600多米，找到了一个垃圾桶，把红薯皮扔进去，再返回北大；下午6点24分，正是下班高峰，我夹杂在众多北京市民的自行车大军里，等绿灯一闪现，我们像一个个弹簧似的，全都朝着四面八方弹了出去，真带劲！我爱北京的地下通道、地铁通道、立交桥、高架桥，我爱北京城这些路和路的过渡部分，我们北大的学子们喜欢称它们为"北京之上"，或者叫"北京之下"，每当这时刻，我们由原来的"我骑自行车"，变成了"自行车骑我"，一上一下，上上下下，虽然可笑，但是可爱。时间是很容易造化人的，比如一愣神的工夫，我仿佛就成了骄傲的北京人……写到这里，如果你正坐在我对面，你就会察觉到我脸上不知不觉荡漾起一抹幸福的微笑。

还记得，有一个叫"雍和宫"的地铁口，一个戴解放军帽的小伙子在唱摇滚歌曲,是崔健的《一无所有》,一边唱,一边拼命弹吉他,声音吼得像要随时和什么人打架,头摇得好像一个拨浪鼓。据传说,这个人一直在这儿唱,从来都是这首《一无所有》,从早晨到晚上,很"愤青",很有激情的呢。他的激情时刻在感染着每一个过路人,每一个人都想像他那样狠狠地宣泄一把,都想解放,都想自由,都想"愤青"。也许,八九十年代的人都是这个样子,都像一个个雍和宫地铁口的摇滚青年,他们不再唱邓丽君的《甜蜜蜜》《月亮代表我的心》了,他们不再唱费翔的《故乡的云》《冬天里的一把火》了,他们只想一心摇滚。我走出老远,他还在没完没了地唱:"我曾经问个不休,你何时跟我走?可你却总是笑我一无所有……嗷——你何时跟我走?嗷——你何时跟我走?"他半眯着眼,胡子拉碴,长发飘飘,他很幸福。

夜,也是幸福的,每时每刻都是,幸福激动。

就盼着有个什么东西一起和我激动才好,就盼着让个人和我一起分享一下这激动才好。

恰好,布谷鸟就叫了,翻山越岭地叫了,想都不用想地叫了。

布谷布谷,好像把原野上的农事全部唤醒了一样。

又好像唤醒了我的美丽乡愁。

三

我从南方的花城来。因为,心,一直向往着北京。

一座城市和一个人一样,要有王者气象,要有百年威仪,要有大智大气,除了北京,我想没有第二座城市能够配得上这些形容词了。临行前,母亲告诉我:"到了北京,一定别忘了看天安门升旗、看毛主席纪念堂、登一登长城,这些呀,我做梦都不止梦见过五六回了!"我理解母亲的话。我们从小就跟随父母下放到广东一个偏僻的小镇,虽然多苦多难,但我们全家都始终坚信党的话,相信真理和正义一定会属于人民的。21年后,父母亲平反了,我们家也落实了政策,我们兄妹几个相继考上了大学、入了党,我想,苦难就是我们当初奋发图强的巨大动力。

走在北京城的大街上,我会时常想起母亲,我的母亲至今还没有来过北京,还没有见过天安门、毛主席纪念堂和长城呀!甚至说,北京城要看的东西远远不止这些。我只是一介书生,我还没有能力把母亲接到北京城里逛一逛,告诉她北京还有北京胡同、北京烤鸭、冰糖葫芦、炸灌肠、驴打滚儿以及炸酱面,告诉她老北京的吆喝声到底拐了多少个弯,北京城的夏天有多热、冬天有多冷,尤其是北京城的春天、秋天都短得出奇,偶尔还会有沙尘暴,也告诉她这里的生活和工作节奏有多快,说实话,我当时真是想了很多很多。母亲可能不知道,她当初嘱咐我要去的三个地方,我在周末期间都去过了,更大的收获是,如今,我用那辆破旧的"凤凰"牌双杠型自行车,已经在心里绘制了一张北京城的地图。

是的,我爱北京城,我会像布谷鸟一样在蓝天上看她,一寸一寸、一米一米地看她——我的熟悉呼吸、我的温暖怀抱。

有人说,布谷鸟不是鸟类,是谜团、是声音、是灵魂。在我眼里,布谷鸟却是一片轻盈的羽毛,宛如飘落在宿舍楼窗台的一只蝴蝶,向我微笑,在无尽的暗夜里,让所有的心灵跟着它一起飞舞。

窗外,千里万里,布谷鸟飞过北京城。

北京北京,我不知道我的布谷鸟飞到了哪里?

第二辑·乡愁不愁

我的乡土中国

乡村，是一个作家乃至一个民族心灵的根。

自2010年第二季度以来，中国GDP总量赶超日本之后，成了全球第二大经济体，但国民人均收入不足4000元人民币，仍旧是发展中国家的较低水平。在我看来，中国目前还是全世界超级农业大国，六亿多的农民人口不仅庞大，而且也成为影响当代中国经济发展中一个沉重的包袱。我想，整个21世纪应该是如何解决农业、农村和农民的问题，说到底，就是如何让农民富起来，只有农民富裕了，才会真正实现国富民强、大国崛起，才会真正实现中华民族的繁荣昌盛、伟大复兴。

我自幼在南方山乡长大，深刻体会到农村的偏僻落后、农民们日复一日的劳作之苦。几十年来，在长年累月的书画创作过程中，我更像一个正午烈日下锄禾的农民一样，辛勤耕耘，肆意泼墨，有遗憾，有丰收，有心血，也有无人知晓的泪水……这世上，难道还有什么人比农民更辛苦的吗？农民要进城务工，赚钱养家糊口，怎么办？他们大批大批地进城了，农业耕地大片大片地闲置、荒芜,这样发展下去的结果是,农民即将失去土地。没了土地,农民还怎么活命?所以说,乡村是一个民族的根。

哥伦比亚的著名作家马尔克斯是拉美作家中赢得最广泛的世界声誉的一个,这不仅因为他是1982年诺贝尔文学奖获得者,更因为他的长篇小说《百年孤独》催生的人类"寻根热",自1967年出版以来一次次勾起我们对乡村的美好记忆。《百年孤独》的第一句这样写道:"多年以后,奥雷连诺上校站在行刑队面前,准会想起父亲带他去参观冰块的那个遥远的下午。"之所以这样精妙绝伦,是因为马尔克斯借助叙事者引出童年见识冰块的回忆"过去"的同时,把一个不确定性的"现在""未来"呈现了出来——整个拉丁美洲百年历史的纵深感和连绵感。而马尔克斯的起笔,却选择了马孔多这么一个毫不起眼的小镇,小镇的创始人布恩蒂亚、乌苏拉在一块空地上建立了伊甸园式的马孔多小镇,他们繁衍的一个家族如何在一百年的时间里兴盛、衰败,最后又如何在一夜之间消失的故事,小说始终弥漫着田园牧歌一般迷人的气息。这部《百年孤独》,今年在国内重新得以再版、畅销,我一点也不感觉到奇怪。可见,写开头这第一句话,比他写全书还要费时间。

相似的乡村抒情,我在玛格丽特的《飘》、帕慕克的《我的名字叫红》、昆德拉的《生命中不能承受之轻》、鲁迅的

《故乡》、梁晓声的《年轮》、王宗仁的《藏地兵书》等作品里也读到过，仿佛跟随着这么多作家徜徉于天堂般的乡村一样。昆德拉在《生命中不能承受之轻》中所描述："我们都是被《旧约全书》的神话哺育，我们可以说，一首牧歌就是留在我们心中的一幅图画，像是对天堂的回忆……只要人们生活在乡村之中、大自然之中，被家禽家畜、被按部就班的春夏秋冬所怀抱，他们就至少保留了天堂牧歌的依稀微光。"如此精到的自然描写，令当年在北大图书馆里的我非常震撼，整日陶醉其中，显然，它极大地影响了我后来的书画创作和散文创作，以及对于一代经典之作的向往和追求。每一个作家都有这样像上帝"创世纪"的意味，或者叫艺术创作冲动，但是冲动并不等于是你的作品立马就有了非常好的效果，我在许多书画作品完成之后时常会发现：经典之作并不是天天都有，非经典的东西太容易产生了——原来，经典距离我们是非常遥远的！

对于中国的农业、农村、农民，我感到通过一切艺术的形式去接近它们，非常的"陌生化"、非常的"无所适从"，我想这是一个书画家、作家无法通过他所掌握的技巧来完成的。和现实中形成的强烈反差是，马尔克斯帮我们展开了一座消失后的"陌生"的马孔多小镇，鲁迅帮我们发现了一个长大了的"陌生"的闰土，梁晓声帮我们呈现了一个班长式的"陌生"的兄长，一切的一切，都是一个个作家在发现"陌生"的过程中，所留下的孤独、困惑的身影。

我希望现实中国的"三农"问题的状态会变得越来越好，更希望自己能像马尔克斯在创作《百年孤独》时一样认真写出好的作品，再一次掀起人们对于乡村的"寻根热"……虽然，实现这个梦想我是那么力不从心，但，我一直在努力着、行走着。

在对待"艺术创作的态度"这个问题上，我们很多时候应该向农民学习，真的，真的是这样。

从"乡愁"说起

有一首意大利民歌,叫《重归苏莲托》,是这样描述"乡愁"的——

看,这海洋多么美丽!多么激动人的心情!看这大自然的风景,多么使人陶醉!

看,这山坡旁的果园,长满黄金般的蜜柑,到处散发着芳香,到处充满温暖。

可是你对我说"再见",永远抛弃你的爱人,永远离开你的家乡,你真忍心不回来?请别抛弃我,别使我再受痛苦!

重归苏莲托,你回来吧!

为什么要说乡愁呢?因为,我们这个时代正处于大发展、大变革、大调整的新时期,原有的农村正在被城市化或者城乡一体化,农民大批大批往北京、广州、深圳等发达城市方向涌来,村庄和土地大片大片地被他们闲置,说到底,他们的心是漂泊的,他们的家是漂泊的,他们的牵挂也是漂泊的。我在教授我的研究生时,常常说到"乡关何处",语出唐代诗人崔颢《黄鹤楼》"日暮乡关何处是?烟波江上使人愁",是典型的抒写乡愁的诗句。书画艺术创作中的"乡愁"意识,其实和我们的散文写作是共通的,过去我们吟诵孟郊的《游子吟》,拜读鲁迅先生的《社戏》《故乡》,搞不明白台湾人、海外华人为什么那么喜欢余光中的诗时,我们的"乡愁"是沉睡着的,"乡愁"是一种意识,是一种移民意识,漂泊意识。

现在,这种"乡愁"意识苏醒了,它在真真切切、一字一句地告诉你:"你没有家了!那么,你想家吗?"我敢说,我们每一个人都会泪流满面的。诚然,我们追求物质的富足、追求生活环境的改善,我们远离了故乡,去打拼、搭建一个新的家园,我们过上了比以前的乡村生活好上千百倍的日子,但是,我们只能在梦里呼唤故乡、抚摸故乡了。

乡愁无处不在,好的文学作品提炼成歌曲,把乡愁渲染得非常广泛。如李叔同根据美国歌曲《旅愁》重新填词而成的《送别》,盛唱了近百年;如苏联歌曲《莫斯科郊外的晚上》、意大利歌曲《我的太阳》等,曾经感动过几代中国人。又如大家熟悉的俄罗斯歌曲《小路》《山楂树》《三套车》,意大利歌曲《重归苏莲托》,日本歌曲《北国之春》《拉网小调》。还有，大家更熟悉的费翔《故乡的云》所唱："天边飘过故乡的云，它不停地向我召唤，当身边的微风轻轻吹起，有个声音在对我呼唤……"一下子把乡愁拉到我们眼前。为什么目前的校园歌曲很多，却流传不下来呢？而从前的校园歌曲《榕树下》《南屏晚钟》却盛唱不衰呢？那就是它朗朗上口的词句里面浸润着乡愁。成方圆在配唱电影《搭错车》的插曲《酒干倘卖无》时，画面播出的那个捡啤酒瓶的老人，看后让人心酸。时下的闽南语歌曲《爱拼才会赢》抒发了拼搏者的苦与累、愁与乐，以及奋发向上的情怀；歌曲《我爱五指山，我爱万泉河》《映山红》唱出革命火种与乡愁连在一起的心声。从这一点来讲，艺术作品中的"故乡"只是我们当年的翻版、复制，和现实中的"故乡"格格不入，何况又远隔千里、物是人非了呢！

无论是愁、是苦、是乐，都体现着漂泊者的"乡愁"意识，都表达着漂泊者一种强烈的家国情怀。我们的党史说，不是中国选择了马列主义，而是马列主义选择了中国，中国有非常好的土壤来培育马列主义。在我们今天的作家队伍当中，有解放军及武警战士、警察同志，这常常让我想起他们远离故乡去执行任务，为国家利益、人民安危面对罪恶、死亡时，而家中父母去世却无法在他们身边尽儿女最后的孝心的许多镜头，确实非常感人肺腑。还有两类作家群体：一是既从商又习文的儒雅作家，有人说商场如战场，其实这说法不对，商场是为自己而战，战场是为国家为人民而战；二是各地的一些专业作家，如果他们把写作当成一种职业，那就属于养家糊口；如果他们把写作当成事业，一种伟大的事业，那才能让我们景仰。我曾经在一次会议上，听到有位作家谈到艺术创作时，称艺术的境界就是"水到渠成"、写作不能刻意等，并认为"写实绘画是重复加重复，达不到最高境界，只有写意绘画才能达到最高境界"。这种说法不太对！后来看到他的画，根本就属于初学阶段，随意涂鸦几笔，一点也没有"愁"，倒是像他在说梦语。我认为必须先有写作技巧，才有写作艺术，然后才能达到较高的艺术境界。毕竟，写作不是开水龙头似的，随便一拧开，"哗哗哗"乱淌，毫无节制。

故乡是散文写作的好母题，从古到今，有好多写乡愁的散文都达到很高的艺术境界。但是，以故乡为母题不能作为单一的散文创作选择。我们处于现时代多元化的社会转型期，必须具备多种思维模式，必须具备有超常的观察能力、超常的分析能力、超常的判断能力和超常的表述能力，才能写出更加丰富多彩的散文力作。

我经常为了创作一篇文学作品、创作一幅大型国画，不知要耗去多少个日日夜夜，忍受多少病痛，但每到这个时候，我总是咬紧牙关，继续奋战到底，因为我的血液在不停燃烧，因为有一个成语叫"天道酬勤"！所有这些，都饱含着崇高与乡愁。很多时候，我都情不自禁地把我的"乡愁"带给大家，不论什么场合，我想这时刻的乡愁是最美的，就像歌中描写的那样：

　　看，这海洋多么美丽！多么激动人的心情！看这大自然的风景，多么使人陶醉！
　　看，这山坡旁的果园，长满黄金般的蜜柑，到处散发着芳香，到处充满温暖。

所以，以散文之名，书写我们的"乡愁"意识，在纸上想家，比在梦里想家，要来得更猛烈、更直接……

大地上那个拾麦穗的女人

大雪时刻，不知怎么回事，我的脑海里不断闪现出法国画家米勒的那幅名作《拾穗者》，那个在辽阔的大地上拾麦穗的年轻女人，她小心翼翼地捡拾着麦田里许多遗留的麦穗，脸上虽然荡漾起无限的喜悦，但依然抵挡不了她内心巨大的孤独和寒冷。

路得，这个可怜的悲剧女子，这个从伯利恒迁居到摩押的以利米勒家的年轻寡妇，凄情弥漫大地，她正站在以色列的麦田中央，捡拾着遗落在大地上的最后一根麦穗。

也不知这大雪到底什么时候才会停？

花城下雪，百年一遇，听说是明、清一朝一雪，其余气温都是在零度以上，偏偏这思维就在2008年年初被修改了。雪越下越大，没完没了起来，28层楼的室内出奇地冷，平日里是没有暖气、火炕、电热毯之类的，空调里吹的也都是冷气，可偏偏说下雪就下雪了，南方人哪受得了这等洋罪？我凭窗远眺，乳白色的花城、乳白色的珠江起起伏伏、绵延数百里，大美，直铺向天边。

空气中潮潮的，潮湿和寒冷纠结一处，入木，入骨。城市之上，登高者不止我一个人，我想我们是孤独的，登得越高，越是孤独。不可否认的是，长时间的孤独感迫使我无法呼吸，拼命在书画艺术的暗道里奔跑，不停地奔跑。后来的后来，把我的名字跑丢了，把我的生活跑丢了，世界只剩下了黑和白，或者是停停走走。时间就是在这种恍恍惚惚中过去了，我把一个男人的名字弄丢了，我不知道我是谁了，这是多么可笑的事情！以至有一天的晚上，我怀揣着一大串钥匙正要上楼，却被小区里的保安拦住，他怀疑地打量了我半天，问我找谁。我想了想，"哗啦"晃了几下手中的钥匙，说"我找我自己"。他尴尬地笑笑便走开了，边走边不停地回头看我下一步的动作，一副"我怎么没有见过你"的继续怀疑的样子。这样的鬼天气，我只好停止，拿着钥匙串一动不动，随便那保安看个够，等到他大步流星地跑过来的时候，我"啪"一下打开了单元门，大步流星地直奔电梯，直奔楼的28层，突然，我知道我是谁了。

我揣想远古时的那个午后，像我这样孤独的，还会有一个女人。当年，她的男人匆匆撒手西去，天地一片暗淡，她擦干泪水，举家又迁回了正值丰收的故乡伯利恒。那一定是我们熟悉的五六月间，农人们正在抢收麦子，大地上一片热火朝天，但她家的田地却荒芜多年了。全家人要生存，得吃麦子，怎么办呢？这个时候，路得的婆婆告诉她："拾麦穗吧！你只管去麦田里拾！"言语果断，不容置疑。婆婆所指的麦田，是故乡的任何一户好心人家的麦田，因为《圣经》里说，以色列先民遵守神圣的摩西律法，在收割麦子时不割干净田头、地角，不拾取遗留下来的麦穗，统统留下来给穷人和寄居的人们。两三个可怜的女人、一个支离破碎的家，在当时背井离乡、颠沛流离的艰难背景下，这份爱，显得多么地温暖人心啊！

这不是一个简单的传说，而是一首处处充满爱心、阳光和幸福的主题歌。生活中，我看到过很多这样的歌者，他们的歌声里有大地阳光、美丽山冈和白云下一个个拾麦穗的女人……

我的美丽乡愁

我们的家，就在我们的心上一直放着。从一条江到另一条江，从一条河到下一条河，古代的先人们长途跋涉来到了东方，筑鸟巢，开天地，茹毛饮血，刀耕火种，那小小的鸟巢，就是我们温暖了五千多年的家。

但，离开了家，就有了愁苦的纠结，就有了几千年的漂泊。大海苍苍茫茫，即使一片树叶似的小舟，也会注定找不到岸，将会在这无边无际的遥望里走向虚无，走向海天之间那些遥远的愁苦。乡愁的意义该有多么大呢？英国诗人华兹华斯说："我孤独地漫游，像一朵云。"这是一首作于1804～1807年间的诗歌的标题，也是诗人和妹妹两年前在返回格拉斯米尔湖的途中，与公园水边的几棵水仙偶遇时的心境："……我从未见过这么美丽的水仙，它们长在青苔石缝里，星罗棋布，有几丛仿佛倦了，把头枕在石头上，余下的把自己交给湖面的风，仿佛真的在笑，欢欣无比，随风旋转、舞动，跳个不停，一刻不休……"乡愁的意义，也就变成了诗人一如水仙般的思绪，虽不明媚，虽不浪漫，但却引领着我们一步步走向那孤独的最高处。"乡愁即水仙"，两百多年前的华兹华斯似乎这样告诉我们说，也似乎在暗示诗人精神世界里的那几棵水仙之所以能清香至今，是因为我们不解美丽、不解水仙，更不解当年那些空灵飘逸的愁苦罢了。

不难理解，水仙是英国人的最爱，被大片大片地种植，每年三四月间，门前屋后，山川原野，水仙花总是一个劲地朝最热烈的程度绽开，然后怒放、枯萎。我崇尚这样一种神往的姿态，单就水仙花而言，的确是清丽、忧郁了一些，宛如那美丽的仙子一般灿若高天，她们身上的贵族气在大地上散漫开来，直抵我们的心灵。想想看，假若我们一天天老去，我们的水仙情结不散，假若那水仙的清香越来越纯粹，那么，我们的乡愁是不是越来越愁苦了呢？所谓美丽的，总是愁苦的，这愁苦，因了我们几千年的漂泊感不去，因了我们对于水仙花香的另一种阅读，所以后来，愁绪漫游，我心似水。

我时常怀想中国那个诞生《诗经》的古代，我们的先人临水而居、逆流而歌，他们的思想是纯粹的，是无为有为的，是有道可载的，所以才会有"大道无形""上善若水"这等佳话。历史的呼吸，总是在不经意间回响，一个个先人从南走到了北，又从西走到了东，漂泊感的万千纠结，大概是一个"空"字。我想，天是空的，时间是空的，愁苦是空的，水仙清香是空的,万事万物是空的,人,后来也会是空的了。

空,没有终点。好比一个人的乡愁上路,一走,就是今生今世,也许他看不见,也许他看得见。

门前那棵桂花树

一棵新来的桂花树,刚到时一身盛装,不久便繁华褪尽,静静地站在天空下,睡着了一般。

再不久,嫩绿的叶子,一小丛一小丛地从树干上钻出来,有点兴奋,还有点儿害羞的样子,从树下往树上排列,像五线谱,有音符的韵律。我觉得它的每片树叶都是眼睛,甚至能感觉到它的性别和气息。

在它没有落叶的时候,它的叶子茂密如深林,透着灵气;在它收敛了一身盛装,落尽繁华,让自己变得非常不好看的时候,透着神秘。在最初的有一天晚上,大约9点钟,我来到树下,也许是因我的脚步声,突然树上哗啦啦骚动起来,叽叽喳喳叫个不停,我看到密不透风的树冠像一个大摇篮,在空中晃动,有的鸟在树枝上逗闹。方知惊了它们的好梦,我悄悄地不敢出声。这个时候我觉得这棵桂花树,实在是鸟儿的天堂。

俗话说,人往高处走。鸟站高枝,这是因为站在高处的鸟,更有安全感,这个道理,不经历,是不会理解鸟类的生存之道的。

　　大约一个月后,树上繁茂的叶子渐渐脱落,再过了一个月,下面的全掉光了,树梢上的叶子所剩无几。站在阳台上往下看,没有掉落的叶子呈灰褐色,干枯而梆硬。这时再看树身,觉得挺拔而清冷,心里受了伤似的,仿佛杵在冬日里的一把大竹扫帚。

　　但是我对它充满信心。它是在经历化蛹为蝶的蜕变,是凤凰涅槃。重生是痛苦的,我应该对它充满信心,看着它受苦的样子,我的内心里还有一丝丝怜悯和不忍,能对它做的,只能是浇水再浇水,使它喝饱喝足后积攒力量。我常常看着它,感受它的呼吸和气息。我对它说,你知道我在乎你,你一定会焕发生机,要加油!

　　人站在一棵高大的树前,是渺小和微不足道的。但它能感受到我强大的愿力,我的力量来自灵魂深处,来自我对它生命的尊重和呼唤。

　　先前我对朋友说,你看这棵树的造型多么美,两尺多的主干之上,走出三大分枝,三大分枝又长出十枝亭亭玉立的枝干,在空中收拢得有模有样,没有旁逸斜出,团团地向外扩散,像莲花般好看。朋友煞有介事地,头一点一点地查着数:"一、二、三……真好,十全十美。"

　　就这样,从春到夏,两个多月后,它的主干上发出了嫩绿的新芽。

生命的奇迹，有时候不是我们可以想象得到的。我天天盼着它长出新芽，它却缓慢地不肯露头。有一段时间我不再把注意力放在它的身上，不再去观察它，它却给了我意外的惊喜。这个时候我确认它已经适应了环境，可以尽情地生长了，心中充满欢喜。但是内行的人说，第一年活不算活，因为它还没有真正扎住根呢。它在迁移的时候，植树的人们削去了大部分根系，树梢也被剪去，它是受到重创之后来到这里的。

其实在你夸它、欣赏它的时候，它是忍着巨大的痛苦的。这里的水土服不服，这里的养料跟上跟不上，对它是生命攸关的大事，直接影响到它的生存质量。重生的磨难，我们人哪能体谅得到呢？

桂花树是高贵的植物，它的生命灵气是绝对存在的。

端午节的那天傍晚，我在纯净的桂花树下冥想，我的内心仿佛被过滤了一般，清澈明净。之后我透过树隙向天空望去，我惊奇地发现，那晚的月牙是金色的，弯弯细细的金色月牙儿镶嵌在低空，离月牙儿不远的地方，有一颗亮晶晶的星星，也是金色的，宛如一幅充满故事的水墨山水画。

它是在与月亮遥遥相望、默默对话，它一定会告诉月亮：到了8月，我也是金色的！

我几乎忘了，这棵桂花树是金桂，开金色的花。我要做的是，一定给你一个金色的心灵的家。

乳 名

多少年了，儿行千里。

雪下了一夜，很大很大。打开玻璃窗，一股透明的雪花的寒气逼人肺腑，是的，雪还在不紧不慢地下，沸沸扬扬地下，让人想起中国北方的漫漫冬夜里母亲的唠叨，总也扯不完的许多唠叨。母亲说："三儿呵，别看你现在小，不知道有家有妈的好，等你长大了离开了家和妈，你就知道家和妈的好了，因为家里有妈，你在妈心上……"我在家排行老三，"三儿"是乳名，大人们一叫那乳名，总是甜甜的。

这样的天气，寒气彻骨，加上南中国海上飘漾起那些遥远的乡愁，心境越发地空旷了。小时候，母亲告诉我说，在海的那边，许多潮汕人谋生海外，常年往返于潮汕与中国台湾、东南亚的海船上，常常"一溪目汁一船人，一条浴布去过番"，他们个个是"去时小生弟，返时留白须"。想当年，在潮汕，为了这些远洋的船只平安归来，有多少"嫁着过番安，有安当无安。嫁着做田安，日双夜亦双"的留守女人眼巴巴在盼啊！

我哭了,我知道母亲的亲人里面有一个漂泊海外、音信全无,母亲的祖母曾经因为想他,最后哭瞎了双眼。停顿了许久,母亲唱起一首凄凉的潮州民谣:

  洋船到,猪母生,
  乌豆仔,缠上棚。
  洋船沉,猪母眩,
  乌豆仔,生枯蝇。

  "三儿!"是母亲隐约在叫。多少年了,数不尽的坎坷、困苦、迷茫、疼痛,数不尽的诽谤、打击、失败、委屈,全都像火山一样突然爆发了,全都咆哮着汹涌着爆发了!
  一刹那,天地一白,满脸是泪。
  一朵雪花落在另一朵雪花之上,就堆积成了时间;一个我踩在另一个我之上,也堆积成了时间。我和雪花都是似曾相识的,相识却不见,不见不想,一切一切,交给时间来完成,这是多么痛苦的过程啊。时间是空荡荡的。周遭再无一人,我把玻璃窗轻轻关上,泡上一杯茶,接下来的事情我想这样:把我交给那袅袅的茶雾。果然,时间打开了,茶雾深深浅浅弥漫,我的眼眉湿漉漉一片,我听见了巨大的静寂里自己的心跳,听见了自己天籁般的呼吸,听见了小时候山路上的放学奔跑声,听见了父亲进山砍柴、母亲喊我们吃饭的声音，雾散，香也散，一丝一缕地往肺腑里钻。都说"品茗思乡"，说明每个人的故乡都是有气味的，一如这深深浅浅的茶香。可是此刻，我能不能循了茶香寻找故乡呢？多少天多少年了，茶是一缕香，故乡是一缕香，谁也不知道，这一缕香，唤醒了多少人梦中的乡愁、打湿了多少声回家的乳名啊！

乡愁是一朵乳白色的雪花。记得，18岁那年秋初，我考上了武汉大学，即将乘船北上，父亲母亲赶了几十里山路来到珠江畔送我，我黑瘦无比，单薄得一阵风就可以把我刮跑似的。母亲让我把《毛主席语录》带上，因为这本书上有她亲笔写的"三儿"两个字，我不解，母亲再三坚持要我带上它，说三儿这一走不知道什么时候才能回家，书在，也好有个念想。果如母亲所料，我上完武汉大学，又在北京大学读研，然后辗转了三五个城市，直至定居花城（广州市的美称，下同），故乡也就成了一个空荡荡的地名，偶尔回去，也只是走马观花罢了，因为故乡有爸有妈、有我一辈子都忘不掉的酸苦。恍惚之间，我朝这个城市的北方望去，我想找到故乡在哪里，但是找了半天，怎么找也找不到，我失望极了，故乡原来在我们的视野之外，故乡在时间之外，我是不可能一下子找得到的。即使我在一张偌大的中国地图上能找到它的方位，但是能找到我们村前的那条山路吗？能找到我们村后山坡上的牛驴粪、尿骚味吗？

能找到三两个池塘、形状不规则的小学操场、简易的合作社卫生所吗？记得1999年的春节期间，我回去过一次，一切的一切都不存在了，取代那里的，是成片成片的商品楼、农贸市场，我们旧居的位置，好像正是在今天的大马路中央。可是毕竟，故乡还是那个故乡，乡音还是那个乡音，根还是根，我还是我，你还是你，这样，还有什么不满意的呢？更加令我倍感亲切的，是乡里乡亲喊我的乳名"三儿"。不管你的身份如何如何高贵，不管你今天多么多么富有，他们叫起来那么脱口而出，熟悉得不能再熟悉的了。因为在故乡，大伙叫不顺你的大名，他们只记住了你的小时候，记住你那光屁股爬树、洗澡、吃饭、撒尿的熊样子，记住你那什么不懂、什么不是、什么不管、什么不服的熊样子，没有人不记得你的乳名的。

记得，我把那本破旧的《毛主席语录》拿给儿子看，儿子连连摇头，说他不喜欢看那些书，说他看也看不懂。可是他把书翻来翻去，最后竟然只对"三儿"来了兴致，问我这两个字是怎么回事。当时，我脸一红，对儿子说"三儿"是我的乳名。他不懂乳名是什么名字，我说乳名也就是小名，他立马就懂了。儿子又一本正经地问："爸爸，我怎么没有乳名呢？"我犹豫着说："乳名太土，不好听，只有农村的孩子才有。你是城里出生的，你现在的名字也可以当你的乳名。"儿子反驳道："爸爸骗人！爸爸骗人！'三儿'怎么那么好听？你也要给我起乳名！"我无奈，只好拿"狗狗""黄黄"之类的名字糊弄儿子。儿子一个劲地摇头，说怎么都是小狗小猫一类的名字，就不能起个有意思的？我思考了一下，说："那，就叫孬蛋吧？我们村叫这个乳名的有五六个呢！"儿子嬉笑着说："这个嘛，还差不多。可是，和我重名这么多，怎么办呐？"我说："那，你就叫小孬蛋吧。"最终，儿子笑纳。其实，"孬蛋"就是"坏蛋"的意思，只不过我不好意思和小家伙明说。记得那天夜里，我做了一个"我和七个孬蛋比赛对着墙头撒尿"的梦，比赛结果是"大孬蛋得第一名，我和儿子倒数"，天亮醒来，我一脸坏笑。更加有幸的是，母亲那天喊我吃早饭的时候，竟然叫的是"三儿"。

一声乳名，我被母亲喊出了满脸泪花。

大雪在下，我的心，也在下着另一场大雪。想想看，我的小时候是乳名漫天飞，而如今呢，孩子们的乳名大都被"宝宝""宝贝""小宝""妞妞"之类的名字同化了，说严重一点，现在的孩子一出生，根本就没有什么乳名，也许等到我们的孩子长大后才察觉，早就已经晚了。当我再端详正在睡梦中的儿子时，我满脑子想到的是"我的宝贝儿子没有乳名了"，可是，儿子早过了起乳名的黄金时段，这到底是谁的过错？

这样的天气，我想起北上二姐家的母亲，想起远在天国的父亲，想起我们随着母亲一起漂泊的故乡，我的寒冷在加倍。

是的，我们的小时候正在远远离开我们，我们的乡愁正在漂泊到别处，唯一留给我们的，是乳名，是母亲唱起的民谣——

  洋船到，猪母生，
  乌豆仔，缠上棚。
  洋船沉，猪母眩，
  乌豆仔，生枯蝇。

天下的雪花，一朵一朵，都是母亲喊我乳名的声音。多少年了，这乳名，却飞过千里万里，直抵一个男人的心窝子里。

母亲，我亲亲的母亲啊！

看着你一天天苍老

　　从来不知道母亲有一天会苍老，真的不知道，我还依然天真地认为母亲还是原来的母亲，她不会老的，她好胳膊好腿、身体硬朗着呢，谁老，她也不会老的！

　　可是突然之间，母亲说老就老了，没有一点理由，老得让我有些猝不及防。

　　2008年4月18日，我接到了北京人民大会堂澳门厅主画的创作任务，这幅画面积500多平方尺，采用工笔画技法来完成，以此向澳门回归十周年献礼。像这么大型的工笔画创作难度非常大，任务艰巨，时间紧迫，怎么办？经过缜密的构思，我决定以澳门特别行政区区花"莲花"作为创作题材，选择用"万朵莲花、和谐盛世"的大气象泼彩作画，这幅画就命名为《盛世之歌》。于是，我闭门谢客，日夜潜心于《盛世之歌》的创作，画至兴奋处，几乎一个礼拜身子不挨床榻，吃住不离工作室一步，说实话，那段时间，我把自己的整个生命都交给了上帝。

对于我创作的《盛世之歌》这幅画，母亲显得比我更加寝食难安，顾虑重重。2009年3月底，我接到了母亲来自北京的电话，母亲说她比我还心急，老担心我出了什么事，竟然整整一年不给她老人家去一个电话、报一声平安！我在电话里什么也顾不得向她解释，无声地哽咽了，我知道在这个时候只有母亲和我最亲。电话那端，母亲也似乎预感到什么，安慰我说，娃仔，我明天就飞往广州去看你！你什么都不要说，妈知道你肯定遇到什么坎儿了……你，要坚强！一句话，我顿时泪雨纷飞。

在白云机场接机的那天，全城大暴雨，大风夹杂着大雨把行人冲撞得停滞不前。此刻，水流如注，车窗玻璃白茫茫一片，雨刮器怎么刮也不顶用，我坐在出租车里，时不时地打开手机的翻盖看上面的时间，想象母亲在接机的人群中极力搜寻我的目光，想象她的焦急神情，我更加焦急，可是碰上这景况，你有什么办法？谢天谢地，雨终于小了，我们的车子缓缓前行了。

好在，等我赶到候机楼大厅，查找母亲乘坐的那趟航班时，发现该班机晚点，我悬着的一颗心总算落了地。我紧紧盯住下机出港的人群，努力寻找着我的母亲，我不敢眨眼，害怕一眨眼，就把母亲遗漏过去了，如果我把我的母亲接丢了，那该是何等的罪过啊！母亲是个医生，89岁了，一直住在北京的二姐家里，练太极拳，爱说爱笑，身材锻炼得好像60岁的老太太，实在是我们几个做儿女的福气。这一趟，母亲由二姐陪同，原本二姐是想再派一个外甥女同来的，但是母亲死活不让，说现在的女孩子比过去的皇后娘娘都金贵，大都是"蜜罐培植，真空包装"，说万一她身上缺了个角儿我可赔不起，听得我在电话里好一阵哈哈大笑。

想起这一切，我的心底不禁流淌着一种母爱的温暖：当年，母亲不也像如今疼爱我们的外甥女一样疼爱我们吗？想起那时候，全家下放到广东一个非常偏僻的农村，贫困和饥饿时时笼罩在我们的心头，但是身为医生的母亲和在干校学习的父亲努力支撑起一个家，省吃俭用，苦中作乐，顾完老大顾老二，顾完老二顾老三，最后一个，才顾到我。我很刻苦，考到了武汉读大学，然后，是北京读研，即使在我读研期间，我还收到母亲从广东邮寄来的柑橘等水果，虽然邮寄费比在水果市场上买的还要贵，但是母亲知道我平时最爱吃的水果是柑橘。记得有一年放寒假，我从武汉回家，母亲特意从米缸里拿出了五六个柑橘，不料，由于柑橘的水分被米缸里的米全部吸跑了，一个个变得干瘪瘪的，没有办法吃了，母亲哭了，我也哭了。哭过以后，我对母亲说，妈妈你就把这些米想象成我、也就是你的儿子的话，那你数数看，妈妈你该有多少个儿子呀？母亲"扑哧"一笑说，这呀，多了去了，起码相当于十个县城的上百万个儿子！顿时，我们全家人笑在了一处。

遐想之余，我察觉到出港口出现了一两个乘客，正在从容走出。紧接着，是三五个，是十几个，是不是母亲和二姐她们出港了？恍惚之间，我看见二姐正搀扶着母亲，一步一步地朝我的方向走来，我心头一阵兴奋，惊喜地朝她们使劲挥手，但是，没有一个人理睬我，我定了定神，方才发现刚刚的一幕只是一种幻觉。

好在失望被即刻的情景打破了。

二姐！我看见二姐了！没错，是二姐……学生头，齐耳短发，天蓝色的外套……的确是二姐。

那么，母亲呢？二姐不是陪她一起来的吗？怎么没有她呀？

左右前后望望，再找找，还是没见母亲的身影。怪了！难道……母亲没有来？

待走近一些，再近一些，我才发现二姐身后跟着一个人，一个老太太，一个穿圆口布鞋的我不认识的老太太。

"咱妈呢？"我问二姐。

"喏。"二姐指着拉着滑轮皮箱的老太太说。

"她……怎么可能……是咱妈妈？"我惊奇着问。

"你连咱妈妈都不认识了？"二姐更加奇怪了。

直到母亲走过来叫了我一声"小猴子"（因为我小时候特别瘦），直到看见母亲那久违了的熟悉的一笑，直到我的肩头重温了母亲手掌拍过来的力量,直到我不得不接受了"胖母亲变成了瘦母亲"的事实,我才知道,我面前的这个黑瘦的酷似农民的老太太,就是我的母亲我的妈。

"妈,你什么时候改穿圆口布鞋了?"我问母亲道。因为在我印象里,这种黑色的布鞋只有乡下的老太太才穿,特土气,特显老。

"有一年多了,在你二姐家经常穿。以前我也穿过,只不过是在你们小的时候,穿上,特舒服。"母亲无比陶醉地说。

我无语,心里说不清楚是什么滋味,尽管母亲还是那满头白发,还是硬朗身板,还是那幽默的谈笑……可是一年不见,母亲瘦了,黑了,老了。生命就像割一茬茬的韭菜一样,割去新的,还会再长出新的,那么,继续割去,一茬茬割去,又一茬茬重生。经历无数次轮回和重生之后,生命变得更加坚强,生活变得更加美丽,人类与自然变得更加和谐。对,"盛世和谐",这不正是我苦苦寻找的艺术感觉吗?

看到我一副泰然自若的样子,母亲仿佛看透了我的好心情,说,"小猴子",咱们回家吧,妈妈今天给你们煲鸽子汤!

我和二姐一左一右搀着白发苍苍的母亲,向机场的出租车站台走去。我说:"妈,你看起来有些老了。"

母亲却一脸不服气地问:"我老吗?你们说实话,我到底老不老？"

问得我和二姐都笑了。

母亲，我知道我们小时候，你最高兴的事是，看着我们一天天长大；可是现在你知不知道，我们最痛苦的事是，看着你一天天苍老。母亲啊，我们都是哭着来到这个世上的，你却微笑着迎接我们；如果你有一天笑着走了，我们将会一直哭着的。

因为，你这辈子到底为了什么，活着的人都会永远记着的。

银灰色的雾气下,冬,是以一个疲倦者的身份撞过来的。

可以想见,人群被他撞散了,一个个周遭的寒冷,躲也躲不掉,有人在不停地相互搓着手,有人一直捧着小脸呵出一团团暖雾,有人在原地小跑,有人在打哈欠,还有人偷偷用舌尖舔到了牙缝间的半片韭菜,我想当时,他会迅速拿余光扫射一眼现场,心下窃喜,并且快速咀嚼,吃掉它,再使劲把最后一丝食盐和味精的味道咽下去,末了,他也会附和他们的面部表情,嫌天冷,其实他并没有一丁点嫌弃的意思。时间真是个狡猾的家伙,它可以让你不说,但可以让你用一系列肢体动作表达出自己的想法,那样的情形之下,由不得你不那样做,那样的做法大概是两种结局:要么你原地待下去,疲倦;要么你讨厌这里的疲倦,逃离!人生当中,有过数不清的逃离,从一阶阶的楼梯,到另外一阶阶的楼梯,不停地爬上爬下,爬下爬上,和一些人相识、结缘,简简单单地握了个手,一眨眼儿,和他们就到了分别的阶梯口了,各自就拐弯了,后来怎么样了呢?

  叶子挂在孤零零的枝丫上,没有那么三两片,苍黄苍黄的,薄薄的两面,落满了很多声音和尘土,也包括雨水雪水的一些痕迹,恍惚之间,陈旧得让我看不出什么颜色来。这样的时节,能找见哪怕一棵有叶子的树已经很不错了,即使你不知道那树的名字,即使它们没有名字,我想自己早已经非常知足了,更何况是亲眼看见了呢?满世界的肃杀衰败之外,我们听不见大地上虫子的欢乐颂、水草们的欢乐颂,感觉不到一丝一毫温暖的消息,感觉不到铺天盖地的绿、蠢蠢欲动的细节在故事里生长,只能看见这一切。一整个冬天给人留下的,也只有这些了。

  从武汉天河机场下来,我一路咳嗽着,咳得厉害,低烧一直在脑际上空盘旋不止,我想此行我是看不了宜昌三峡了。混混沌沌里,我是没有什么兴致和食欲的,也只有那么病恹恹地昏睡着,虽然有时候是半睡,但眼睛也是沉沉重重眯着的,懒得看见什么景致,的确是一点作用都不抵的。途中,我听见他们大谈气势雄伟的长江三峡大坝和大美的三峡风光,我却始终和悲伤纠结在一起,想起爸爸当年去世后的许多悲伤,想想十一二月的山野之上,思念爸爸的这时刻,没有多少人会知道悲伤的真相的。这个冬日的下午,他们也懒得那么急切着探询答案,疲倦,就是最好的答案了。

车内空调开足，连音响也关掉了，后来就昏睡一片，唯有司机慢条斯理地开着吉普车，弯弯曲曲地在盘山公路上行进。山道拐弯之间，我被一个小小的趔趄所惊醒，就再也睡不着了，假睡更加难受，索性睁开了眼睛看车窗外，看一群群银白色的山峦在跳集体舞，看一朵朵银白色的云雾在那里飘呀飘，嘴角开始微微上扬，笑，成了一个非常抒情的动词。我一点点打开，把嘴贴近那面冰冷的车窗玻璃，轻轻呵了一口暖气，玻璃上的雾气就片刻融化了，一小片外面的世界就零距离出现了，但三五秒之后，那个世界不知不觉又消失了，变得比原来更加混沌，白茫茫一团了。一时，我不知道自己该如何是好，冰冷让我变得犹豫了很多，手足无措了很多，这，莫不是上天给我的一种什么惩罚呢？我半张着嘴巴，手举在半空中，不知道自己的下一个动作，心情沮丧到了顶点。

　　生？或者是，死？我和爸爸终究是要选择一个字的。

　　这道选择题，世界上所有的亲人都必须坦然面对。

　　记得，爸爸在病床上度过了十个春秋之后，终于有一天，我们兄弟姐妹几个轮流到医院里照顾他老人家，心情非常沉重。爸爸总是拿话逗我们："老大呀，你二妹夫他们上哪里去了呢？是不是又去新华那里喝酒去了？你们，就不会学学人家老三？他，可是烟酒不沾啊！"或者说，"我可是一名老共产党员呐，你们可别把我这几个月的党费给漏交了！几十年前，我下放到偏远山村的时候，要不是党组织的那封证明信，我们家还会有今天？小三小四你们还能是大学生？"忽然又说，"你爸这几天的胃口特别好，你们赶快给我买大鱼大肉来！我们家过去一年也吃不上两顿肉，今天，我得好好地吃！好好地把肉吃回来！"一席话，听得我们哈哈大笑，我们感觉今天的爸爸变得特别馋、特别可爱、特别小孩子气，可是，笑着笑着，我们都被爸爸这些话笑哭了，我想起了全家人下放农村的种种艰辛，大哥想起了儿时带领我们几个拿旧塑料、牙膏皮换来的一块块麦芽糖，三姐她们想起了自己每年春节时老穿大一号旧衣服的那种委屈，是啊，生活令我们百感交集，要感恩的事情实在太多太多了，我们的幸福真的来之不易啊！

爸爸终于没有挨过第11个春天，没有留一句话、一个字就走了。我一生心细如针尖的爸爸啊，您怎么就……没有留下一些遗事呢？

我悲伤成河。原来这世上，有一条思念的河流是银白色的，它一生大爱，无声无息。没有人知道的，真的真的，没有人知道了……

我举起右手的小拇指，贴近车窗的玻璃，下意识地画了一下，轻轻浅浅的一下，只见那里就出现了明晰的一道小世界。第二下，我用的是小拇指的指腹儿，明显地扩大了许多面积，世界也紧跟着放大了不知多少倍，在这温暖的时间里，我笑得很舒心。后来呢,我一个劲儿地画呀画呀,把眼前的车窗玻璃全都画开了,我发现原来白茫茫的雾气也融化了,哦,外面的世界真的变得太大太大了!温暖弥漫,冰冷消融,你看,这是一个多么令人陶醉的时刻啊!

  车窗外,雾气阵阵袭来,玻璃上的小世界又将化为乌有。我好想留住这美妙的瞬间,可是,瞬间的东西真的全都留得住吗?恍惚之间,我朝着一个即将混混沌沌的小世界呵出了第一口气,呵出了第二、第三、第四口气,甚至更多口的暖气,暖气重叠着暖气的地方,竟然是一朵朵雪花——哦,银白色的雪花——严冬之后的春天的雪花啊……

  这样想着,病就轻了许多,也就不再那么悲伤孤单,世界更是温暖了许多。

  尽管宜昌仍在前头,尽管三峡风光早已失去了吸引力,但我看见,一下午的疲倦还是一缕一缕散去了。

云

  云,哪怕只有一朵,都会成就一段天上的爱情。
  云在天上悠闲地行走,姗姗款款的,娉娉脉脉的,小妖精似的,把一个人的心尖尖撩得痒痒的。尤其是,你走她也走,你停她也停,走走停停,嘻嘻哈哈,你的不忍,也成了云的可爱、云的无厘头,让你呀,哭也不是,笑也不是。云爱笑,一个字还没有从嘴里蹦出来的时刻,嘴角就已经开始微微上扬了,左右看,扬成了一个巨大的抛物线,再看,嘴角两旁,隐藏了一对小括号:前括号、后括号,拼命去笑、仔细去辨认,才能捉到一朵两朵的笑。傻傻笑的她,和她们是不一样的,不一样的啊……
  这个世界上,抬头举目之间,看得最多的,是云,每时每刻的云,那些用小嘴巴吹开的、拿小舌头一下一下舔干净的云——翩然于商周朝代灯影里的蝴蝶们。小时候的云,远比这些蝴蝶轻灵,它们翩翩起舞的样子像极了一行行诗歌,我时常看见这些亲爱的诗句变得越来越年轻了,唱诗班的少女们眼睛里噙满了阳光和湖水，太阳低悬，云在一朵一朵地怒放，清风消失了，诗人霍普金斯在吟唱：

> 在大地轻盈回环的琴弦上——
> 这宜人的溪谷是什么？
> 婚礼。谁呢？伴侣的爱情。
> 父亲、母亲、兄弟、姐妹、朋友，
> 进入童话般的树林里，野花丛中，蕨草边上，
> 团聚在婚房周围。

这种爱，冰凉轻柔，渗透在这位英国维多利亚时代诗人诗歌里的每一个细节。我的眼睛里充满了爱意，她不再属于那个小时候的年代了，她不再快乐得宛如小鸽子一般轻捷了，她，忽然之间就能点燃一个人内心的大火，你说这样的结果如何是好，如何是好？

云的花儿开在麦田里，没完没了地往决绝的悬崖顶上开，宁肯不爱也不要被爱，这叫一个人的大胆爱。爱情是主动的，确切地说，她带有一点点侵略性，粗野粗暴，不管你接不接受我都是要去爱，哪怕对方是一种被动的接受，哪怕是爱情龙卷风呼啸而过，我们的她依旧是5000多年前的那只蝴蝶。爱情的消息袭上来，麦田上空翻滚着一层层金色的浪涛，大地再次加

快了自己的呼吸,这是何等香气弥漫的一种呼吸啊!我想我应该像庄稼一样成熟了,我应该可以悄悄恋爱了,我要马上找到我的云,告诉她我心底一股股暗流汹涌的秘密。

  我和云,见面却无话,彼此一个字也没有说,只是和沉默较劲。

  云开始哭,"嘤嘤"地哭,肩瘦瘦的,她一抽一噎的样子,单薄、可人至极。

  好想把肩给她,即使不是所有的,想想被爱了的感觉,虽然要不停地被误会、被伤害,也还是对自己说:"爱是理想,你我生死不弃。"

两个人

　　醒过了，隔夜酒便开始在肺腑里"叽里咕嘟"胡乱折腾。已经接近中午12点了，脑子里木木的，却恍恍惚惚老感觉是在早晨似的。一通洗漱之后，直奔电梯口，然后下楼、出小区，我想，中午就中午吧，该吃自己的早饭了。

　　酒还是没有全醒。那步子不再像昨晚那样深一脚浅一脚的了，虽说心里一直努力想走正，但还是显得有些力不从心，一走起来，老是踉踉跄跄的，迈步时忽快忽慢，没个正经。如果有人拿眼从我身后一瞧，八成去猜这人怎么还没吃午饭就喝醉了，且开始有些丑态，醉得渐入佳境了，如果再迎面碰上那么一两个老熟人老朋友什么的，我肯定会不好意思去解释的。再则说，我走路这状态、这姿势、这醉醺醺的呼吸，就是认认真真解释了，但是谁信哪？我认为，不信是正常的，信，是不正常的。即使碰上那么一个不太正常的人时，如果他说我没有喝醉的话，那么，他肯定是千方百计地想请我在这个点儿去喝酒，肯定是有事情求我，当然了，他的脑子肯定鬼精鬼精的，百分之一万的清醒度。只是可惜呀,我的身后没有那么个人、那个中午请我吃饭、喝酒的人。

  花城虽早春,但大街上花多、树多、美女多,好像永远都是夏天一幕。胡思乱想之间,猛然一愣神,斜斜地,竟走出小区百几十米远,这大大出乎我的意料。街景一侧,多香樟树,多大叶榕树,次第从人行道上空怒放,枝呀叶呀密密地网住了天空,太阳的皮肤很白,连小鸟们都妒忌得要死,偶尔一瞥,就看见其中的一两只飞撞出去,"唧——呼啦……唧——呼啦",如此反复地,网便被撞破了,阳光"哗"一阵就倾盆而下,晶晶闪闪的,那叫一个热啊。不过,我竟然被这股热浪浇醒了,眼也不惺忪了,彻底醒了,开始有意无意地躲着热空气走,拣林荫下的暗地方走。走的过程当中,我恍惚想起昨天晚上醉酒前的许多细节,想起谁在我的左边或者右边,或者谁坐在我的斜对面,可是,我对面的那一位该是谁呢?果然,我的记忆就在"可是"这一个词上卡住了,一连几分钟,甚至都忘了往前走路,我还是没什么印象。那个人到底是谁呢?你说说,我怎么那么笨呢?——大脑陷入短暂的真空状态之中。

  醒过了,忽然就觉得,干脆不去想那些人那些事了。我把视野迅速放宽,聚焦在此刻的大街上,聚焦在身边一晃而过的车流、人流中,聚焦在他们当中的某一个影子上,大概十几分钟的工夫吧,酒劲儿便一点点消失了,肺腑通体舒畅,老想大声唱歌的那种，人啊，不喝酒的感觉真好啊！不知不觉之间，小小地，蹑手蹑脚地，那首《重归苏莲托》里的歌词溜出了嘴边——

　　看，这海洋多么美丽！多么激动人的心情！看这大自然的风景，多么使人陶醉！

　　看，这山坡旁的果园，长满黄金般的蜜柑，到处散发着芳香，到处充满温暖。

　　可是你对我说"再见"，永远抛弃你的爱人，永远离开你的家乡，你真忍心不回来？请别抛弃我，别使我再受痛苦！

　　重归苏莲托，你回来吧！

　　歌声里，我仿佛看到一望无际的意大利田园风光，看见了十八世纪那些古老的马车欢快地向我跑来，第一辆马车上有一位美丽的姑娘在使劲招手，她是我最喜爱的人、是我日思夜想的梦……我的歌声越来越大，但在喧嚣的呼啸而过的闹市嘈杂声里，一点也不大，反倒丝毫不会再去顾忌什么。歌罢一曲，我的情绪还沉浸在刚才的乡愁之中，以至于肚子都有些小饥饿了，方才继续走前面的路，边走边担心："刚才那歌声，会不会被别人听了去？会不会有人骂我'老土'？"前后看看，所幸无人，看来，实在是担心过头了。

路的拐弯处，有一家"沙县小吃"，汤呀面呀的，随便一应付，便胃口满满了，多好的决定啊——莫名其妙地，我为自己的这个突然的决定暗暗叫好！

一回头，就看见身后一个很有女人味的大耳环女孩，妖艳，猫步，线条非常性感，头发略微俏皮地上卷，如果没猜错的话，应该是21岁，确切地说，是"90后"。不管怎么说，有美女相随，我这心里，毕竟是甜丝丝的。

再回头，大耳环女孩依然跟在我身后，当然，心情大好。

更喜不自禁的是，当我走进"沙县小吃"店之后，女孩竟然也选择了这家小店，我们几乎是一前一后进的店，然后选了同一张餐桌，坐了个面对面，只不过，两个人互不相识的样子令人十分可疑。我偷偷地瞥了她一眼，想知道她和我这样的男人同桌，脸上呈现出的究竟是一副怎样的表情。当然了，同为陌路人，喜怒哀乐我都可以接受。遗憾的是，她的脸上一点儿表情也没有，也就是说，我在她面前是形同虚设，是一个不存在的、只会呼吸的异性。这么理解的话，不免让人有了一点点生气，好在我不生气，我和她一点关系都没有。这样一来，我就忘记了生气那回事了，事实上呢，我无气可生，难道还自己气自己不成？

小店里的客人有些多，基本上坐满了，半数的人显然跟我俩一样刚刚进店,正在点菜或者等菜,根本没人注意我的一瞥。可是,饭店的老板娘看到了,她以为我们两个人刚刚吵完架出来,我在拿眼神低三下四地求女的原谅,而女的对我这一套早已经是熟视无睹,懒得理我,关键是下一步,她猜测我会继续低三下四做什么动作……想着想着,老板娘"扑哧"一声笑了,更加令人讨厌的是,很多人注意到了她的笑,很暧昧、很夸张、阅人无数的那种,而且是一边笑,一边朝我们这个餐桌走来。

"请问,你们吃点什么?"老板娘递过菜单问我们。

我一把接过那菜单,慌忙说:"我要一份葱油拌面,一罐乌鸡汤,总共多少钱?"

她没有立即回答我,只是拿眼神偷偷点了点对面,意思是"她吃什么呢"。

我摇摇头,继续问:"多少钱?"说完,甩出来一张五十元纸币。

她接过那张纸币,一把夺过我手中的菜单,递给了对面,意思是我把她的好心当成驴肝肺了,她那一万个厌恶的表情说明:我不仅不是个能屈能伸的大男人,而且连帮女士买单的义务都不想尽了,太小气了!

只听大耳环女孩说:"给我来一份炒河粉,一份紫菜蛋花汤!"该死的是,她也掏出了一张五十元的纸币。

老板娘接过了那张纸币,看看大耳环女孩,又看看我,不知道该说什么好,莫名其妙地起身走了,半途中,还气鼓鼓扔下一句话:"这两个人!"

很快,老板娘找了零钱,我点的乌鸡汤来了,也可能是提前在炉上煨好的吧。在我正要喝第三口汤的时候,葱油拌面上得也很及时,热气腾腾的,一个劲儿挑逗起我的胃来了,我显得不急,开始一样样往面里放调料:第一放辣椒,第二放醋,第三放蒜末,最后筷子一挥,一通乱拌。等拌完之后,我用筷子把面条朝盘子中央拢了拢,夹起一串面条,就慌忙往嘴里送,"哧溜"一下,一团香软嫩滑的东西就进了肚子,心啊,这一刻真是爽歪歪了!当我吃到一半面的时候,偷偷看了对面一眼,她的面前空空的,店家什么菜都没有上呢,嘿嘿,那就让她等吧!

面条吃罢,我慢慢消灭起那罐乌鸡汤,汤是上品汤,保持着福建客家人的独特口味,只要你吃上第一口,就一定要喝下一口,喝到第三口的时候,你的味蕾就会不由自主地全部打开,就会一口气喝下整整一瓦罐的汤汤水水来。面对一股股扑鼻的鲜汤味儿,我也未能免俗,也一口气喝完了这汤,兴奋万状,真的是灵魂出窍了!

我抽出餐桌上的一张餐巾纸,一边擦着满脸的大汗,一边理直气壮地看了看对面——哈哈,大耳环女孩点的东西依旧没有到！我暗自侥幸：炒河粉需要二十分钟，紫菜蛋花汤最少也需要十分钟，赶上客人扎堆了的话，肯定得讲究个先来后到，嘿嘿，我的都吃完了，你还在小狗望月哩，谁让你点的东西都那么费时呢？

我假装低头擦汗，其实也下意识地感觉到了大耳环女孩看我的眼神，有羡慕，有后悔，有气急败坏，更有隐忍不发，不过她想得更多的应该是："事情已经是这样了！我只能慢慢等了！"美女发怒，怎么能叫怒呢？

直到我起身离店，还不确定大耳环女孩的那两份菜汤何时端上？她的目光到底能追随我的身影多远？我几乎可以猜测得到，她听见了我在大街上的歌声，她目送了我的离去，她是和我一样喜欢简单和快捷的人，她也肯定喜欢花城的阳光的……

这件事情，一晃便过去五六年了，险些忘掉了。

后来一天，我在作画，大背景放在了春天，脑海里忽然就跳进了大耳环女孩，我给这幅画起名叫"晶晶"，也就是当初的那个"90后"。她呢，站在一树白玉兰之下，面对另一个人（男或者女），随意摆出了一个照相的姿态，结果后来，这么毫不起眼的一瞬间，就被我想象到了——捕捉到了——定格在一幅素青色的中国工笔画之中了。我想，这就是最无为、无心的一个小动作，也是非常真实的日常生活碎片，"画画"，"画什么"，"画出一个我不知道的哲学世界"……诸如此类的想法，乱七八糟地塞满我的脑袋，说起来，每每作画之前，我总要细细梳理一下，事实上总也无济于事，没办法的。

　　哲学世界里的她，是我的美学思想的一种对应，都可能在生活的某一个角落存在。比如说我和她，两个人，花样年华，时间空老，都曾经在我的歌声里、乡愁里消逝……

　　酒一场，梦一场，见或不见。

藏

夜把莽莽大山藏了起来。

大山把盘山公路藏了起来，盘山公路把两三辆越野车藏了起来，越野车把我们藏了起来，我们把一路上的林木香藏了起来，林木香把这铺天盖地的绿藏了起来，绿，把扑簌扑簌的山雨藏了起来。

山雨把瞌睡藏了起来，瞌睡把黎明藏了起来。

黎明把镇巴藏了起来，镇巴把苗乡小阿弟的山歌藏了起来，山歌把阿姐的织绫罗声藏了起来，织绫罗声把一颗心藏了起来，唉，谁叫你的心那么野呢？织，变成了你的一个借口，听那山歌才是真！想那唱山歌的小情郎才是真！再没有比爱情更重要的了。话又说回来，谁不喜欢那个爱唱山歌的阿弟呢？谁不向往幸福美好的爱情呢？

织也不能织，歌声像一根挠痒痒的竹耙儿，一下紧接着一下，心，好痒痒，不如停下手脚，竖起耳朵去听——

> 郎在山上唱山歌,
> 姐在屋里织绫罗。
> 娘骂女儿不成形,
> 绫罗不织听山歌。
>
> 叫声老娘莫管闲,
> 绫罗能值几文钱?
> 你是山中破庙子,
> 才断香火有几年!

——《郎在山上唱山歌》

看上了他,就老是想着他的山歌,不料,听走了神,一时竟然忘了织绫罗,反被娘一顿臭骂,那难受的滋味呀,好像刚出门突然落了一身鸟粪,好心情全都被鸟粪破坏掉了。可这时刻,娘的骂声依旧不停,骂完了女儿骂阿弟,骂完了阿弟骂鸡鸭鹅,看情形,娘还骂上瘾了呢!阿姐的耳朵里都听生锈了,娘依旧不依不饶地骂,阿姐实在气不过,就和娘对骂,骂娘是狗眼看人低,骂娘是要钱不要闺女的狠心婆,寥寥几句,就把娘给骂哭了。娘说:"妮子啊,我有你想的那么坏吗?我帮你挑男人,反倒帮错了我?"阿姐辫子一甩说:"我不让你帮我!我自己挑!"娘哭得更加伤心了,一把鼻涕一把泪地说:

"我的那个姑奶奶啊,你还没有嫁呢,就开始和你娘我开战了!你你你,你到底还要不要良心呀?"阿姐满脑子都是她的小情郎,哪里听得进娘的哭腔呢?干脆,阿姐跳下了织布机说:"娘,你干哭个啥?你还叫我织不织?我走了——"阿姐说走就走,毫不犹豫,远远撇下了满屋子的哭声。

阿姐把一首山歌藏了起来,山歌把一条泾洋河藏了起来,泾洋河把两颗情窦初开的心藏了起来,心,把你我相遇的那一天藏了起来。

原来,是那一天的那一刻,阿弟看上了河边插秧的阿姐,她却羞涩不语,阿弟不知阿姐喜不喜欢自己,只得捡了一块小石子投进了泾洋河里,温情脉脉地唱道——

> 隔河看见姐穿青,
> 有心过河怕水深。
> 丢个石头试深浅,
> 唱个山歌试姐心。
>
> ——《唱个山歌试姐心》

阿姐听见了他的歌声,也投了一块小石子,浅浅一笑,算是默许了。爱情真是个奇怪的东西!接下来,阿弟匆忙蹚到了小河对岸,和阿姐欢欢笑笑着一道插秧:

> 栽秧要栽弯弯田,
> 一弯弯到姐面前。
> 一边看秧水,
> 一边把娇恋。
>
> ——《栽秧要栽弯弯田》

等插完了秧,两个人就像糖稀一样黏在一块了,怎么拉扯也分不开了。最终,两个人好得像一个整体似的赶往苗寨。虽然他不是梦里那个骑着白马的王子,虽然他不是坐拥亿万家产的富二代,但是她喜欢他,恰巧当时,娘不在家。按照苗家的习俗,女孩子一般不会给男人亲手装烟,除非她遇见自己心仪已久的小情郎。但那天,阿姐却装了一锅烟送他:

> 白铜烟杆五寸长,
> 装锅烟来送小郎。
> 小郎莫嫌烟杆短,
> 烟杆虽短情意长。
>
> ——《烟杆虽短情意长》

爱情来了,你想挡都挡不住。

她和他把一场热恋藏了起来，一场热恋把全世界的甜言蜜语藏了起来。接下来，我们看见了那个正在淘米的阿姐，那个正在疯狂地想念小情郎的阿姐，那个一看见落日就想起了阿弟的阿姐："连太阳都快要落山了，我心爱的小宝他饿不饿呢？他吃不到米饭该怎么办呢？哎呀，如果他正在下山的话，到家时饿坏了肚子，我如何是好……"这一刻，她开始眼泪汪汪了，淘一把，哭一声"小宝"，望一眼天上，哭的，还是一声"小宝"。这一刻的太阳，身子变瘦了，皮肤变黑了，仿佛变成了她的小情郎：

> 太阳落土往下缩，
> 瓢里白米没下锅。
> 十指尖尖淘白米，
> 眼泪汪汪望情哥。
>
> ——《眼泪汪汪望情哥》

腊月把正月藏了起来，正月把二月藏了起来，二月把三月藏了起来，三月把四月藏了起来，四月把五月藏了起来，五月把小雨藏了起来，小雨把黑虎楼藏了起来，黑虎楼把娘藏了起来，当娘的，睁一只眼闭一只眼而已，把自己这个闺女的一举一动都藏在心窝子里了，只不过这层窗户纸，当娘的暂时还不想捅破。阿姐对阿弟的爱，是一天一天积攒起来的，阿姐对于他们婚姻大事的担心也是一天一天积攒起来的，阿姐最担心的是，阿弟家穷，怕娘不答应。终于有一天，阿姐把他们俩的婚事和娘一五一十地说了，还把她的担心说了，但娘故意装聋作哑，不说同意，也不说不同意，阿姐却明白娘此刻的意思，娘是一点都看不上阿弟做她的女婿——阿姐把埋怨藏了起来。

阿姐不气馁，天天跟娘说，娘依旧是那副态度，依旧从骨子里嫌贫爱富。整日整月里，娘给阿姐找来了好多好多织绫罗的活儿，千方百计把阿姐"囚"在屋子里，想让闺女慢慢断了和阿弟的联系，可是这爱情，岂是想断就断得了的呢？阿姐投几下木梭子，织一寸绫罗，再投几下木梭子，再织一寸绫罗，一言不发，眼泪好像断线珍珠般"扑扑簌簌"滚下来，打湿一大片绫罗，唱道：

郎十八来姐十八，
二人当天把咒发。
郎有外心栽崖死，
姐有外心遭天杀。

——《我跟娇姐门对门》（上）

忽听黑虎梁之外，阿弟的歌声和了过来：

> 我跟娇姐门对门，
> 合伙买个洗脸盆。
> 生前二人同洗脸，
> 死后同埋一座坟。
>
> ——《我跟娇姐门对门》（下）

娘听见了，老远就在屋檐下呵斥阿姐道："唱啥唱？酸词哀曲的，好像谁家死了人似的！"阿姐知道娘话里有话，阿姐不想和娘大吵大闹，我双眼噙泪的阿姐呀，硬生生把眼泪一滴一滴咽进了肚子里。

所有的这些，山那边的阿弟丝毫不知情，他种地、放牛、唱山歌，一门心思地想象着他和阿姐的婚姻大事，每唱一声，他身上的力气仿佛增加一分，唱到太阳落山，也数不清这力气究竟增加多少分了。为了他们的爱情，为了他们未来的幸福，更大的原因是为了她，他感觉自己多干点、多累点值得。

阿弟的心思，阿姐全都知道，也只有她一个人知道。在长短不一的织绫罗声浪里，她唯一所能做的，是全身心地竖起耳朵去听——

> 郎在山上唱山歌，

姐在屋里织绫罗。

娘骂女儿不成形,

绫罗不织听山歌。

……

——《郎在山上唱山歌》

  这个故事,结局不止一种。在镇巴小城,我们听到这样的山歌太多太多了,山歌把一个个故事藏了起来,故事把一个个阿姐阿弟藏了起来,后来的后来,阿姐阿弟们把整个大巴山藏了起来。藏的,是时间之上的一段段爱情。

  2011年8月13日夜,当镇巴歌手们在舞台上唱起《郎在山上唱山歌》时,我说不清楚它的结局到底是悲剧,还是喜剧。

遥远的椿树

乡愁是一棵没有年轮的树/永不老去

——席慕蓉

我已经9岁多了，仍然长得像六七岁的小孩子那么矮小，头发又黄又细，又稀疏，和同龄人比起来，很不起眼，以至于我从上小学一年级起就坐教室第一排，3年过去了，有的同学个子长高了，调到了第四排第五排，而我还是在第一排。我好想好想让自己长高，可是，我越想长高，身子就越像有根绳子往下拽一样，越是不往高长。

我回家问母亲，我怎么才能长高？母亲说多吃菜。那我就多吃菜，但我不喜欢吃菜。冬天的大白菜和萝卜，在我们家几乎是白水煮，没有油，盐也放得少，没有味道，还有一种怪怪的甜腻味，难以下咽。到了夏天，我们就吃君达菜，还有黑白菜。君达菜，永远都是到了长长的老杆子上已经长出了菜籽，还在吃它的叶子；黑白菜更不好吃，碱性特别大，吃到嘴里，就好像喝到了滩地井里的黑矾水。有些年好的大白菜都卖光了，我们就煮白菜疙瘩吃，就吃酸菜。酸菜是从大白菜上取下来的白菜帮子，先是把白菜帮子洗净，把一口大锅里的水烧开，把白菜帮子放进去，煮几分钟捞出来，储存到大缸里，在菜上面撒些盐，再往大缸里注入凉水，没过白菜帮子，然后压上几块花岗岩石头，过上十天半月就成了酸菜。

酸菜，是村里人家最重要的副食，基本上是没什么营养的，但较之白煮菜的寡淡，酸菜总还能给人味蕾上带来一些刺激。母亲说，如果你想长个子，就得多吃菜，我因此咬着牙吃了很多酸菜，尤其是到了冬天，天天都吃。

这一年到年底了，我仍然没有长高的迹象。我又问母亲，母亲说，这样吧，到今年的大年三十，人家都熬年儿，你早早睡下，等到大年初一天未明，你就快点儿起来，别说话，悄悄地到咱家那棵大椿树下，绕着椿树转三圈儿。

我说娘，咱家的大椿树长在晒谷场东头，四边儿空荡荡，我害怕，我不敢去。

母亲说，你想长个子，就不能害怕，你绕着椿树转圈儿的时候，你要念："椿树椿树你姓王，你发粗来我长长，椿树椿树你姓王，你发粗来我长长……你要正转，念一遍儿转一圈儿，转三圈儿念三遍儿，就行了。"

我问母亲说:"椿树,它咋就姓王了?"

"一个姓王的皇帝,没有当皇帝前,遭难的时候,椿树救了他,他后来就封椿树姓王了。"母亲对我说。

"那椿树怎么救的皇帝呀?"我又问母亲。

"它吹一口气儿,身子就变成空心了,皇帝钻到里边,别人就找不到他了。"母亲说。

"椿树咋能管人长个儿的事儿?"我问。

母亲说,这法儿是老辈子传下来的,我小时候也光想长个儿,你外爷就让我大年初一早上转椿树。

我说娘,我外爷是听谁说的?

母亲说,你真是个穷嘴子,问起来就没完没了的!

我还是问:"娘,椿树是不是也会对着我吹气,一吹气,我就长高了呀?"

这一下,母亲就笑弯了腰,她说:"它要是对着你吹气,你不就变成空心了,高不了,还变成油篓了……"

我就有些害怕,又追问,那它咋让我长高呢?

"它呀,它摸索摸索你的毛,让你活得牢,它提溜提溜你的腰,让你长得高。"

母亲告诉了我这个方法,我就开始不得安宁了,她哪知道我内心有多么害怕黑暗。我一到夜晚躺在床上,就在心里模拟,四周漆黑一片,我战战兢兢来到树下,冬天的干树叶在树上挂着，大树上不时发出吱吱沙沙的声音，我试着张嘴喊椿树，身上已经一身冷汗，梦也惊醒了，拨开被头往外一看，窗户外黑蒙蒙的，赶紧闭上眼睛。

　　我心里装着事，白天不时地多瞅几眼老椿树，我有点不大敢正眼看它啦，可又总忍不住朝它张望，目光打到它身上又烫着似的赶忙溜回来，我觉得它像是知道了我心里的事儿，就越发不敢看它。

　　中午，大人睡午觉，院子里静悄悄的，我一个人坐在院前，远远地望着它，它好高啊！灰白色的躯干，两米多高以下没有什么枝杈，光秃秃的，两米多高以上开始生长出枝杈，左边一枝，右边一枝，一直往上蔓延，枝杈上再生出小的枝杈，大的小的毛茸茸的叶子，挂在枝丫上，它拖着一树的枝叶，从晒谷场边的一块薄地上，一直往天上长，它的梢头已经越过屋檐两丈多高了，它是这样的茂盛！这样的华美！我以前怎么没有仔细地看过它呢？午间它也像是在打瞌睡，那飘动的叶子，像是抓在它手中的蒲扇，它睡眼惺忪地慢慢摇着，那扇子一白一绿，地上就花花搭搭地洒下明明暗暗的斑点，一阵小风吹来，满树的叶子摇颤着，哗……哗……我觉得它像是从梦中醒来，发现了我在看它，它就对着我说："过来，过来……"我赶忙掉头向屋子里走去。

　　夜幕降临的时候，我也常站在院门口，偷偷地看它，它在夜幕下显得更加高大端庄，当天空还有一点浅淡天光的时刻，它就朦朦胧胧地不大能够看清楚了，它似乎比墙，比院子更容易被夜色浸染，这个时候它看上去很是神秘，当它完全淹没在暗夜里的时候，我就不敢再向着它走近一步了，我老觉得它在黑暗中向我招手，对着我说"来呀……来呀……"这个时候，我会撒腿跑开。

新年将近了，家家户户都开始置办年货，父亲把鞭炮、豆腐、猪肉都买回来了，家里已经开始清理大大的锅台，要蒸过年的白馍和黑馍了，我的心仍然处在极度的不安和恐惧中，还在为转不转椿树而忧心忡忡。我心里明白，大年初一，一年只有一次，你在这一天的早上转了，你就有希望长高，如果你不转，错过这一天就错过大好机会了。并且母亲说，你想长个儿你得自己去。人家没法代替你，你还不能让人知道，知道了就不灵了。

因此，这件事在我，是一件很难做到的事。我无法面对黑暗，我最怕黎明前的黑。大年初一早上过了四更，五更前是最黑暗也是最奇幻的时候，我想也不是只有我们人类才过春节，神都会从天上或者什么地方下来了，来到了一家家供桌上，祖宗们也回来了，一想到这里我的心里就像揣个小兔子一样"嗵嗵嗵"跳个不停。

但现实是，转不转三圈儿是你的事，你可以不转。长不长个子,不仅是你的事,也是大家的事,因为你长不高,外人会取笑你。

我终于下定决心的时候,也就到了那年的除夕。

除夕夜,我的父母都希望我们陪着爷爷熬年儿,我们要一个个跪下给爷爷奶奶磕头,爷爷笑眯眯地给我们发红包。大家都熬年儿,好像是越睡得晚越好。直到我们都撑不住了,才纷纷去睡觉。

我心里有事,躺在床上睡不着,就在心里默默地背"椿树椿树你姓王……"直到进入梦乡。不知过了多长时间,听到村子里噼里啪啦的鞭炮声响起来了,我从梦中惊醒,赶紧爬起来穿衣服,只见母亲已经起床,父亲把柏枝拿到院子中间,正在点亮小小的红蜡烛,哥哥早跑出去拾鞭炮了,我非常想出去拾鞭炮,那是一年最激动人心的事情。可是我不能去,我要去转椿树。

因为大椿树在院子的前面,我必须赶紧往院子前面跑。

这时候,院子里空无一人,只见供奉"天地全神"的小石桌上点着一根红烛,烛光一明一暗,这个时候天还是黑沉沉的,星星还在高远的天空,一闪一闪地眨着眼睛,就如它还没有睡醒,想睁眼睛又睁不开的样子,整座大院子里静穆神秘,院子里越静,我越恐惧,天又冷,我两手捂着耳朵,只往天上瞅了瞅,不敢再看别处,几乎是闭着眼睛摸到椿树下。

我抱着大椿树,浑身发抖,我在心里告诉它我来了。其实我心里什么也没想,想也想不到,大脑一片空白,然后开始转圈,边转边念:"椿树椿树你姓王,你发粗来我长长……椿树椿树你姓王,你发粗来我长长……椿树椿树你姓王,你发粗来我长长……"

我忐忑惊慌地转了三圈儿后,拔腿就往屋子里跑,我的脚指头碰到了脚后跟,觉得有什么东西,如细软的藤在搂抱我的腰,又觉得像是有什么东西在摸我的头,捏我的肩膀,我吓得头皮发麻,嘴唇直哆嗦。

母亲正在和饺子面,她看见我慌里慌张跑回来,也不问我。我哆嗦说,娘,我去转椿树了,我照你说的做了。母亲一听,笑得抿不住嘴,我不知道她究竟笑什么。

这个时候,村里鞭炮齐鸣,公鸡也一个劲儿地啼叫,此起彼伏,整个村庄都沸腾起来了。我想,我的哥哥在村子里已经跑了好多家了吧,他的上衣口袋里已经装满小鞭小炮了吧,我心里好急好急。我多么渴望踩着厚厚的炮屑,闻着炮花香和柏枝香,拾到那带着长长灰色小炮捻儿的红红的鞭炮啊。

想到这里,我像箭一般冲出家门,冲进黑暗里,向着村里鞭炮声最集中的地方跑去,几乎奔跑了半个村子,直至看到兴奋的男孩女孩弯腰捡着"哑巴"的小鞭炮,沉浸在收获的喜悦里。

我跟着我的哥哥和村里一群小伙伴，风风火火跑到每一家家里门外拾鞭炮，早已忘记了转椿树的苦恼。

　　转眼，转椿树的日子，已经过去相当久远了，可那情那景，那时那刻，却又分外清明地留在记忆里，似乎随着岁月的推移，越发明晰！它时不时地就突然跃在眼前，有的时候，走在异乡的街市，或偏远的乡间，看到一棵陌生的树，会突然想到它；有的时候，在沉沉的夜空，燃起一支烟站在窗前，外边的一棵模糊的树，让我仿佛看到那棵椿树，看到哆哆嗦嗦、战战兢兢的我，跑在那大树下……想到那椿树，就想到母亲，想到她让我转椿树时的神秘，我常想，今天的我虽算不上十分魁伟高大，但也绝不矮小，是不是因为转了椿树才长高的呢？可我又常常看到母亲那悄然抿着嘴、忍俊不禁的微妙的笑，又觉得那笑里藏着多么好笑的、逗人的故事。到好久我才想明白，其实，椿树哪里管得了我的个儿，其实我好久才看懂了母亲的笑，其实，她是借着椿树，让我的胆子长大，让我的身体长高、心灵长熟，只要我的意识里自己长高了，我的个儿才能够往高长……

　　尽管我想明白了，可那棵椿树，那转椿树的事儿，一直那么深刻地留在心间，无论时光过去多久，都丝毫不觉得有嬉耍娱乐愚弄的成分，反而觉得越加肃穆而庄重！让我想不明白的是，在我苦恼的时候，忧烦的时刻，我会想到它，也有的时候,在意绪飞扬的时刻,也会忽然看到那棵椿树,想到它,一些人,一些事,一些物,就如画一样,哗地铺展在眼前,甚至一些气息都呼啸着奔腾着,扑面而来!这个时刻我才知道,一些东西,它就在那里,永远都在那里,就如那儿时的小院子,就如那房屋,就如一只狗,一只猫,它镶嵌在你的一段日子里,活动在你的命脉里。那椿树,它就在我那时的日子里,在母亲的日子里,在一家人的日子里,它目睹着我们的欢乐与忧伤,它祈祷着我们的平安与吉祥,就如大年夜给爷爷磕头,给个红包,预示压住岁,包住福一样,我转椿树,是向椿树讨个福乐!

椿树,什么时候想到它,就想到葳蕤的绿绿的湿润润的村庄,就想到那一庄子的人,就想到老家那小院子,就想到那一家子人,椿树,它就是故乡,它在心间,故乡就永远在那里……

椿树,它就在那里,无论你发旺,还是落拓,无论你是荣还是辱,是兴还是衰,是成还是败,它都在那里,不变样子,不会有阴晴流转,它就一直在那里静静地望着你。

有椿树在心里,真好!

福 香

那是2008年12月17日的下午,我正在出门办事的路上,忽然接到潮州一位老友的电话,他说"5·12"汶川大地震后,四川省卧龙特别行政区为表达对广东省潮州市对口支援耿达乡的感激之情,将一对刚出生的双胞胎雌性大熊猫中的其中一只冠名权,授予潮州。对此,市领导高度重视,指示市援建办在网上公开征集意见,并请一些专家为两只大熊猫幼崽命名。截至目前,尚未有合适的名字,希望我能帮忙给两只大熊猫幼崽起个好名字。老友言辞恳切,还不住地夸我学识渊博、思路敏捷,使我作难却也不容回绝。

放下电话,眼前便浮现起年少时跟随长辈到四川省的一次游玩时,一只毛茸茸的大熊猫坐卧于竹林间悠然啃吃竹叶的情景。长大后,也许是研习书画的缘故,对于熊猫,印象较深的便是吴作人、刘海粟等几位当代著名画家画的大熊猫了,他们都是以传统的中国画兼工带写(兼具工笔和写意两种画法)或写意形式来表现大熊猫的各种神态。1979年春,我曾在广州看过吴作人的一幅大熊猫图，画中两只大熊猫悠闲地吃着竹子，笔墨简朴自然，传神而入微。隔不久，又看到刘海粟的一幅熊猫图，画的是一只大熊猫攀缘树上，笔墨洗练，一挥而成，憨态可掬，又显出刚柔相济的神情，画得颇有气势。吴、刘两位大师这两幅熊猫图给我留下深刻的印象，尤其是吴作人笔下的大熊猫，千姿百态，形神兼备，开创了画大熊猫的风气。1988年夏天，我到深圳博物馆拜访过四川名家吕林先生，他擅长画大熊猫。笑谈中，只见他画大熊猫前肢，笔蘸浓墨后，在笔根处滴清水，以至行笔到背部时造成由浓到淡的自然渗化，以表现大熊猫背部黑白毛交接处的微妙变化，顷刻间，一幅富有生活情趣、憨厚可爱的大熊猫图便出现于大家眼前。时至今日，对他的怡然成画仍然记忆犹新。

那天办完事回家后，便开始托友人收集一切关于"熊猫"的书画及其各类资料。

熊猫，又称大熊猫，或"大猫熊"，有中国"国宝"之美誉，是一种最古老的动物，其祖先的生活年代可以追溯到1200万年以前，与其同时期的动物如剑齿虎等，都早已灭绝并已成为化石，而大熊猫却一直生存至今，被人们称为"活化石"。大熊猫形似熊而略小，头圆嘴短，身体大部分为白色，眼睛、两耳、四肢、肩部为黑色，喜食竹，大多分布在中国的四川、甘肃、西藏等地，由于其稀少而倍显珍贵，已经被世界自然保护联盟列为易危物种，也是中国国家一级保护动物。1869年，自法国传教士戴维首次向世界介绍大熊猫之后，大熊猫便成为全世界人们最喜欢的动物。大熊猫一直被称为中国的"友好大使"，从1957年到1982年的26年间，中国共赠送给9个国家23只大熊猫。另外，我们还开启了著名的"熊猫租借"方案，积极促进了中国与外国的友谊和相互了解。

2008年5月12日下午2点28分，当时间定格在此时，无数人同时感受到了来自大地深处的震颤，被人们称为"中国最令人向往的大熊猫的故乡"的卧龙自然保护区所在地——四川省汶川县发生了8.0特级大地震！这次地震的后果是惨痛的，它使我们上百万同胞在瞬间失去了家园。但中国人历来是不怕灾难的！当即，中华民族乃至全世界人民纷纷以责任与爱的名义，齐心协力，众志成城，奔赴汶川，抗震救灾，从而与灾区人民合力奏响了一曲曲重建美好家园的壮丽凯歌！此次，请援建城市为在这里永久繁衍生息的"国宝"熊猫冠名，正是灾区人民表达内心最深切最厚重的感激之意。

鉴于此次熊猫冠名的背景，我先想到"福"字。从其字面本意上讲，福，从示部。从示部的汉字，多与祭祀、神明、祈祷、企盼有关。这一点从甲骨文中的"福"字可以得到印证。"福"字在甲骨文中是"两手捧酒浇于祭台之上"的会意字，是古代祭祀的形象写照。由此可见，"福"最原始含义是

"向上天祈求"。随着社会的发展，福的含义被逐渐延伸、扩展。如《左传·庄公十年》载："小信未孚，神弗福也。"这里"福"是护佑的意思；《礼记》也有曰："福者，百顺之名也。"即"福"有顺利、诸事如意的含义；我国最早的字书《说文解字》对"福"的解释基本采用《左传》上的说法："福，佑也。"意为神灵保佑，逢凶化吉为福。如今，中国人所谓"吉祥"，亦多指福而言。因此，吉祥又可以解释为福。福也成为几千年来中国人孜孜以求、时时向往的境界，表达了生活中的一切美好的愿望与目标。

为两只大熊猫幼崽命名取一"福"字，其根据有五方面：一是观熊猫的体态有福相；二是取奥运福娃晶晶，象征人与自然和谐共存的美好愿望；三是从地理位置看，四川属于盆地，号称"天府之国"，就是福地。熊猫作为原始动物能生存下来就是福，不愧享有"国宝"美誉！四是此次大地震灾后顺利重建家园，注定"人定胜天"，这就是福；五是熊猫作为人类文明的使者，传递福音，传递着广东人民对四川人民的深深祝福。

"福"字定下后，又想到一"香"字。根据历史记载，"香"是最早由西域诸国向中原王朝献贡才传入中土。在早期大都作为消除疾病之用，以香礼佛的记载最早是从汉武帝开始。从此以后，"香"在传统文化之中便有了代代相传，生生不息的含义，也表现出敬天法祖的精神。另外，对于"香"字的理解，除了感官上的舒服、嗅觉上的味美等特点外，"香"还表现为好的名声、留香百世、受欢迎的程度。这从熊猫为人所识，便一直受到全世界人们的喜爱可知。再者，"香"字用在雌性熊猫身上，具有女性的魅力、亲和力、温柔、美丽，是对大熊猫性格特点进行拟人化的概括。而结合熊猫冠名权属地——广东潮州，"香"的谐音是"湘"。"湘"让人一听马上就会联想到富有潮州特色的地标——湘子桥。它横卧在潮州的母亲河上，以其"十八梭船二十四洲"的独特风格与赵州桥、洛阳桥、卢沟桥并称中国四大古桥，被著名桥梁专家茅以升誉为"世界上最早的启闭式桥梁"。

故而，把"福"与"香"合为"福香"，有绵绵之福，恰如妙香，万里飘扬，大气中蕴含婉约，以达浑厚意致。

决定以"福香"为名后，我又请英文专家夏虹女士把它翻译成英文：FORTUNE。

一周后，当我告知老友为熊猫定名"福香"及其寓意后，他很高兴，随即上报。在等待网上公示的时间里，我难以掩饰对熊猫的喜爱，决定尝试画一幅熊猫图。为此，我专程到动物园去观察熊猫的举止和体态，经过一幅又一幅的大写意练习后，总觉得构图简单、难以把握而无法尽兴。尽管从来没有画过工笔的熊猫，但凭着画了十多年的工笔虎，已熟练掌握散锋丝毛法，最后还是把熊猫图画法定格在工笔画上。于是，我先在熟宣纸上，用铅笔勾出大熊猫的准确轮廓；接着用清水笔蘸浓墨至笔腹，笔尖再蘸一点浓墨，略调后画眼圈、耳、鼻、四肢，做到墨色有浓淡变化，粗中有细，留出眼睛的正确位置。既而，用淡墨干笔勾出熊猫的头部和身体的白色部分，使之有毛感，接着画出眼睛。当用散锋丝毛法把熊猫毛茸茸的身体表现出来后，继续分染、平染、再层层罩染，把熊猫的质感用明洁润泽而坚韧的笔调凸现出来。最后，画上翠翠绿绿的竹林。那成片的竹林，是人们保护熊猫的象征。

十天后，接到老友电话，熊猫冠名公示结果已出，熊猫正式定名为"福香"。而此时，我的熊猫图刚好也完成，得此喜讯，我欣然在熊猫图上题下："福香，传递潮州人民对耿达人民的祝福"！

两只雌性大熊猫幼崽福香，不仅是卧龙的福香、潮州的福香，更是中国的福香，世界的福香！

金兰湖情思

离开新县县城，汽车行驶在乡间小道上。雨后的青山一碧如洗。绿色的原野中不见行人，只见彩色的雨伞在绿树掩映的蜿蜒小道上若隐若现，像是流动的花团。

10分钟后，汽车驶向高坡，眼前出现一大片高高的竹林。穿过竹林，缓缓驶下一个铺满鹅卵石的坡道，停在湖岸。金兰湖度假村的主人老王迎上来，他看上去有50多岁，首次见面，他显得比较腼腆，先是帮我取下行李，然后握住我的手笑笑说："陈教授，很高兴您来我们金兰湖写生度假，这会儿您先歇着，我去安排晚餐。"

这时，我发现湖四周没有一个行人，一切都是静悄悄的。风行水上，推开一层层柔和的波纹。偶尔有鱼跳出湖面，荡起一圈圈涟漪。

"这里好幽静啊！"我由衷地赞叹。

"我们这里虽说是度假村，实际上只有六间房子。平时，包括省外的朋友来，是要事先预订房间的，"老王笑说，"这里确实幽静，晚上几乎不见行人。"

"夜不闭户啊！"我笑道。

老王很自信："是这样。"说罢自去安排他的事情去了。

眼前的金兰湖湖面不大，东西长大约1公里，南北宽近500米，呈长方形，静卧在金兰山的怀抱。水面呈深黛色，这样的颜色通常也有三四十米深了。夕阳的余晖洒在湖面上，波光粼粼。

这晚，我住在湖边，远离尘嚣，完全与外界隔绝，四下一片清寂和宁静，唯有唧唧的虫鸣此起彼伏，遥相呼应。夜半侧耳倾听，竟发现整个山野都充满了这种声音，说是蝉鸣，却没有蝉的声音高亢。蟋蟀精神抖擞，叫起来振振有词。有一种虫鸣叫起来非常执着，声音拖得清脆而悠长，有山歌的韵味儿。清晨4点钟左右，无数只鸟开始展示歌喉。山中水边的鸟鸣，声声嘹亮，婉转清丽，毫不拖泥带水，嗓子就像在湖水里洗过一样。

正是这种空旷中的有声世界，把尘世间的一切推得很远很远，我仿佛走进了另一个时空。

这是一种全新的无比奇妙的声音，蕴含着生命密码，是大自然的诡谲所在。她既深不可测，又奇幻无比。这时我想，要成为一个真正的艺术家，必须用心去贴近生活的真实，去感受大自然血脉的流动，聆听大自然最微妙的呼吸，去解读她的语言,感知她的情感,以触发你心中最敏感的情怀。比如说由水云的变幻,想到水墨世界的内涵;你的心灵只有永远处在探索和漂泊之中,才能感受到自然界生生不息的伟大力量。一朵花,除了阳光和水,没有内在力量的催发,便不能尽情绽放;一幅画,倘若没有内在精神力量所支撑,无异于盲目涂鸦。"外师造化,中得心源",大自然永远是人类的老师,更是艺术家的精神领地。

第二天晚饭后,月光从树隙投下清晖,湖面上吹来轻柔的风,带着清凉的雨丝,从小桥上轻轻掠过,飘向背后的竹林,空气里芳香四溢。站在曲径通幽的坡道上,我和老王攀谈起来,他说:

"我自1980年承包了这里的小发电站到现在,守着这片湖水已经28个年头了。"

我顺着他目光的方向望去,湖那边很深远的地方,依稀有灯光掩映在苍茫的山岚中,隐约听到隆隆的机器的声响。

听到老王的话,我感到震撼。一个人坚守这片青山绿水近30年,人生最好的年华,都付给了这片湖水,究竟是为了什么?

"看好一片山水,并不容易。近几年我们新县打'红''绿'资源品牌,很多人看好了这片风水宝地,有的想在这里建房子,有的想在这边安度晚年,我没有动心。急什么？保护好这里的生态资源，同样也是为国家做贡献。"这里的山水涵养了他的精神气质，使他看上去那么从容淡定。

　　远处的山峦，剪影般高耸在苍茫的夜色里。我们顺着小径往前走。老王告诉我，前年夏天从北京来了一位老学者，在湖边流连忘返，老人家说，这是一块净土，一定要守好，不要随便开发。

　　"信阳市委宣传部的张部长来到这里，听了我的介绍后说，'老王，你是功臣啊！'"老王欣慰地说。

　　"这么多年来，你要守住这片净土，投资一定不少吧？"

　　"是这样，承包小发电站的收入，几乎都用在这里的保护上了。你看，那边的竹林都是我20多年前栽的。过去金兰山上有很多上百年的古树，后来都被砍光了，除了山上的灌木丛，这里的树，大都是我们一年一年栽植的。几十年来，我喝这里的泉水，吃这里种的粮食、蔬菜、湖里的鱼，看守着这片湖水，感觉日子过得很踏实。"

　　有智慧的人，绝不会把生命和时间耗费在无聊的事情上。老王是在用生命坚守他的精神家园。作为一位艺术工作者，我当以自己的生命去唱响时代之歌，用自己的画笔去坚守自己的诺言。美国著名作家梭罗说过，我无意写一首闷闷不乐的颂歌，可我要像破晓晨鸡在栖木上引吭啼唱，只要能唤醒我的左邻右舍就好。

当时,适逢县里正在筹备"纪念刘邓大军千里跃进大别山胜利六十周年"活动,这是新县人民的盛事,大家都在为此事忙碌。为了深入了解当地的历史文化,我认真查阅相关资料,从中感受这片热土曾经的辉煌。新县是红军的故乡,将军的摇篮,是鄂豫皖革命根据地首府所在地。第二次国内革命战争时期,这里先后诞生了红四方面军、二十五军、红二十八军3支主力红军,有5万多名优秀儿女献出了生命,从而孕育了许世友、李德生等93位共和国将军和省部级干部,其中有43人被授予少将以上军衔。这里留下了董必武、徐向前、邓小平、刘伯承、李先念等老一辈无产阶级革命家的战斗足迹,是全国著名的将军县。看到这些发烫的文字,我对英雄的新县人民有了一份特殊的情感。在我看来,这里的山林湖泊,不再是一般意义上的自然景观,而是升腾着英雄气概,笼罩着史诗般的闪亮光环。

下午3点多,山间突然出现了奇观。当时云压山头,瞬息万变,顷刻间地动山摇,暴雨如注,天地间混沌一片。这种壮观的自然现象,使我激情澎湃,浮想联翩,耳边回响起峥嵘岁月里的那首《英雄赞歌》:

为什么战旗美如画?
英雄的鲜血染红了她!
为什么大地春常在?

英雄的生命开鲜花……

霎时,我的眼前闪现了铺天盖地的熊熊火焰般的红牡丹!

当晚,我为"纪念刘邓大军千里跃进大别山胜利六十周年"构思创作了巨幅大写意花鸟画《革命之花红胜火》。这幅画以红牡丹为主体,配以磐石,以朱砂点缀竹叶,几只蜜蜂穿梭其间,整个画面动感强烈、春风浩荡,洋溢着壮怀激烈的豪情,以此表达我对老一辈无产阶级革命家的深切缅怀、对新县人民的崇敬之情。

这之后,白天,我独自漫步在幽径密林之间,感受山里的云雾升腾,万端变化。月光下,我与朋友们走在宁静的湖边,松树散发出淡淡清香,竹子在风中摇曳,人与自然和谐相处,仿佛走进浑然无迹的艺术世界。

下山那天,逶迤的山道上,一只水牛在雨雾中行走,几位披蓑衣的农民在田间劳作,孩子们穿着色彩斑斓的衣服走在上学的路上,不时停下来相互嬉戏。山里人相遇时的会心一笑,也是最美的风景。这里的一切,淳朴而自然。

看着这些最真实、最生动、最贴近生活的一幅幅画面,梭罗的话一直回荡在我的心头……

神奇的吴垭石头村

2012年的深冬，我去了河南省南阳市内乡县的乍曲乡，这里有一个全国著名的吴垭石头村。吴垭石头村距内乡县城6公里，省道豫52线1公里，南水北调中线工程丹江口渠首20公里。

那天，汽车下了省道，在通往村里的小路上起起伏伏，大约行驶至1公里左右，一棵黑铁皮色的大树，迎着料峭的寒风站在通往村庄的小路旁，引领我们的汽车爬上了一个陡坡，转到一架开阔的山垭上。时值隆冬，朔风卷地，天气生冷，路上不见行人，略显冷清。隔着窗玻璃望出去，看到大大小小的石头遍布山野，这些形状各异、大小不一的石头，顺着45度斜坡，像一挂挂珠帘从山上垂至山下，一直绵延到山根。远山近垭，石头卧虎藏龙，形神森然，满目沉雄，苍莽之气笼罩四野，使人顿生敬畏。

同去的朋友饶有兴致地告诉我，吴垭石头村整个村庄，全部是用石头建造而成。2009年11月，被联合国教科文组织和中国国土经济学会评为"第二届中国景观村落"，是中国农耕文明的典型代表。

跨越时代的回响

汽车在铺满石头的乡间小路上行驶至村口,在一片平整坚实的红土地上停下,吴垭石头村像一幅巨大而精美的画面铺展在眼前,顿时驱散了弥漫在心头的荒寒。

这里是石头的世界,所有的建筑都离不开石头,奇石、石头器具随处可见,仿佛进入历史隧道,古风扑面。

我们踩着石头小路进村,刚走上一个石台,一位60岁开外的村民站在自家门前,笑着向我们打招呼:"你们回来了?回屋里坐吧!"

老人家像是看到多年的游子返乡一般,一句问候,亲切而自然。乡音,总有一股穿透人心的力量。我看着眼前的一切,仿佛似曾相识,恍惚觉得有神奇的事情在发生,随着这位老人的一声问候,只见那些无言的石头,从房后到墙体的角角落落、旮旮旯旯纷纷探出头来,形成一股强大的看不见却分明能感受到的磁场,把我的目光深深吸引,我不由自主地跨上前去,抚摸着老人家的石门框,一种久违的乡情油然而生。我问:"老人家,您贵姓?"

老人家微笑道:"俺姓吴,我们这里都姓吴,全村没有其他姓。"

"您祖祖辈辈都住在这里吗?"

"俺们老祖宗老早就来这里了,到我这儿,已经是第十八代了。"老人家拿手指头比画着,仍不忘邀请我们到家里去,"到晌午了,一会儿你们都回屋吃饭啊!"

他身边站着一位大约50岁的清瘦妇人,像是他家"屋里的",她笑吟吟地看着我们聊着,然后恳切地向我们发出邀请:"都回屋里吃饭啊。"

一只肩背和头部都长着黑黄色斑纹的大白狗,紧贴着女主人的左侧站着,毫不设防的样子,欢快地摇着尾巴,向我们发出友好的生命气息,使人不能忽视它的存在。

老人家说,现在是冬天,你们春夏来就大不一样了。我问为什么,同去的朋友说,这里属长江流域汉水上游的白河水系,为亚热带湿润地区,阔叶林、落叶林植被覆盖率高达80%,空气非常湿润,气候也很温和,春夏山花遍野,村里周边森林茂密,古藤老树遮天蔽日,那时候来,更适合你们写生作画。

"不碍事,啥时候来都好看。"老人家笑说,"俺这里是冬暖夏凉,吴垭的垭,说的就是两山之间的高地,冬天刮来的北风会被前后的大山挡住,因为高山,夏天又十分荫凉,这是老祖宗好眼力。"

"你们先到村里转转吧,"老人家为我们热心地指路,"从这条小路往前面走,里面深着呢。"

我告别老人,有意与同去的朋友拉开距离,独自一人往村庄"深"处走,细细察看每一座老房子、老院落,完好的、坍塌的、住着人家的、空无一人至今依然完好无损的石头建筑,试图从中解读出生命之于石头的非凡意义。

村里的巷道狭窄而悠长,路面用石板和碎石铺成,高低不平。在这里,目力所及的是石头,触手可及的还是石头。石头房、石头墙、石板路、石板桥、石台阶、石门楼、石院墙、石畜圈,还有石井、石盆、石桌、石凳、石磨、石碾、石碾盘等比比皆是。院内的厕所、排水道也无一不是用石头垒砌而成。那些缺损的石槽,只剩下一半的石磨盘,都在告诉我们岁月的久远和沧桑。我特意观察了每一家的房顶,上面覆以青瓦,房顶之上有红砖、青砖垒砌的烟道,与石头房浑然天成,古朴凝重。在这里,石头诠释着岁月,它们实实在在融入村民的生活里、血液里和生命里。石头与人相互依存,人与自然和谐相处,生生不息。

有一道长20多米的石头墙,把我带回远古时代。墙上有一块长一米多、高约五六十厘米元宝形的石面,一层一层,层层分明,显然是海水冲刷过的痕迹。石面中间,有无数横七竖八类似贝壳的小石子,挤压在粗糙的沙砾中,小石层的上方仍然是青青的石面。这种石中有沙，石中有石、有贝壳的现象，再次把我的想象推向遥远的星空。在遥远遥远的过去，天空是蓝的，海水是蓝的，星星是贼亮贼亮的，鱼在蓝天白云下嬉戏，鸟在树上欢唱……

原来，村里铺路盖房用的这些石块，均取材于村边山石，是村民用钢钎撬起来的。这里石灰岩、水泥灰岩、白云岩极其丰富，岩石层外露，石头层次多，材质硬度适中，节理裂缝分层，易于开采，为村民建筑石结构房屋，提供了天然的材料。这里的岩石有大而厚的块石，也有小而薄的片石，用以垒砌墙体或铺地，基本不用切割，只要按照石块的大小，错落有致地摆放即可。单说石头房，无论是平房，还是楼房，几乎清一色的石头房。有平面布局，平地兴起，也有依山势而建，呈三合院，也有两进院和三进院。堂屋、卧室、磨坊、灶间、猪圈、羊圈等，布局和谐，功能齐全。

桂花时节约重还

石头村的年轻人外出打工者居多，大部分家的院落，要么虚掩要么落了锁，隐约看到村里的老人在自家的房前屋后出出进进，也许是小学生还没有放学吧，空旷的小山村，安静得有点寂寥，在夕阳下平添了几分悠然的诗意。

这里的每一块儿石头，即便是一个小小的片儿石，都是有生命的。

石头墙上的每一块石头，方的圆的、缺角少棱的，都在告诉我一个秘密，这里的山原本不是山，这里的垭原本不是垭，在很久以前，这里是深不可测的汪洋大海，它们是大海的产物。经过大海洗礼的石头，色彩极其丰富，即使被能工巧匠砌嵌在墙，在冬日的阳光下，也依然散发出远古的光芒。要探究这里的奇特现象，非地质学家、人类学家莫属，我们对大自然的认知往往有限。在我看来，它的美学价值已经使来者叹为观止。

房屋构架、道路铺设，无心插柳柳成荫。这里的每一道墙，每一条小路，每一级台阶，都是一幅画。其色彩线条、水渍磨痕，无不透出石头的神奇功能和神韵，在岁月的打磨下，不经意间蒸腾出色彩斑斓的画面，真实而唯美。

且不说石头的造型别致、巧夺天工，单说色彩已美不胜收。黛青、竹青、石青、鸭蛋青，各不相同；金黄、橘黄、杏黄、土黄，相互交融；海蓝、深蓝、浅蓝、天蓝，层层叠加；深灰、烟灰、土灰、浅灰，相互交错；黛绿色、翡翠色、嫣红色、绛紫色、藕荷色、赭石色夹杂其中。有的黄中透红，有的一层青绿一层赤红……仅从色彩上看，是人工所无法描摹的，那是亿万年自然造化的神奇杰作，由智慧的吴垭人，把他们从

"海底世界"打捞到"岸上",形成乡村独特的建筑文化,立体地呈现在伏牛山的山巅之间,随着时间的脚步推向中国非物质文化的前沿。

作为画者,我们对周围事物的感知,投射在视觉里的主要是色彩,我们为之敏感为之痴迷的也是色彩,因为色彩是大自然最直接最丰富的语言。这里,高高矮矮、错落有致的石房子,呈现出五彩缤纷的红黄青蓝紫,在烟云缭绕中,散发出大自然的无穷魅力。尤其那挑高的黛瓦房脊,浑身布满苍苔、在树林里沉睡千年的斑马色巨石,都给人一种奇幻的印象。触动心魂的文化体验,是一种滋养,如饮醇酒佳酿一般,我被吴垭石头村的瑰丽色彩而深深打动。

在一家门前,放着一个长约2.5米、宽有半米的大石槽,这样大的牛槽在村里很少见。不言而喻,昔日这户人家定是人畜兴旺。从房子的布局规模,一看便知是大户人家。石墙外,宽阔的石头门楼两侧,七棵高大而挺拔的梧桐树,环绕着院墙外围,伟岸笔直的树干,顶天立地,耸入云天。豆绿色的树皮上,泛着绒绒的朦胧的白色光,几片打着卷儿形似荷叶的梧桐叶子,虽在寒风中萧瑟飘荡,但叶脉间泛出的浓浓军绿色,仍然使我想象到这里年复一年翠荫如盖,凤鸣朝阳。

房子依山而建,坐北朝南,房后林木丛生、杂树交错,厚厚的落叶、干草、树枝覆盖着山坡。如果是在夏天,定是遮天蔽日，郁郁葱葱，加上7棵梧桐树呈环抱之势，门前视野开阔明朗，真正一处好风水。

踩着石径小路上的干牛粪，我走进另一家敞开着的院子，老屋的墙内，是红土胶泥和着麦秸抹上去的。房子有被大火烧过的痕迹，房顶已经坍塌，墙上被烟熏得黑乎乎的，用手触摸一下裂缝的红泥巴墙，质感与石头一般坚硬。当地村民告诉我，这一家人早已经迁往县城居住去了，而我分明能感受到主人生活过的种种痕迹和烟火气息。感受到昔日的鸟语花香，笑语绕梁。院子里有一棵百年以上树龄的金桂树，枝繁叶茂，亭亭如盖，巨大的树冠遮住了多半个院子，在寒冬里透出无限的生机与活力。虽然主人离开了家园，它依然默默地坚守着这份忠贞，为主人呵护着这份宁静，期待着主人"桂花时节约重还"。仔细观察这棵有情有义的金桂树，依稀看到繁密的干花瓣儿留在枝丫里，一任北风吹过，散发出幽幽清香。

沧海桑田的神话

从地质学的角度看，吴垭是一个地质文化博物馆。那随处可见的火山石，有的零星散落，有的呈蜂窝状分布。这里有土黄色的状如马蜂窝的巨石，是火山喷发后的遗存；有的青色巨石，看上去比大象还要大上10倍，像海龟卧在山间，有的则像巨龙匍匐在山坡。可以看出火山喷发时形成的五彩岩浆，还有泡沫混着泥土和各种植物茎叶的火山石。经过大海万年浮沉，造就了这里的层岩。还有刚进村那漫山遍野的类似板岩的大石头，千层饼一样相互叠加的青石和红石，都告诉我这里是曾经的沧海桑田，如今的奇幻仙境。

在村里，随处可看到青石板里夹着红石板，红石板夹着青石板。有科学家分析，很久以前，这里是海边，每天都有大量的淤泥或红沙在这里淤积沉淀。经过地壳运动，这些淤泥和红沙都变成了岩石，淤泥变成了青石板，其质坚硬，红沙变成的红石板，石质相对薄脆。人们起了这些板材盖成石头房子，既是创造也很科学。

在通往半山坡方向的小路上，我发现一棵标有500年树龄的黄楝树，树干斑驳，满身疮痍，从枝干中透出生命的顽强，足以见证这里的辉煌与兴衰。这棵古老的黄楝树是村子里的"活神仙"，树下有被村民们供奉的痕迹，看起来香火不断。

唯有知情一片月

吴垭石头村的美学源头，应该追溯到270年前的一个传奇故事。

在吴垭村的村东沟处，有一块墓碑，这块墓碑是清咸丰二年（1852年）二月所立。碑文记载："公讳迪元，祖居堰坡，乾隆八年，迁居于兹，迁时并无地亩，尽属荒山……"其大意是，该石头村的创始人吴迪元公，是在公元1743年从内乡县湍东镇龙头村堰坡搬来的，初来时这里是荒山，吴迪元不避艰险开荒种田、筑石为屋，繁衍生息，距今已经270年。在这个村子里，所有的人都是吴迪元公的后人，因为居住在两山之间的高地上，故有"石垭"之称。

乾隆八年（1743年），河南省内乡县的农民吴迪元，响应乾隆皇帝的号召，带着妻儿走进了大山，开垦荒地。当时吴迪元只有一个儿子叫吴复周，后来吴复周又生了3个儿子，吴家的人丁开始兴旺，子子孙孙繁衍下来，到了今天吴家已经有第十九代子孙，40多户人家，于是也就有了吴垭这个山中的村庄。目前这里古建筑面积有5620平方米，保存较为完整的石头建筑群93座，现存房屋200余间，80%以上石头建筑保存完好。

我们可以想象，在270年前，正是吴垭村第一代祖先吴迪元这位皖西汉子，辞别故土爹娘，携妻带子，走向荒野，来到这漫山遍野的石头窝，从此拉开精彩帷幕，开垦壮丽人生，把一个男人的担当演绎到极致，为后世留下永恒的话题。

亿万年前，这里沧海横流，这里的石头曾是一粒粒沙子，在火山喷发地动山摇时，它们在沉睡中浮出水面，在生命的摇篮中生，在生命的摇篮里死，生生死死，多少回，硬是把灵魂磨砺挺拔，把血脉锻造坚韧，生命伴着一次次惨烈的蜕变，终于被凝聚在沙砾土里、血里泪里，低下的头颅，再高昂地抬起来，为了被垒上一墙一垛，为了能守护那窗前的灯火，为了那远去的背影，为了那一声声新生婴儿的啼哭，更为了生命的尊严，它们几经浮沉，终于使自己的生命和人类的生命一样，焕发出灼灼光华。

可以想见，最初，在青年吴迪元看来，那不是石头，是他的兄弟、是姐妹、是少年伙伴，是与之同呼吸共命运的故乡亲人，是他老家院子里的太阳花，是他家乡田野上的狗尾巴草，是他浓浓的乡愁。于是，他一到此地，即与石头结下难割难舍的情缘。他以全部的感情亲近它们、了解它们、抚慰它们，发现它们的生命灵性，谛听它们灵魂的吟唱。

"唯有知情一片月。"在茫茫荒原上，他把他的生命与这些石头紧紧相连，同命运共呼吸。不然，为什么那些石头，深情地看着他，向他发出强烈的召唤，吸引他、引领他，给他以开创新生活的启迪？

吴迪元初到此地时一定只是想为自己和妻儿盖一所能栖身的石头房子，聊避风寒，不料那些被他亲近、被他撬起的青石红石却对他露出了会心的一笑。在万物有灵的自然界，人类的聪明才智，有着无限的潜力，有待多重生命的引发。吴迪元终于发现，你若爱，被爱者一定会对你予以深情回报。

我们以为它们没有灵性、没有感知，不知道它们会想些什么，不知道人间的大事、生老病死、天灾人祸。我们自以为是天下的掌控者，宇宙的主人。岂不知在它们看来，人类只是每一个3万天左右的数字符号，每一个人在生命的开始，即是走向生命的终点。唯有那些躺在地上、山坳里的石头、石片，还有蓝天白云、阳光空气和水，大地万物，才是时间的主宰者，才是永恒，它们是我们人类亿万年前乃至亿万年后的祖先。

吴垭村的石头，从原始的荒野走进人们的视野，参与人类的繁衍生息，养育温暖这一方的百姓，它们的一呼一吸，都与人血脉相连。吴垭村的人们，因为有石头做伴，这里的空气将永远弥漫着悠远的风雅物语，永远弥漫着人类与自然和谐相处的浓浓深情。在这块神奇的山巅之上，石头向人们发出声音，展示优美的姿态神韵，使世世代代的村民们，实实在在能触摸到它们的质感、它们的情怀、它们的博大、它们的给予，做着关于石头粗粝而温柔的梦。

面对大自然和茫茫宇宙，所有万物都有着同样的孤独和茫然，同样的希冀与期待。

生活家

家属院有一排绿化带,是月季的地盘,内有冬青间隔。

每到四月,月季绽开硕大的花,势头很旺。过了几年,月季开始退化,再开花已不比往昔,更有甚者,有几棵月季长出篱外,工人为了整齐美观,将篱外月季根部周围糊上了水泥,这下月季惨了,被"钢筋铁骨"紧箍住,再生长就难以伸展了,别别扭扭地活着,越长越单薄。

家属院绿地是公众场所,面积非常有限,除了一排月季冬青,门前一块种着小叶女贞。这逼仄的绿地在小区里甚是金贵。

可是有人偏偏在月季丛中撒菜籽,种葱蒜。人们路过时,会突然发现冒出一小片青菜,但不见人经营,只是过一段时间就生出另一片。

这样下去就有管理院子的人员出来干预,在篱笆上写了纸条:公共绿地,不得私用!

去年春天,篱笆内长出几棵花椒苗,不上一个月蹿出一米多高，我以为是楼上有人无意间把花椒籽掉到楼下，野生野长起来的，并没有在意。

却说今年，春天里生出几棵绿叶子的植物，没过几天，又是一米多高，大叶，多秆儿，生机盎然，是油菜又觉得不像。眼看长势强劲，一天一个样，于是又见纸条：伍元！这分明是罚单，意思是说，如果再不拔除，一株罚伍元。可是没有人出来认账。又过了七八天，那绿枝条洋洋洒洒开起金黄色的花，这一下有人说，可不是油菜花嘛，还真漂亮，只是和咱当地的油菜花不一样，新品种吧？

说说就过去了。油菜花开花落又结籽，由着性子任来去，种的人神龙不见首尾，神秘得似乎在捉迷藏！

忽然地，哪一天，不经意地冲那绿地瞭望一眼，目光立即就被一道色彩吸引住了，那地里生长出一种小植物，不高，贴着地皮长起十六七厘米，暗绿色的尖齿叶片带着白绒绒的细毛毛，茎梗托着一朵小花，很纯正的深紫色，花朵形似郁金香，但比那小好多，就如一只小巧的高脚杯，也像一只张开的小喇叭，脸冲天粲然绽放着。可是不到几天，那花朵就谢了，花蕊变作一个小巧的圆球，披散着密密的雪白的细丝，那白，没有一点点的杂质，白得那么的彻底，那么的优雅，犹如端庄大方的佳人，虽迟暮，但那美还在，更显风韵气度，它甚至比开花的时候更让人喜欢，从人们啧啧赞叹的口中，得知，这植物叫老姑草，也叫白头翁。多么好的名字啊！它不就是一首写在黑土地上的诗吗？ 如果哲学家的思想像心电图一样可以描绘，那它不就是哲人的思绪吗？ 花，转眼就变作翁，那翁依然气势夺目！你说高大的胡杨坚韧伟岸，那么再看看这纤细的小草花，不也昭示着一种生的雄伟吗？花有花的姿容，翁有翁的华贵，美丽始终！我仔细察看那花翁，它只有四棵，它绝不是在这片小小的土地上根生地长的，它是被人挖成四个小土团，再移植过来的。

  进入五月，大规模的种植开始肆无忌惮地招摇起来，黄瓜搭了架，瓜架下长出苋菜、荆芥，整个一套立体种植模式！这还不算，向日葵、指甲花也摇摇摆摆长起来。尤其是向日葵拥拥挤挤地植在一起，黄花初绽，色彩明丽，成了一道鲜亮的风景！

  毕竟是公共绿地，怎能肆意而为，没过几天，工人在剪枝除草时，把黄瓜架扯掉了，黄瓜登时塌了架。不过人们不明白，那瓜秧青青弱弱的，一抬手它就会被连根除掉，可他们怎么就没有把它拔掉，是那手指头长、顶着小花、带着毛毛刺的小黄瓜，让他们下不了手，还是那清凉的黄瓜香，让他们不忍心？反正，扯了架的黄瓜还是那么好好的长在那里。

  背后种植的那双手，还真执着，几天后树枝搭起的架子再度立于不败之地，再几天黄瓜秧又往上爬，又见更高更牢的架子拔地而起。那两三株黄瓜秧堂而皇之地长起来，好像有了

"正式户口"似的，落地生根不卑不亢得很！

我开始佩服这些背后高手，他们住在闹市，咋知道什么季节种植什么？咋知道适时播种适时搭架子？他们还有锲而不舍的精神，不怕摧毁、不怕打击！

就在向日葵和各等花草蔬菜热热闹闹生长着的时候，不知道什么时候，又有一种植物，飘飘摇摇地长起来了，苍翠的长条叶片，有点像稗子草，但又绝不是稗子草，就在人们端详辨别中，它自身也悄然地发生了变化，它墨绿的叶片，颜色变浅了，有点发白，是透着一点浅绿的白，变了色彩的叶片，似乎在一夜间变幻魔术般，托出一枚圆筒形状的茎秆，那茎秆晶莹透亮，如纤纤细手捧着一炷香，亭亭玉立，更让人感到神奇的是，那茎秆三五天内就生出很多细小的枝杈，那枝杈是对称的，左边一个右边准有一模一样的一个，且那小枝杈子又快速分生更细小的枝杈，奇巧的是，那大大小小的枝杈上，很快挂上了毛茸茸的小穗子，呈疏松伞状，高低有序，错落有致。这东西一天一个样，它的造型就像一棵微型树，或者经过高级园艺师精心修整的盆景，飘飘洒洒，那么的楚楚动人！

这是什么？

没有人能够回答它是什么。

它就更加神秘而稀奇，如明星那样靓丽着，生长着。

上班下班的人，都忍不住匆匆地瞄它一眼，饭后乘凉遛弯的人，站在那里打量，都说：怪好看的！

那日，傍晚，一院子人围着那一小片东西看，旁边的石头凳子上，坐着一个老人，这人青裤子，灰褂子，花白寸头，面目洁净清爽，神态宁静淡然，样子像是刚从山间放牛回来的乡村老汉，他点燃了烟杆，冲一圈子人笑笑。

"那是莜麦。"他说。

"什么？"

"莜麦！"

对，北方的大山里专种它，大寒，大旱，它也能长呢，顶花带穗直劲往高处蹿⋯⋯

老人笑着，眼睛看着花坛里的那一小片莜麦，犹如一个溺爱孩子的老人望着他的孩子，在向人们介绍：那是我儿子，然后说他的脾气秉性，能耐作为。

我用眼瞅它，"你种的？"

老人摇了摇脑袋，摆了摆手。

但那笑，仍在面颊的纹路里奔跑，好像灌溉的田地里，一条条细细的欢畅的水流⋯⋯

人家不说是自己，你就不好意思再问了。

在这样的大楼上，你知道谁谁，把种麦的父母，弄到这里来看孩子或者享福，颐养天年。眼前，在这楼下花坛边、小路上游走着的陌生老人，你不晓得哪个前天还在草地上放羊，或者在乡村的田园里锄地。

如今，世界变成地球村，城市与乡村也这样界限模糊地相交相融着,你不看有人写生活在天上的母亲,说是在城市里发旺了的儿子,把大山里的老母亲接到城里,住进了20多层的高楼上,看不着鸡狗,不坐了电梯下不了楼,见不着泥土日月的老人,如霜打了的庄稼,整天病恹恹的,后来儿子在阳台上种了一盆棒子,母亲天天看着那几棵永远也甩不开须子,结不了籽实的棒子秧,倒像精神烦躁的人吃了安定,安然地待在楼上。

一段时间里,我看着这些横生出来的稀奇古怪的植物,心里不怎么舒爽。心想,这小小的绿地,是公共的地盘,是用来种花种草,养人眼目的,是让这钢筋水泥禁锢的空间有一点自然的气息,岂容个人随意侵占胡乱栽种。

我越来越想知道这些神秘人物究竟为何方神圣?难道总共不足3平方米的土地里,能生出金子,能生出可观的买菜钱,值得他们去"苦心经营"?

后来,我的目光有了些许的变化,因为,我发现那些花,一直那样盛开在那里,从开到谢,没有什么人把它掐回去一朵,我似乎也从没有看见哪个人,在采摘蔬菜瓜果,也是,就那么几棵,能够收获到什么呢?

我渐渐觉得那花坛里有别于惯常的点缀,为院子里带来生机,为长居于水泥建筑里的我们带来了农桑意识,为院子里的季节披上了时装。比如他们把原本是田野上的油菜花、老姑草、向日葵、莜麦带到我们的日常生活中,他们使院子里从此有了蜜蜂和蝴蝶，为单调的日子增添了许多意想不到的情趣。

看着那小小花坛，我不止一次，头脑中忽然想到一句话：诗意的栖居！

的确，现在人们生活水平提高，吃的，住的，都在向高档次靠拢，人们住上了高楼，身居在华丽舒适的空间，可人的心，人的神，还要有个寄托。的确，生活中每颗心，都有自己的繁华，挥鞭子放牧的牧人，花开如潮、牛羊点点的辽阔草场，就是他的繁华；田园里侍弄过五谷菜蔬的庄稼人，瓜熟果落、五谷丰收，就是他们的繁华，可一当这样的繁华远离生活，他们就会设法寻找那繁华的影子，哪怕是一丝隐隐约约的痕迹，哪怕是一点点微弱的气息！

那么，那花坛里的油菜花、老姑草、黄瓜、莜麦……或许就是，哪个人为看看那植物存在的影子，或者渴望回味一点那植物的气息！也或许有展览和追怀的意味，而播种在那里的吧！

也或许，那一片小小的绿地，呼唤了他们什么，就如那歌声中唱的，梅兰梅兰我爱你……看到了梅兰就想到你……我要永远的爱护你……也许在家属楼区里的人们，这歌词可以换作："土地，土地，我爱你，看到了土地，我就想起了你……"也许，人们看到了那黑黑的土，人们就想到了花，想到了蔬菜，想到了庄稼，想到了家园……于是，那小小的一片土，就有了姹紫嫣红，就有了千姿万态……

好一片小小的绿地，它让你在俗常的日子中没有平凡的心，它告诉你，别把谁谁看得简单粗陋，其实，谁谁的心里都在寻找着自己的精神原乡；它告诉你，生活中，哪个热爱生活的人都有可能成为智慧的生活家。那小小花坛中，花香、菜香、麦香……都是脉脉心香！

不是吗？你从那小小的土地上，从那色泽不同的微微绿意中，看到眷爱，看到心智，看到情趣，更有那看不见摸不着的，如烟如雾的乡愁……

第三辑·水墨苍茫

一毫米的高度

　　一幅画还没有完成的时候,一直是躺着的,画的高度,是画家一毫米、一毫米这样画上去的。通常的第一感觉,是我们会说画有多大、多美,压根没有想到画有多高,因为画的高度,往往是挂上去以后才会发出的一声赞叹。

　　这赞叹,对于一毫米、一毫米进行艺术创作的画家来说,来得未免太迟、太迟了。

　　是的,一幅画的高度就是它躺着的高度,是依靠画家一根毛发、一丝纹理般的小细节打磨,几番加减乘除之后,最后,一毫米、一毫米地画上去的。因为是躺着的,所以,我们时常会忽略画的高度,忽略了画家的存在,而是直接奔向主题——艺术品的美学意义的高下,我敢说,这样的取向是极不科学的!更何况,画家是终生痛苦着的呢?这,好比每一幅画那漫长的绘画过程,好比那些没日没夜痛苦的困惑、参悟和求索,乃至于后来的孤独求生,一毫米、一毫米地在黑暗里求生,在悬崖上攀登,上一步紧跟着下一步,下一步紧跟着上一步,一步走错，全盘皆输，没有谁能体悟到那种痛苦的折磨，没有谁的。

一毫米的高度，一毫米里所有的痛苦，只有画家自己最清楚。一幅画的实际面积大小，我们一般是按照几乘几平方厘米、几乘几平方尺或者几乘几平方米来计算的，一幅画的商业价值也一般是按照平方厘米、平方尺和平方米来评估、定价的，说来说去，我们是面对了一幅成品画。那么，那些一直躺着的画作呢？那些正在黑暗中一毫米、一毫米地长高的画作呢？那些困扰着画家无数场痛苦、几乎断送一生的孤独感呢？那些大大小小飞翔着的死亡与新生的碎片呢？我想，我们是看不见的，终生看不见的，恐怕所有的这些，只有画家自己最清楚。

在我们的眼里，画还是原来的那幅画，但躺着的画和挂上去的画是不一样的，也就是说，躺着的一毫米和挂上去的一毫米是不一样的。高度决定了一位画家的理想，也决定了他痛苦的大地。我认为，大地之上痛苦的不仅仅是画家们，越来越多的，是世代耕作、繁衍生息的农民们，是日夜在农民眼里跳跃的那些禾苗，那些正在一毫米、一毫米地长高的禾苗——未来的粮食，这么说来，禾苗也应该是痛苦着的。画家和农民，原本是两个互不相干的职业，但是这时刻，反倒被我信手拈来调侃一通，实在不雅。好在他们都有自己没有完成的作品——画和禾苗，都有一毫米的高度，这些理想和痛苦的存在，同时不也见证了下一刻的幸福和美好的存在吗？

一毫米的高度，时常让我想起人生的许多悲喜。想想看，一幅躺着的画在一毫米、一毫米地生长，一棵站着的禾苗在一毫米、一毫米地生长，有坎坷曲折，有风雨雪霜，生长的过程是何等漫长啊！但它们始终沐浴在阳光雨露下，不放弃，不低头，理想的火焰燃烧正旺。

在暗夜里作画，我时常想起大地之上那些禾苗，想起它们一毫米、一毫米地长高的痛苦样子，我就想笑，就不再那么痛苦了。

我是一位画家，禾苗的事情也就是自己绘画的事情，在一毫米、一毫米的绘画艺术求索中，过程不重要，悲喜不重要，只祈愿"人生长寿，天下太平"。

风骨牡丹

  当我接受给中南海创作《和谐之春》这幅画的任务时，我始终抱定一个意愿：首先要以色彩"先声夺人"，进而追求气势夺人，要把牡丹在春风浩荡中的雍容大度，铮铮风骨表现出来。

  于是，我使用了被同道誉为"中国红"的介于石榴红与芭蕉红的颜色来大块渲染牡丹花朵，使春风中的牡丹色泽饱满润泽，总领群芳；以行草笔触入画，大胆落笔，从容布局，使牡丹花与山石、水仙、竹子等气脉贯通、和谐相生。整个画面，近看热烈奔放、生机勃勃，远观疏朗透气、枝摇风生！其内外和谐，在风中、在雨中、在开中、在放中；其精神风骨，在动中、在静中、在千姿百态中、在千变万化中。

  风骨是民族的品质，风骨是民族的尊严，风骨是和谐的未来。一幅《和谐之春》牡丹图，展示了56个民族的当代风采；一幅《和谐之春》牡丹图，昭示一个大国的千年辉煌。

  为了今天这幅画，注入了我多年来太多的思考和心血。

大家知道，在我国，牡丹距今已有两千余年的历史，有一千多年的栽培史。牡丹以其五彩缤纷的色彩、优雅多变的花形、风情万种的姿态深受大家喜爱。牡丹从东晋入画以来，为历代画家所推崇。"花开时节动京城"，唐代画牡丹者也日渐兴盛。据董道《广州画跋》记载：唐代画家"边鸾所画牡丹，妙得生意，不失润泽"。从五代南唐徐熙首创叠色渍染法，使牡丹极富质感的内在美得到充分体现，到明代徐渭泼墨法画牡丹，将牡丹吸日月之精华，秉天地之灵气的精神风骨表现得淋漓尽致。近现代画牡丹各具特色者更是灿若星辰，名家辈出。

我于18岁初学画牡丹，不谓不晚。但这二十多年来所画牡丹，其数量之多，说出来令常人难以置信。朋友问起我画过多少牡丹，我说出来也总是让他们大吃一惊。有朋友曾追问："你先后画有3000幅吧？啊，5000还不止？不会吧！"我毫不夸张地说："更多！"

初识牡丹，只感觉花美而艳。美就能入画。当时仗着年少且狂妄自负，曾私下立言，世人皆说牡丹好，我要画出世界上最好的牡丹。于是有很长一段时间里，痴爱画牡丹。由于不得法，无知无畏，只凭年轻胆大，多的是狂妄浮躁和无忌。每当落笔时，心中总洋溢着千种激情、万般豪气，一夜之间，能画出十幅八幅牡丹，铺在宿舍的地上、床上，满地皆是墨牡丹、红牡丹、黄牡丹、绿牡丹、紫牡丹……画罢掷笔凝视，只见满纸芳华，花瓣花叶也活起来，还能闻到一缕缕在四周弥漫的扑鼻清香。好像天下所有的牡丹含着朝露、和着青草气息，都朝自己涌来，心中不免得意。在朦胧恍惚中，觉得自己也成了牡丹。看看窗外曙色渐渐色彩斑斓，想起古人一句话，"学问之道无他，求其放心而已"，于是收起这颗狂放的心，就地一躺，仰面"醉卧"，呼呼入睡。

一觉醒来，揉揉惺忪的眼睛，水龙头上抹一把脸，再走近一看，无非满纸涂鸦，满地荒唐，一点也没有发现自己笔下的牡丹之美，更遑论对艺术的探索。只好老老实实将其收起来，卷至墙旮旯，或塞进床底下，永不再看。但一到晚上，又疯狂画作牡丹，如此三番五次，乐此不疲。那一段时间几乎是夜夜如此，得了魔怔一般。

20岁那年，在武汉大学读书，忽一日，忆起小时候读《儒林外史》王冕画荷的情节，重新找来《儒林外史》开场篇翻看，看罢直觉茅塞顿开，"一语"惊醒梦中人。

那上面描写得很精彩：那日正是黄梅时候，天气烦躁，王冕放牛倦了，在绿草地上坐着。须臾，浓云密布，一阵大雨过了。那黑云边上镶着白云，渐渐散去，透出一派日光来，照耀得满湖通红。湖边山上，青一块，紫一块，绿一块。树枝上都像水洗过一番的，尤其绿得可爱。湖里有十来枝荷花，苞子上清水滴滴，荷叶上水珠滚来滚去。王冕看了一回，心里想道：

"古人说,'人在画图中',其实不错,可惜我这里没有一个画工,把这荷花画他几枝,也觉有趣。"又心里想道:"天下哪有个学不会的事?我何不自画他几枝。"自此,聚的钱不买书了,托人向城里买些胭脂铅粉之类,学画荷花。初时画得不好,画到三个月之后,那荷花精神、颜色无一不像,只多着一张纸,就像是湖里长的;又像才从湖里摘下来贴在纸上的。乡间人见画得好,也有拿钱来买的。一传两,两传三,诸暨一县都晓得他是一个画没骨花卉的名笔,争着来买。

王冕师法自然,对着荷塘画荷三个月就名震乡里,最终成为一代大家。想想自己,不觉汗颜。这时,方才理解"学问之道无他,求其放心而已"的真正含义!

当时正值四月初。按节气,广州的牡丹开罢,便是洛阳牡丹、菏泽牡丹盛开之时。于是就约了同学北上写生,一路看牡丹。到了洛阳,正是四月中旬之末,来到牡丹之乡,方知唐人所云"花开时节动京城"所言不虚:洛阳大小宾馆爆满。我们在一家小店住下,就匆匆赶去看牡丹。

在王城公园里,平生第一次看到海洋般姹紫嫣红的各色牡丹,惊得说不出话来!那天,我无视游人如织,喧声如潮,管自把眼睛瞪直了去观察牡丹的枝叶、花瓣等状态,及各种明暗关系和变化。那绚烂的花,那枝那叶那干,那铺天盖地的流动着的气韵,令人激动不已、感叹不已。抓一把牡丹花下湿漉漉的泥土，闻一闻，捻一捻，仿佛就能抖出牡丹花鲜活的生命和神韵的根基所在。

接近黄昏时下起了小雨，待看到雨中牡丹的烟雨朦胧之美，才着实体会到王冕观荷时的意境。这天，我们忘记了吃晚饭。

大学毕业后，在深圳当记者的时候，我有更充裕的时间画画。之后又到北大读研，接触了更多的名家名师，视野愈加开阔。以致出国留学时，也常常情不自禁地拿起笔画牡丹。

自此，我对画牡丹痴心不改，只是再没有了当年的狂妄和浮躁，唯有潜下心来，研究牡丹、画牡丹，用生命去感悟牡丹。二十多年来，无论是画工笔牡丹，还是写意牡丹，我力求达到一枝一叶融真情，掬一腔心血去贴近牡丹，融入牡丹，再现牡丹。

表现风骨牡丹，是我一生不变的追求。

清气溢乾坤

古往今来，人们爱莲、种莲、写莲、画莲无数。《诗经·郑风》有"隰有荷华"；《诗经·陈风》有"彼泽之陂，有蒲与荷"；屈原《离骚》里也有"制芰荷以为衣兮，集芙蓉以为裳"的赞誉之词。

莲花的清净纯正之香，凡花俗卉不能与之相比。宋代王十朋《点绛唇·清香莲》中："藕花簪水，清净香无比。"仅九个字，便把"清香莲"的题意写尽，给人的印象极为深刻。李峤的《荷》："新溜满澄陂，圆荷影若规。风来香气远，日落盖阴移。"明丽的夏日，新雨过后，水流灌注，平满的池塘清澈而平静。在这一池新水中，荷花盛开，片片叶子盖在水面，投下亭亭玉立的影子。开阔的背景，把荷花衬托得静穆娴雅，清幽淡远。如是荷花、荷叶、荷塘，不谓不美！

为中南海画《清气溢乾坤》这幅白莲花，是在夜半人静之时。这时白天的喧嚣早已关到门外，我让自己的心往下沉，再往下沉，然后凝神闭目，静坐良久。恍惚中，走进了一片一望无际的荷塘，满目的叶子，不见一朵花。慢慢地，感觉到一滴滴的露珠滴下来，落在自己赤脚的脚面。睁眼看时，刚才还是一片片碧绿的叶子，现在突然开满了满眼的白荷花。也不知什么时候，飞来了很多水鸟，在湖面上悠闲地来去自在，或许它们本来就在这里生活鸣叫，倒是自己闯进了它们的禁地！

几个夜晚下来，当我着手画这幅荷花图的时候，一种奇异的想法就在我脑海里闪现。为什么自己的构思里没有红色的荷花，为什么牵人心怀、动人遐思的荷花总是冰清玉洁、白璧无瑕？宋人杨万里的"接天莲叶无穷碧，映日荷花别样红"，是何等的美轮美奂，为什么自己的绘画不能朝着红色的荷花去构思，去寻找它的美？我想走出荷花，却总是定格在白色的、无风无浪的、平静如砥的寂静世界里。

又是一个夜阑人静的深夜，当我再次摊开纸和笔，准备画一幅色彩绚丽的荷花时，我的眼前虽然到处是色彩、色彩，可是，当我提笔动手时，一幅清绝疏朗的白荷花又在眼前诱惑闪烁，而鲜艳的颜色，怎么也进不到自己的心灵视野！

我感到奇怪，于是放下笔，再次凝视窗外。谁知一经推开窗户，不禁心驰意远，如梦如幻。明明是繁华的夜景，为什么在我看来，竟是一望无际的清静荷塘，那白色的荷花在远处的灯光下闪闪烁烁，清清朗朗，明明白白，给人一种深度的幽远和宁静；就连那些水鸟也隐隐约约徜徉飞翔，或荷叶之上，或水渚岸边。荷塘上方氤氲着清气,透明、疏朗、开阔、安宁。而那种干净,是前所未有的干净,是清澈透明的干净,是自然坦荡的干净,是无求无欲的干净。

固然,我不能像陆机在《文赋》中指出的,作者在构思时,可以观古今于须臾,抚四海于一瞬。刘勰在《文心雕龙·神思篇》中所说的:"文之思也,其神远矣,故寂然凝虑,思接千载,悄焉动容,视通万里……"但是潜意识却驱使自己去表达一种生存理念!这是自己躲不过,逃不掉的冲动。这冲动迫使自己的画笔必须顺着自己的神思走,去把自己最想表达的东西表达出来。心灵承受生命之重,以笔墨直抒胸臆,是最好的释放。

庄子云:"安危相易,祸福相生。"与其渲染荷花的圣洁空灵,不如视作反观内心的一面镜子,涤尘滤埃,清净慧生。明白这个道理,作为天地间的人,也应该是一种生存的大智慧吧。

原来,画家不是可以随心所欲的,不是可以为所欲为的,不是可以天马行空我行我素的,它必须听凭内心世界的支配和召唤。你内心思考最多的是什么,你拿起画笔的时候,必然义无反顾地去忠贞于它,你是跑不掉、躲不开的,这就好像无形中赋予了你一种责任。这种责任无论是社会的,还是家庭的,无论是他人的,或者是自身的,你都回避不掉,躲闪不开,无法遁形。说到底,作为个体的人,你必须有责任,你的人生责任,你的社会责任。这种责任,激励着你去做你该做的事,关照该关照的人,甚至"逼"着你去无怨无悔地付出。就好像战争来了,你应该去流血;和平年代,你应该去奉献一样。盛世之年,和谐之春,你去讴歌的同时,你还必须肩负起社会的责任,甚至去昭示照彻人们心灵的理念,这是人生一世的双重责任。俯仰今古,凡仁人志士者,概不例外。

想透了这个至理,我豁然开朗,笔下的白荷花也就应运而生。

在我的笔下,是水波千里,一碧万顷,淡然凝素的白莲。是形诸笔端,寄慨遥深,耐人寻味的白莲。是朴实无华,和谐清静,两袖清风,一身正气的白莲。是"出淤泥而不染,濯清涟而不妖",风骨神韵高标,坚毅精神独树的白莲。

正如罗丹所言,自然中的一切都具有性格。清气溢乾坤,白荷的精神特质,是这样的。

绘三峡寥廓江天

长江，是从我们中华民族历史纵深处走过来的一条生命河流。

在北大读书期间，我曾先后二十多次赴三峡考察写生。这些年来，我的山水画取材最多的是长江三峡，如《山高水长》《浩气长存》《秋染江峡》《永远的三峡》《高山藏智慧，大川孕文明》等，都表达了我对长江三峡的特有的钟爱。

学生时代，每当我读到柳宗元《江雪》中的"孤舟蓑笠翁，独钓寒江雪"的诗句时，那种孤寒清绝的意境，总是令人魂牵梦绕。如今，作为一名艺术工作者，我爱这条充满人文精神的江河，爱到痴迷处，遂成情结。就让长江三峡，融我画笔，入我梦怀。

郦道远的《水经注》云："自三峡七百里中，两岸连山，略无阙处；重岩叠嶂，隐天蔽日。自非亭午夜分，不见曦月。"是对长江三峡的高度概括，即在瞿塘峡、巫峡和西陵峡七百里长之中，两岸青山，连绵不尽，重重的悬崖，层层的峭壁，烟云缥缈，不到正午和夜半时分，就见不到日月之光。这里，集中概括了三峡的奇、险、耸、峻。

近年来，我画三峡，所取构图并不拘泥于三峡的奇、险、耸、峻，又不偏爱三峡中的任意一峡，而是从具象中高蹈出世，拓展无限思维空间，汇天地间山水之灵性、之云际、之内涵，绘出自己心中的三峡。

《三峡放歌》这幅大型山水画是为中南海创作的，并挂在重要位置。其精神特点集中突出16个字：豪迈奔放、明朗辉煌、恢宏壮阔、厚德载物。正如《石涛画语录》中所言："在于墨海中立定精神，笔锋下决出生活，尺幅上换去毛骨，混沌里放出光明。纵使笔不笔，墨不墨，画不画，自有我在。"

豪迈奔放。不同的时代赋予三峡不同的内涵。"巴东三峡巫峡长，猿鸣三声泪沾裳。"是古代渔人的写照。古人的泪痕，俱往矣。凄凄惨惨戚戚的时代一去不复返，闭关锁国的局面已成历史烟云。当今是国泰民安、改革开放的时代！我所绘《三峡放歌》中的主人翁，意气风发，豪迈自信，是现今人们的写照。这里，首先突出一个"放"字。"放"，即开放、奔放、豪放。乘风破浪，轻舟如箭，抒发的是一种浩荡之气，传递的是一种民族精神。即不畏艰险、勇往直前的人无畏精神，乐观向上的精神，不屈不挠的精神。

明朗辉煌。画面上朝霞满天，旭日映照着大地，祖国的河山呈现出绚丽的色彩。远观，每一座山峰，每一片白云，每一朵浪花，每一艘航船，都沐浴在万道霞光之中。

恢宏壮阔。站在这幅画前，透过逶迤起伏的山峦，看到祖国山河，江天万里，辽阔无垠，给人以咫尺千里之感。面对眼前的壮丽河山，你的视野开阔澄明，你的心胸海纳百川。

厚德载物。长江流域同黄河流域一样，是中华民族的摇篮，共同承载着中华文明的历史进程，近些年来，考古学界和史学界已经达成共识。长江，这条自然山川河流、人文河流、思想河流给我们太多的馈赠、太多的思索、太多的启迪。

还有三峡上涌动的白云、旋转的山峰、飞翔的鹭鸟、摇曳的树木，及每一朵浪花、每一挂飞瀑、每一湾急流、每一道险滩，犹如丰富的音乐元素，透过祖国的寥廓江天，汇成生命的交响，汇成天地的强音，汇成盛世的赞歌，汇成一曲曲天籁。

永恒不变的三峡情思，已注入我生命的血脉。

仰观三峡，天外有天；俯视三峡，千古风流。以开放的视野，看开放的世界，这将带给我们新的哲学思考。

盛世春光

　　洒满金色的大地上，繁花似锦，鸟语花香，到处是一派生机盎然的景象。

　　这就是《盛世春光》所要表达的绘画语言，或者说主题思想。石涛云，笔墨当随时代，这是艺术家的责任。这里我将牡丹、芍药、月季、玉兰、百合、兰花、紫藤、荷花、梅花等十多种盛开于不同时令、不同季节、不同地域的花卉，配以草木、松石、流水等展现出来。虽非百花，但在构图上，则通过由近及远、由清晰明快的工笔到如烟如雾的写意，来画出自己心中的画卷，以表现自然界百花盛开、万紫千红、生机勃勃的美景，是对自然景观的艺术再现。当然，类似的构图，古今不在少数，谈不上标新立异，更非另辟蹊径，独出一家。

　　然而，在为中南海构思创作这幅大型工笔画的前前后后，自有一番独特的感受，不吐不快。因为，自从我接了这个特殊任务之后，自始至终有一种奇特的感觉，仿佛觉得不是在创作一幅画，而是在酝酿一场气势磅礴的音乐会。随着创作激情的波澜起伏,仿佛诸多的花草、树木、和风、飞鸟……——汇成音乐的元素。

当时正值9月份,南方的天气还很热,处处鲜花盛开,而我的思绪早已越过秋冬,徜徉在万物再次复苏萌动的春天了。意识里涌动着画百花的强烈欲望,伴随而来的音乐旋律在心中不可遏制地回旋激荡……

有几天深夜,我独自在沙发上闭目静坐,似看见百花在眼前次第掠过,或流光溢彩清晰可辨,或朦朦胧胧灿若烟霞,倏忽又变成一条条流动的线条,而后幻化成飞舞旋转的音符,接下来天籁般的清音犹在耳边回响,清音袅袅,不绝如缕。有时感觉无数花瓣自胸腔旋涡般向外涌流,片片飞花在眼前汇成各色花朵,翩翩飘落于露水打湿的花枝间,盈盈含笑,绽放枝头,一阵风轻轻掠过,摇曳成一片片云霞,更像是音乐的律动。

这感觉,在过去从来没有过。

画家画百花,有时是出力不讨好。但凡能入画的,都有其独特的个性品质,如梅如菊,如荷如兰,或傲然凌雪,或临寒独放,或出自污泥而不染,或清气卓然而不群。即使山间野花,篱畔奇卉,无不风姿绰约,气象独具。因此,自古"绘琼花于巨幅,凝花魂于尺素"的丹青高手,不胜枚举。然而驱锦绣于一庐,绘群芳与一纸,犹如面对《红楼梦》大观园里的诸多美女，古代皇宫里的三千佳丽，人人皆美，却个个美得千姿百态，不尽相同。画形容易画神难，捕捉瞬间的机巧意趣更难，表现其性格张力和深邃的内涵更是难乎其难。由此，不难想见古今中外诸多山水花鸟名家为什么把生动多样、变化丰富的大自然作为艺术生活的源泉。正如罗丹的名言，在自然中，一切都是美的。

遵循古训，多年来我借一切机会对大自然认真观察、悉心研究、潜心揣摩，狠下过一番常人难以预料的功夫，在笔墨技巧上追求自然自不待言。

难道深夜凝神静坐，物我两忘，胸中不时涌流而出的音乐旋律，是对自己的深层启示？

想到此，我不禁怦然心动，有醍醐灌顶般的清醒和惊喜！

后来，在构思创作这幅作品时，我力求顺应内心的召唤，笔随心走，眼随心转，使心中流出的自然影像跃然纸上，绘出色与形交相辉映，动与静虚实相生的极富乐感的生动画面，终于成就了这幅近看色彩斑斓，远观烟霞弥漫的盛世春光图。

画面上，花瓣摇曳如音乐旋律，你中有我、我中有你，相互渗透、相互浸染，百花盛开、瑞鸟飞翔，仿佛天然的音乐在自然界中交响奏鸣；花的风姿和动态之美，就是花的风姿变幻出的旋律之美。

当这幅画完成后悬挂在工作室的墙上时，恰好一位爱好音乐的朋友来品茶聊天，他站在画前，凝视良久，默然不语。后来嘴角一咧，露出笑意，认真地道出了一番与众不同的见解。

他似行家般的审慎态度看着画面道："这幅画就像气势恢宏的大型交响乐团在无边无际的原野上演奏一场新春音乐会！你看，两棵苍松的老干像两把自然放置的竖琴，中间环顾左右的孔雀像琵琶，更像身穿燕尾服的音乐指挥；前面的百花如美丽的少女在微风中引吭高歌！

你再看，空中的两只飞鸟像流动的歌者，两只吉祥的红鸟像笛子，发出婉转悦耳的清音。

左右两边的百合如同小号，右边的流水像一架流泻出叮叮咚咚激越之音的钢琴。花丛中穿彩衣的鸟像跌宕的音符。

还有更多看不见，但可以想象的千万朵绚丽的花，在空旷的天际下尽情绽放，吸引着无数大自然的生灵一起踏着春天的节拍，汇成和谐的生命旋律。"

他说，这里万物有灵，天地和声，大地辉煌。由此看来，你是把自己的生命放在熊熊的不可熄灭的艺术之火上燃烧，用生命去铸造你的艺术之魂，你是从艺术创作中去体现生命的价值意义！

"你这样看，是艺术相通所产生的共鸣。"我说，"你知道罗丹曾说过，人们叹赏拉斐尔的素描，并非赞叹其素描本身和他那巧妙地勾勒出的均衡线条，而是它所包含的意义，是拉斐尔眼里所看到、手中所表现出的完美的精神，是从心底流出的对于自然的挚爱。比如色彩，一切色彩都传递着某种意义，没有意义的色彩，其美必然是空洞的、肤浅的。在这幅画里，所有的花草、所有的生命，都沐浴在金色的阳光里。"

盛世春光，在金色的沐浴下映现着整个时代精神！

阳光灿烂,春暖花开

我自幼生长在南方,对白玉兰情有独钟。白玉兰在我心中圣洁无瑕。玉兰花,花白如玉,花香似兰,其外形极像莲花,每当花开时节,清香阵阵,沁人心脾,具有很高的观赏价值。

庄子在《逍遥游》里将玉兰花比作姑射仙子;明代沈周的《题玉兰》:"翠条多力引风长,点破银花玉雪香。韵友自知人意好,隔帘轻解白霓裳。"文徵明有诗咏之:"绰约新妆玉有辉,素娥千队雪成围。我知姑射真仙子,天遣霓裳试羽衣……"诗中都把玉兰花比作绝色佳人,并不过誉。玉兰花洁白凝重而明丽,确有"试比群芳真皎洁"的魅力。清人赵执信的"如此高花白于雪",以"白于雪"衬托玉兰,写出了她的一尘不染,白璧无瑕,突出了玉兰花的高洁品格。

玉兰花开在初春。在广州,开得更早。玉兰花开放之时,一树春华,满庭芬芳,兰麝之香,尽得风流。有识之士认为,玉兰花不仅是一种高洁的花,其实也是一种勇敢怒放的花,一种令人赞叹的花。因此,我为中南海构思创作《阳光灿烂,春暖花开》这幅大型工笔画时,心中确实涌动着一种强烈的激情。

  以夸张的手法绘出心中之花。古人所云,看山不是山,看水不是水,那是山在心中,水在心中。作为作者,力求做到看花不是花,花在心中,胸有丘壑!

  构图中,我将千万朵玉兰花绘于一幅画面之上,象征亿万人民迎着春光绽放着心中的喜悦。那带着露水的散发出清香的玉兰花,在金色的阳光下,每一朵花上都闪烁着光芒。无数朵白玉兰,那样浓烈地、不可遏止地怒放着,如春潮涌动,如江河奔腾,如跳动的音符,如春天的旋律,在阳光灿烂的春天里,弹奏出辉煌的春之交响。"一枝梅花闹枝头,万朵玉兰汇春潮",使人感觉到整个大地都充满了欢声笑语!

  试图把握历史的纵深感。在这幅画中,我试图体现一种历史的纵深感,但这并非易事。首先要有内涵,其次才是构图。

  画面上强劲的树干,像巨龙般蜿蜒在祖国辽阔的大地上;繁花覆盖处,看不见的尽头,其恢宏气势,象征着中华民族的昌盛;以坚拔的树干来统领千万朵含笑怒放的玉兰花,这使我们的视野和胸襟不再拘泥于一棵树、一幅画,而看到的是祖国整个辽阔的疆域,西起江河之源头,东到大海之滨,虽历经风雨,却坚如磐石。曾经的民族耻辱,满目疮痍,文化倒退,都成为历史云烟。中华民族如今处处鲜花盛开,阳光灿烂!

那白玉兰的干,苍劲有力,如几经淬火的钢铁,如坚不可摧的长城,她强大的力量,把亿万人民凝聚在党的周围,任何逆历史发展潮流而动的势力,都无法动摇中国改革发展的信心,也根本无法摇撼中华民族的根基!

神奇的白玉兰,是在花开之后方绽新绿的。然而,我在坚如磐石的树干上方,绘以闪烁着光泽的绿叶,意在表现玉兰盛开之时,大地正孕育着勃勃生机!

树干下的瀑布,是着意安排。奔流而下的瀑布,其源头,历尽山崩地裂、霹雳闪电,历尽千涧万壑、千难万险,越过高山峡谷,冲破重重障碍,夺关斩隘,以百折不回的精神向着阳光,向着春风走来!春风化雨,水涌流在大地,滋润在百姓心头,水就是党的关怀;水似春风拂面,润物细无声,像阳光温暖着春花,温暖着百姓的心田。有了水,有了阳光,有了关怀,就拥有了民心!

16只吉祥鸟,是画面上的点睛之笔。像春天的使者,迎着朝阳翩翩起舞,或栖息在花间枝头,或跃然欲飞,一派生机盎然气象。

关于光的运用。画幅中间的一束光芒四射的金光,更是着意为之。这束璀璨的光照彻在画面中心,象征着党的光辉,暗示亿万人民在党的十六大精神指引下,迎着和煦的春光,奔向灿烂明天。

用光，是我在中西结合路子上的探索。局部用光，这种透视效果，在视角上给人一种强烈的凝重之感、力量之感；光在中心，有聚焦和凝聚之感。在这里，能够较深刻地体现作者的绘画语言，即一幅画的主体精神。

在《阳光灿烂，春暖花开》这幅画里，始终透彻着我一贯的艺术精神。我将浓烈的情怀泼洒在有限的画幅之上，不仅是对春天的讴歌，更是对国家昌盛的礼赞！

水墨顿悟

夏末秋初，是金兰湖一年中雨水格外丰沛的季节。庄子《秋水》："秋水时至，百川灌河。"如若在这个季节置身于金兰湖景区，随时可以看到"百川"争流，"灌"入金兰湖的自然景观。这是一个神奇的地方，无论晨昏，变幻无穷，说风就风，说雨就雨，云来雾去，电闪雷鸣，千变万化，不舍昼夜。

在金兰湖的日日夜夜，我仿佛融入了苍茫无涯的水墨世界。随着自然界的晦明交错，瞬息万变，金兰湖一带的水光山色被演绎得出神入化。

午后，我走出户外，准备到远处的密林中去。当时，天空蒙上了一层薄雾，太阳隐在云层，雾气在山头慢慢移动，四周一片清寂。远处的湖堤上，一头水牛跟在农夫后面缓缓走来，"踏踏"的蹄声由远而近。消失在竹林深处。刚走到湖边，清凉的雨丝就随着一阵微风飘过来，浓重的云块也从山那边匆匆涌来，又向远处倏然飞去。尽管山头上乱云飞渡，湖面上空却依然空明透亮,澄澈的湖水深蓝如黛,宁静如梦。

"这会儿不会有暴雨。"我怀着侥幸心情,一边推测,一边继续顺着湖堤往前走。过了堤,就是通往密林的路径。远处山体绿色的褶痕、半山腰透红的山茶果、山根儿苍老的蕨根发出的柔嫩枝条、山下郁郁葱葱的树林已隐约可见。就在这时,突然听到背后树上有"哗啦啦"的响声,扭头一看,只见一只松鼠在树枝上快速攀缘,像是受了某种突如其来的惊吓急于逃窜一般。与此同时,大块泼墨似的乌云,翻卷着从左侧的山头滚滚袭来。就在我决定返回小屋的瞬间,周围已经起了莫名其妙的变化,一种看不见的巨大力量在纵横驰骋,肆无忌惮,霎时间天地都在旋转。那一刹狂风呼啸,雷电大作,暴雨从头顶倾盆灌下,我像被施了魔法牢牢地"钉"在了原地,一时回不过神来,竟忘了此时自己正处在极危险的境地。

雨越下越大,水边的一簇簇芦苇,被不断上升的湖水渐渐淹没。随着湖面上炒豆般跳动的雨点,整个湖面处在灰蒙蒙的烟雨之中。水天失色,四维幽暗,已分辨不出哪是天哪是山哪是湖。这时我突然发现了一幅天人合一、返璞归真的巨幅水墨画卷。只见远处雨蒙蒙的湖面上,竟有几个泳者在波浪里上下起伏,时隐时现,勇敢地搏击风雨,狂放地挥臂高呼:"喂—嗨—嗨嗨",完全到了浑然忘我的境界。

我为这次奇遇感到深深的震撼。感谢上苍,我像一棵有着丰富气根的大榕树,虽被暴风雨袭击得无比尴尬,但我却感到痛快淋漓,只因在一呼一吸、一吸一呼之间,整个身心被清洗了一遍。

自古以来,我们的祖先和我们自己,都在追求人与自然的和谐相处。和谐则是人类的终极目标。透过这画面,为我们去理解和谐社会的深刻内涵,进而努力营造人与自然的和谐、人与人的和谐提供了无限空间。

暮野四合,风雨如晦。虽然天地混沌一片,我没有回转,继续走在雨雾中,任狂风暴雨把我挟裹在其中。

大约半小时后,黑压压的天空渐次明朗,雨过天晴。我从"水墨"世界里回归到现实。

有感于金兰湖给我的启示,回城后我多次想到中国画的水墨精神这一命题,想到我钦佩的几位大师和先贤。

在我看来,傅抱石先生是中国山水画中体现水墨精神的伟大实践者。傅抱石乃用笔用墨用水之高手,所作山水画,裹风雨,挟雷电,水墨氤氲,鬼斧神工,浑然天成,仅《潇潇暮雨》和《万竿烟雨》可见一斑。傅抱石的水墨功夫自然来自他的深厚功力,及对大自然的深刻体察,也许是从对石涛笔墨的感悟中得到的启示。但石涛的灵感哪里来?仅仅"外师造化,中得心源"够吗?我想,石涛显然是酷爱庄子的,这位佛家弟子与一任思想的野马在天地间纵横驰骋的庄子,定有心灵上的相契相通吧！

全身心体验自然六气变化的规律，提升涵养，搏击"三千里"情怀，"遨游于无穷"的艺术境界。这是庄子达到的自然高度，也是给后人的伟大启示。

画家在水墨世界里遨游，把自己变成水、变成墨，与现实的水墨水乳交融，以自己的灵魂融入所要表达事物的灵魂，把自己的呼吸、自己的血液与水墨的呼吸、水墨的血液交融在一起，把自己心灵的东西镌刻上去，以表达独特的情怀。因此，我以为，水墨画精神的极致，就是艺术家孜孜以求后所达到的心灵健全、平衡、和谐而不再迷惘的那个高度。

画好中国水墨画可不简单。能充分体现水墨精神的中国画家，更是任重道远。

向上的春天

甚爱玉兰，曾经给中南海画过一幅《阳光灿烂，春暖花开》大型工笔画，并写了一篇关于白玉兰工笔画创作的文章，总不尽兴。现在，为人民大会堂所画《碧玉生辉》白玉兰工笔画已经完成，那天下午，我凝视着画中盈盈绽放的玉兰花，关于玉兰花及其一些感绪开始逐渐浮上脑海，随即蔓延开来。

家住花城，孩提时，所居大院里长有三棵玉兰树。树两大一小，每逢花开季节，大的花多，小的花少。只是，可惜那时大院里的孩子们中，属我年龄最小、个子最矮，总是摘不到花，又不堪他们的引逗，也不去索要，唯有眼巴巴地看着他们摘下玉兰花后兴高采烈的嬉戏。不过还好，能偶尔拾到他们落下的一朵，便急慌慌藏到衣兜里，在没人时偷偷拿出来，闻一闻，嗅一嗅，那种淡雅的清香，几乎弥漫了我的整个童年。

上中学后，我们教室后面的山坡上，也种有很多玉兰树。这样，在玉兰花盛开怒放的日子里，我与同学们犹如觅香的粉蝶，每天在玉兰树林间恣行无忌、尽情徜徉。清晨争相跑到玉兰树下早读，午间争相到玉兰树下复习、小憩。中学四年的每个春暖花开的日子里，玉兰树林里，总会有琅琅的欢笑声与读书声随着玉兰花的清雅幽香一起飘向远方。

大学期间，我专门选修了书法和国画课，读读画史，看看画集，知道了成熟于五代的工笔花鸟画，历经宋代宫廷画家精工细作的发扬光大，达到登峰造极，形成体系完备的"院体画"。这类画恪守"外师造化"以致"中得心源"。如五代徐熙的《玉堂富贵图》和明代陈洪绶的《玉兰柱石图》，就是两幅著名的"院体画"。前者构图饱满，设色古艳，对玉兰花的刻画采用了以写实为主的手法，用线高古，表现出玉兰花的野逸典雅；而后者构图则非常疏朗，设色薄透清雅，用介乎写实与装饰的手法，以凝重的用笔、轻松的线条、简约概括的造型，来表现玉兰花端庄、隽永、清秀、淡雅的精神面貌。尽管两位大师以不同的手法，刻画出玉兰花迥异的风貌，但都寓喻人们对美好生活的追求和向往，他们的画风深深地影响了一代又一代的玉兰花探究者。

"净若清荷尘不染，色如白云美若仙。微风轻拂香四溢，亭亭玉立倚栏杆。"出于对玉兰的崇爱，那时的我，便常常看着画册想，要是我能画出这样美的玉兰花该多好啊。"行动随于心动！"于是，课间，每次研习牡丹画之后就试着画玉兰花。然而，年少时留下的只是花香，而对玉兰花的生长结构和基本的形象特征却记忆空白。以致每次画每次不像。情急中，我才感觉到观察与写生对于画好工笔花鸟画是如此重要。可是学校周遭是没有玉兰树的，这样，玉兰花便开在了我的梦里。

大学毕业后，我到深圳当记者，单位旁边是荔枝公园，有天进去散步时，猛然间闻到了一股香气，那是熟悉、久违了的幽香。心情不觉激动起来，循着芳香快步前行，果见十余棵玉兰树出现于眼前，花朵繁盛、簇簇拥拥着，和梦中的一样。望此情景，心中不觉窃喜，此乃天赐我学画玉兰的良机！这样，每天下班或假日就到公园里对着玉兰写生。开始是局部写生，如画一朵花的各个面，一朵花从含苞到初绽，再到盛开的各个过程。或画一片叶子，一片叶的正、侧、反等不同面。进而对玉兰的枝条、花朵、树干进行整枝缩小写生，不断掌握取舍与夸张的处理方法，把玉兰表现得更加生动传神。

一年多后，我大胆攻向直接写生中最难的课题——折枝写生。每次都在一定大小的画幅内，不论繁或简，进行完整章法的玉兰写生。运用线的形态、浓淡、疏密、节奏等，来体现我对玉兰的感受和表达能力。并以花为主体，枝叶助势，花如人面，枝如躯干，叶如四肢，所以花叶枝构成一个有生命的整体，其生气和神韵跃然纸上，正是画面的灵魂、最美的所在。

转眼一年多又过去了，我负笈北上求学。阳春三月，玉兰花遍布京城。欣赏京城玉兰，潭柘寺、大觉寺和颐和园都是经典。这时，白天和同学骑车去看，晚上已经能凭着记忆熟练地默写玉兰了。

　　思绪折回，这幅《碧玉生辉》算是我多年来写生玉兰积累下来的创作体现。先说说笔法：第一，用圆润、挺拔的线条勾勒玉兰花瓣的外轮廓，用饱满又富有弹性的弧线来表现玉兰花瓣的转折处，使玉兰花瓣饱满、挺拔、具有肉质感；第二，以抑扬顿挫、方中寓圆的笔法勾出毛壳的干枯、脆薄的质感，与花瓣形成对比；第三，画老树干时则是中、侧、逆三锋并用，以点、线、面的组合来把树干苍厚、粗涩的形象尽情地刻画出来；第四，是用双钩的笔法勾出柱形的雌蕊，用淡墨点出雄蕊的花丝。花蕊的点缀是表现玉兰花的精神之笔、点睛之处，因此在行笔时，要快捷且干净利落。

　　再谈谈构图：这幅画采用"〜"形构图，画面右半部分的花朵密集重叠，左上部分则疏朗空灵，达到密不穿针、疏可跑马的艺术效果。而左上方的明亮光景恰好与右下的山崖鸣泉互相呼应，通过回旋和流动的描绘，把画面引向无限的空间。6只小鸟在花中吟唱，和叮当的泉声、阵阵的微风、浓郁的花香汇成一曲春天和谐的颂歌。

　　前些日子，又到中南海怀仁堂看要我画画的地方，管理处的刘助理说,你喜欢画玉兰花,我带你去看看这里的玉兰花。正值玉兰花繁盛季节,怀仁堂这两棵玉兰树花开怒放,一紫一白,清香四溢,让人通体惬意。我在树下留影,遐思却随着暗香涌向了远方。

山之吟

2007年11月，我应北京人民大会堂之邀，历经三个月，四易其稿，绘制大型青绿山水画《泱泱万里尽朝晖》，并挂于贵宾厅。意在歌颂中国改革开放的辉煌成就，展出中华民族的伟大气派。适逢"两会"，奥运将至，备受瞩目，随赋感怀。

亿万年前，我在沧海中崛起，成为大地的脊梁。

我在风化中傲然耸立，承受碰撞挤压、电击雷劈。我是喜马拉雅，我是昆仑；我是长白，我是峨眉；我是秦岭，我是泰山。珠穆朗玛峰是我高扬的旗帜，横贯中亚的天山是我伸展的肢体，层层覆盖的皑皑白雪是我的年轮，冰川融化的雪水是我生命的血浆，倒悬的冰柱是我亿万毛孔中迸出的晶莹泪滴，是我汩汩流动生命的每一声搏动、每一次喘息。秉天地造化而生的血泪，从我裂变阵痛的躯体奔涌狂泻，轰然冲破万道峡谷，在流动中化为大地的琼浆玉液，滋润着万物生灵的肌体心扉。在沙漠的胡杨林里，它们化作生命中最后一抹光辉，在干涸的河床上留下最后的晶莹盐粒。罗布泊的鸟语，塔里木的虎吟，成为昔日的绝唱，与火焰般熊熊燃烧的胡杨一道，展示生的顽强和苍劲，死得惨烈和壮美。我收回抚摸伤痛的手，在朝日里调整我凝重而沉郁的呼吸。

我感悟至美与死亡比肩，我觉醒重生与毁灭对峙。

我的头顶上，曾经飞翔过奇异的大鸟。我的脚踝处，曾经领略巨兽的毛皮和犄角的轻抚触抵，华盖般的云块、神驭的天马在我头顶翻卷奔驰；逍遥的大鹏、美丽的凤凰在我的耳边扶摇拎飞；在遥远的地平线上，昨日黄昏融入海底的霞光，在今天的地平线上冉冉升起。大象在中原的海岸上徜徉沉思，恐龙在丛林里繁衍子孙后裔。我透视的目光穿透绵延的躯体，看到茫茫大草原上蠕动的生灵，波光粼粼的湖泊上缀满点点的禽嬉，蜿蜒的河流把生命的琴弦向远方拓展延伸。

从远古的深处走来，地球板块的推移，将我的生命托起。我经历了太多雷电肆虐，风雨摧残；我崩裂塌陷，我訇然倒地，沉浮中挺胸树起一道新的坚壁；亿万年后我变成悬崖峭壁、丘壑林立。我沟壑纵横、多彩奇异，我穿越南北，横绝东西。然而，不变的是我刀锋般的棱角，雄强的骨骼，坚韧的灵魂，岿然地屹立！

气脉相连。我的身躯在960万平方公里的土地上，筑起纵横千里的"阡陌"。我的呼吸连着300万平方公里的海洋潮汐。生命在阳坡里沐浴和煦的阳光，生命在晨昏更迭中静静地孕育；

种子在骚动的春天释放喜悦，欲望在收藏的冬季休养生息。我在大地上树起道道铜墙铁壁，共同托起长城的手将和平的火炬高举。

我从遥远的史前走来，远去的背影在霞光中隐去；我从5000年的文明中走来，巍峨的身躯在云层里顶天立地。

千年一梦。我看冰川雪崖、碧海苍天，我看雷霆霹雳、星移斗转，我看战火烽烟、潮落潮起……

百年沧桑。我的梦中，有被恶魔啃噬的创伤。我的心里，流过滴血的泪水。我的呐喊划破了喉咙，我的呻吟撕裂着灵魂，我在黑暗中摸索走出了门。东方的晨曦划破天边的黎明，我醒来的时候，遍体伤痕，满目疮痍。

半个世纪。我的心被鼓荡的东风劲吹，把跌宕起伏的变迁当作生命的礼赞，把凄风苦雨的肆虐视作前进的警笛。我嶙峋的肩头长满了苍松翠柏，它们迎接风雨，见证最辉煌的历史；见证我巍峨的躯体在这广袤大地上的变迁沉浮；见证人类的目光向东方聚焦凝视。

30年前，我被又一声惊雷唤醒，拂却蒙蔽心灵的尘烟，越过天堑的屏障，将视线极目放远……浩荡的春风燃起我生命的烈焰，鼓荡我起锚的风帆；30个春夏秋冬，30回四季更替，我受创的肌体经历过无数次修复、无数次重建，规律和秩序第一次根植在我的纹理、流淌进我的血液；强劲的脉搏汇成和谐的音符，汇成时代的交响，汇成奔腾的江河。

我在风雨中启程,我在春天里高歌。我选择披荆斩棘,我承载历史的重托!

在浓缩的图画里,我是一张展开的地图。在无垠的疆域里,我身披霞光万里。

晨 光

日出东方,红旗如歌,万里山河一派云蒸霞蔚!

在首都北京,在天安门广场,万众欢歌,激情飞扬,伴随着新中国成立的第一缕晨光,中华民族如今已经阔步走过了60年的光辉历程。

在举国上下隆重庆祝中华人民共和国成立60周年活动之际,我所创作的大型工笔画白玉兰图《晨光》,终于悬挂在天安门城楼上了!

2009年10月15日的花城,天气正热,但是难掩我内心激动的心情,粗略算了一下画此画的时间,差不多历时有五个月。

回望2009年年初,在我刚刚画完最后一笔,凝视着这幅大型玉兰图时,想象着它悬挂于天安门城楼上的展厅里所散发出的那份气派与优雅,却忽然犹豫万分,感到心里原来定的那个标题还是有些不怎么恰当,因为它悬挂的地方——天安门城楼,象征着新中国的心脏,代表着伟大的中华民族!5000多年来,中华民族饱经光荣与辉煌、血泪与屈辱,却始终百折不挠地巍然屹立在世界的东方!全世界只有一个中华民族,全世界只有一个天安门!显然,什么样的名字才能和代表中华民族形象的天安门相配呢?怎样才能更好地表达全国人民共同的心声呢?我一时无法下笔,索性放下,燃起一根烟来,任由思绪飞扬开来。

对于天安门,心底的那份尊崇是早已根深蒂固的。孩提时代的故乡,每逢有月亮的夏夜,村子里的大人和小孩就会聚在村头井台边乘凉,调皮的我在与同伴们嬉闹倦了后,纷纷依偎在外婆身边,听她给我们讲新中国的解放、天安门与毛主席的故事,我看见,外婆讲这些的时候眼里满含着泪花。上小学后,我学会了唱《我爱北京天安门》,学会唱《义勇军进行曲》(国歌),又看过好多部爱国电影,当我成为一名光荣的少先队员时,对天安门,对首都更有了一种神往。那时候,我便立志将来考大学,一定要考到北京,一定要去看北京的天安门,看天安门广场上神圣的升国旗仪式。后来,虽然大学没能考到北京读书,但是,大学毕业后边工作边学习,终于考到了北京读研究生。

至今忘不了入学的第一周,我就和几个同学相约去天安门看升国旗仪式、登天安门城楼的情景。

那天,我们在看过升国旗仪式后,当我站在以杰出的建筑艺术和特殊的政治地位为世人所瞩目的天安门城楼前,看着在正中门洞上方悬挂着巨大的毛泽东画像,两边分别是"中华人民共和国万岁"和"全世界人民大团结万岁"的大幅标语,激动的心情难以言表,心中感受到的唯有我们新中国的大国气派、开放和包容。之后,我们登上了天安门城楼,当站在那高达34.7米高的城楼上,不禁联想到1949年10月1日的伟大时刻,毛泽东主席在这里庄严宣告:"中华人民共和国中央人民政府成立了!"也就是从那天起,天安门城楼的图案出现在中华人民共和国国徽中,天安门也成为中华人民共和国的象征……我还没从沉醉中回过神来,即被同学拉着进入城楼里的展厅,开始欣赏悬挂着的古今名人字画。看着那些巨幅字画,激情满怀的我脑海里忽有一个念头闪现:将来如果我的画能挂在这个展厅里,我就画工笔白玉兰。

没想到2008年初秋的一天,我真的有机会给天安门城楼作画。

可是,面对这么重大的题材,我该如何表达祖国欣欣向荣的盛世景象呢?我的脑海里立刻跳出三个字"玉兰花"。当春风吹来,天安门、中南海红墙外的白玉兰盛开了,红墙衬托得白玉兰更加碧玉生辉,万里江山阳光灿烂、春暖花开……我心潮澎湃,都有些迫不及待了,当即决定选用了工笔画白玉兰,用夸张的手法将千千万万朵含着露珠、沐浴着晨光的白玉兰花绘制于一幅画面,象征13亿中国人民正迎着春光绽放心中的喜悦。如果说工笔画白玉兰是早就决定给天安门的一份献礼的话，那么2008年，即是汇聚太多感动、太多温暖、太多奇迹的一年了。回望2008年，不论是亲历早春二月南方那百年不遇的雪灾，还是悲痛的"5·12"四川汶川8.0级特大地震；不论是8月8日北京奥运会圣火点燃的那一刻，还是航天员翟志刚、刘伯明、景海鹏成功实现"中国人的太空行走"的千年梦想，伟大的中国人民始终团结一心，步伐坚定，用震惊世界的30年改革开放的中国经济高速增长率，实现了新中国"民族复兴、和谐发展"的大国跨越。

烟已燃尽，思绪仍飞扬，我的目光再次落到这幅玉兰图上，恍惚之间，玉兰花郁郁葱葱，10只锦鸟在花间嬉戏、驻留，一片繁茂，春意盎然，由远至近，光芒渐亮……忽然，我的脑海里现出一道光芒："晨光！"那是古老而年轻的中国傲然奋进，如朝阳般灿烂的光芒！是的，以"晨光"作为标题再合适不过。我兴奋之至，随后拿起笔来，一挥而就，为玉兰图潇洒题上了"晨光"二字。

玉兰飘香，花海连天。2009年10月1日上午10点，首都各界20万人在天安门广场隆重集会，庆祝中华人民共和国成立60周年，中共中央总书记、国家主席、中央军委主席胡锦涛检阅了部队阅兵方阵、群众游行方阵以及部队现代化武器，雄壮威武，气势如虹，当五星红旗在庄严激越的《义勇军进行曲》乐曲声中冉冉升起时，许许多多的中华儿女都感动得热泪盈眶。正如国庆焰火晚会上，一歌者所唱："走过了春和秋，走在阳光路上。花儿用笑脸告诉我，天空好晴朗。多少追梦的身影，奔跑着拥抱希望，一路同行的人，心中暖洋洋……阳光路上旗帜飞扬，科学发展为和谐的中国引领方向……展一幅盛世画卷，阅尽了壮丽辉煌，风景独好的神州，前程多宽广……"是啊，花团锦簇的中国，四蹄飞扬的中国，不正是奔跑在一条阳光大道上吗？

此刻，遥望北京天安门方向，唯愿每一个看到《晨光》这幅大型工笔画的中国人，能够闻到早春玉兰的芳香，更能够和我们的祖国一起走进万丈霞光般的春天……

原始之魂

　　那天，正在家中画画，远方友人打来电话。他言辞兴奋，说看到第8期《人民画报》奥运专刊有介绍我的文章和几件书画，特意祝贺我那几件作品都被人民大会堂收藏。友人点出其中一幅《雄风万里图》评价，说画得甚绝，画中18只老虎，形态各异，却只只有生气。观此画，不由人不被"兽中之王"的威猛、磅礴气势所震撼……

　　深感友人的牵挂与鼓励，表达真挚谢意放下电话后，我没有立即拿起画笔继续画。想着那幅群虎图，那些沉积在脑海里关于画虎的经历与往事，不由得开始渐渐清晰起来。

　　记得很清楚，那是1997年4月初的一个下午，我从东京飞往香港，由一位老领导及其夫人带领着，去拜会一位知名商人林先生。当离林先生家的别墅还有一小段短途时，老领导大概看出我有些拘谨，看时间还足，便让停了车，步行往别墅方向走。

　　正值春意盎然、阳光明媚的好时节，迎着和煦春光，我们欣赏着沿路两旁烂漫盛开的海棠花。有阵阵春风拂过，那海棠花香也随风扑面而来，不禁惹人心醉，我内心的拘谨感随之消失殆尽。

到达林先生别墅，见到了迎接我们的林先生，他年近六旬，气质儒雅，言谈风趣，让我感觉亲切。

下午茶在轻松中度过。

其间，老领导介绍我是书画家，刚从日本回来。

林先生寒暄欢迎后问我："你擅长画什么？"

我在这位长者面前还是稍显紧张。"主要是画花鸟和山水画，自小学书法。"说完把事先给林先生写好的书法递给了他。

林先生打开轻念："'无事静坐，有福读书'，好！这副对联内容好，字也写得好！谢谢！"接着问我，"目前谁画虎最好？"

我不假思索："画工笔的是辽宁的冯大中，画写意的是湖北的汤文选，他们各有千秋。"

"哦。"林先生点了点头，书画的话题没有展开，我们继续喝工夫茶。

晚宴席间，林先生忽然提到，自己特别喜欢老虎，正想请名家画一两幅老虎图，他的大儿子和儿媳也都属虎。已托朋友物色名家，也请我们在方便时帮忙找找。

老领导笑说，这个任务就交给小陈好了。

我忙回答说回家后马上去联系。

"小陈，你画过虎吗？"老领导忽然问我。

没想到老领导这样问我，霎时脸色通红，我低声说："在读研究生时偶尔瞎画一下写意虎，画不像，觉得太难就没再画下去了。"

老领导说："你这么聪明，怎么就不好好画画虎呢？"

林先生看出了我的尴尬，端起酒杯祝福喝酒。

大家起身干杯又坐下。老领导坐下就对林先生说："这小陈啊，天分非常高，以前家庭比较困难，迫使他更加勤奋，这些年在《人民日报》和其他报刊发表过好多作品，出过好几本书。只要他认准的事情，都能认真干好。"

"好啊——"林先生微笑着点头，似乎明白了些什么。

晚宴结束互相道别时，林先生和老领导商量："那就让小陈试试画吧！只是千万别太辛苦！"我是应允了，但心里没底。

那一夜，我彻夜难眠。

从香港返回家后，放下行李，顾不上其他事情，立即找中央美术学院、中国艺术研究院的一些师友借些画虎的画册，又请北大的于老师到中国图书馆、北大、清华帮我收集关于画虎的资料，经过一个多月的努力，收集的资料整整一大纸箱。接下来就是不分昼夜地比对图片、阅读文字介绍，收看电视《动物世界》栏目，周六、周日专门去动物园看真虎……

两个月后，我算是对虎，有了比较深入的了解。这时，突然发现很多的虎画，只是"照猫画虎"，其作者对虎是一无所知。这才明白了冯大中所画的虎，为何有"天下第一虎"的美誉。于是，我锁定了冯氏虎画作为参照对象，开始构思林先生要的两幅虎画。随后又致电征求林先生的意见，给他儿媳妇画一幅卧虎，给他大儿子画一幅下山虎，构想获得林先生的肯定后，我开始着手创作这幅四尺的卧虎图。本以为尺幅小容易画，怎奈抓不住虎那睡而不散、睡而威在的着力点和神态，从铅笔稿到墨线稿以至上颜色，先后五易其稿，历经半年多才完成了这幅《神游图》。至于那幅六尺的下山虎，我第一次尝试用仿古绢来画，一个多月后，虎的威猛捕食形态跃然绢上，遂成《雄风图》。后来与一些画虎专家交流才知道，画睡觉状态的卧虎原来是画虎的一个难题。

元旦前夕，我把这两幅画送给林先生，他很满意，并给予我很大的鼓励和支持。

从此，我对画虎充满信心。经常出没于动物园，仔细观察老虎的生活和各种形态，勤奋写虎，给虎拍照，从外形上把握虎的特点，还不断从文化内涵上认识虎，研究虎，以至虎的生理结构、骨骼特征、生活习性都熟记在心，所以后来才能得心应手地描绘虎的各种姿态。如摄取虎头的正脸刻画出《浩然正气》，捕捉虎头侧面甩脖子长啸瞬间的《虎虎生威》，放眼雄虎逍遥自在的《林间悠然》，以及刻画母虎富有柔情的《母子图》等。

随着画虎技艺的日渐精熟，我不断总结经验，还掌握一些独特的窍门。如在画幅背面衬补上色，以便更好地达到色不压墨的效果，看似色很薄，但呈现在观者面前却是很浑润的。

一晃十多年过去了。

某年仲春，我萌生了要创作一幅大型的群虎图的计划，想以横线（"——"）形为构图形式，把虎的形态——正面观、侧面观、背面观、俯视、仰视、侧视、上山观、下山观，虎的动态——立姿、坐姿、卧姿、行姿、扑姿、跃姿、浴姿、食姿、饮姿，虎的神态——静、吼、啸、怒、舔、喜、嬉、眠，统统给画进那风云际会、雨雪交加、松涛翻滚、芦叶飒飒、泉涧凄凄的莽岭上。但后来，总是画画停停，反反复复，只画了个大概。直到2008年春节前，南方突然遭遇百年一遇的严重雪灾，我所生活的城市，也因雪灾造成严重的交通堵塞、生活资源紧缺，紧急关头，是党中央领导全国人民，凝聚了全社会的力量，众志成城，抗击雪灾。那段日子，一幕幕的英雄事迹和一次又一次的感动时时闪现于眼前。也正是在那种不畏艰险、英勇奉献的力量感召下，我萌发了要与严寒抗战、画完群虎图的决心。于是，经过十天十夜的拼搏，终于完成了这幅长卷式的大型工笔画，并以浑厚的隶书题下"雄风万里图"。整个画面虎啸生风、龙飞云起、祥瑞东降，正是"云飞剑舞雄千里，目电声雷震八方"。

画完那幅画的晚上，我站在窗前凝望，窗外依旧寒风凛冽，雨雪飘洒。无论多么大的灾难，有我们全社会共同的力量，又有何畏惧？再回身望墙上巨幅群虎图，18只栩栩如生的老虎如18位抗灾勇士，威猛有生气！现在这幅《雄风万里图》，荣幸被人民大会堂收藏，我想也因它所蕴含的精神力量之魅力吧。威武勇猛，激昂不屈，是虎之魂，人之魂，更是民族强大之魂！

"叮呤呤"，一阵电话铃响打断我的思绪。拿起电话，是另一友人看到登载我的文与画来电祝贺。放下电话，我心融融，是感动，更是激励。我必竭力用手中的画笔，绘出更多绽放灵魂之花，饱具丰富内涵的画来。

精神振奋，我向画案走去……

大地之声

2010年8月31日，我应全国人大常委会之邀，历经24个日夜，绘制大型工笔花鸟画《大地之声》，并悬挂于全国人大机关办公楼大厅。随赋感怀。

大地，是13亿中国人民命名的。

大地之上，万物生长，江山如画，从长江长城到黄河泰山，从南国红木棉到京城白玉兰，从上海世博会到广州亚运会，从跨越式发展的大都市到开放型改革的乡村田园，到处都是朝气蓬勃的新气象，到处都是盛世和谐的新镜头，到处都是一张张阳光明媚、春暖花开般的中国人的笑脸……

大地辽阔壮美，江山万里多娇，5000年来，我们的胸怀也宛如大地一样辽阔壮美、气吞万里！一个伟大民族的复兴和强盛，离不开亿万万中华儿女组成的人民大地，离不开炮火与抗争、屈辱与前进、光荣与梦想、和谐与发展的最激越的时代强音，更离不开我们的思想越来越解放、步伐越来越坚定、道路越来越宽广，大地之美，无限欣欣向荣！正所谓，人之兴，下接地气；家之兴，下接地气也；国之兴，下接地气也。地气乃人气，人气足，气场足，一个国家的人气、一个国家的气场是否强大，将直接取决于我们脚下这片广袤的大地。

春潮涌动，打开天宇，云蒸霞蔚，一声声春雷响彻在头顶。

我仿佛听见，一种开天辟地的、振聋发聩的、期待百年的声音突然降临了！

这是大地之声！

这是无比久违而熟悉的、势不可当的中国前进之声！

这巨大的声浪，一阵高过一阵，就像汹涌澎湃的江河水，从山川、河流、原野、村庄、平原，从世界的东方、世界的最东方……在我胸中汇聚、奔腾、咆哮。一直到后来，声浪渐渐地变成了滔天的巨浪，激情渐渐地变成了歌者的豪情，变成了一笔一画的浓淡相宜的水墨，我才知道自己的心距离这声浪竟然是如此之近、距离中国大地是如此之近、和中国大地贴得如此之亲啊！

这是中国的大地之声！

这是13亿中国人民用心共同奏响的大地之声！

大地深处，是中国人民用30多年来实现100多年的民族复兴之路，是中国人民用30多年来见证100多年的强国跨越之路。诚然，改革开放的30多年是中国人民埋头苦干的30多年、是中国人民高歌挺进的30多年、更是中国人民和谐发展的30多年，也正是这30多年，一个全新的中国才成为了世界大国中的重要一员，才一次次把惊喜从东方传遍世界！大地之声，带给中国人民的，是一次次激发的昂扬斗志；而带给世界的，则是一次次震撼的大手笔！

人民大地，大地人民。历史证明，只有人民自己当家做主，这个世界才能真正被人民用满腔的豪情、英勇和智慧来创造；只有人民自己当家做主，来建设自己的家园，这个世界才能真正变得更加美好和幸福；也只有人民自己当家做主，中国才能走进经济快速度、和谐发展的新时代。历史证明，人民的智慧是巨大的，人民的力量是巨大的，人民的胸怀是辽阔的，中华大地必将以更加矫健与昂扬的姿态高速度地完成又一次大国跨越。人民，心向中国！人民，创造奇迹！人民，奋勇前进！

我是13亿中国人民中的一个，我来自这大地深处，今天，我是豪情万丈的。作为一个画家，我无时无刻不被这开天辟地的大地之声所震撼，无时无刻不被这日新月异的中国速度所感动。怎样才能最真实地表达我此刻的心情呢？怎样才能把这种大地之声完美呈现呢？我陷入了沉思：中国的新时代，选择"盛世春光"之类的主题是最好不过的了，但如果选择山水画有些直白，而选择人物作画又未免太写实了，这样一来，选择"万花争艳"之类显然成了我的首选。可是，画什么花最好呢？我思绪万千，最后决定，选择我们南方常见的红色木棉花做主角，画一万朵木棉花争艳、迎春的画面勾勒全局，来讴歌13亿中国人民正迎来一个万物勃发、欣欣向荣的和谐盛世！讴歌这个改革开放、科学发展的伟大时代！于是，我历时24个日夜，潜心创作出了这幅大型红木棉工笔画，题名为《大地之声》，我想把这种大地之声传递给所有的中国人。

因为，我们来自这个伟大的时代，我们来自中国大地的深处，中国人民的声音是最势不可当、最斗志昂扬的！

所以，大地之声巍巍！大地之声年轻！

远远的山，远远的庙

画家应该是为万里江山而生的。因为画家知道，什么东西在人世间最美丽。

人世间最美丽的东西，是我们想说又说不清楚、感叹到无话可说的东西，也就是说，它美到了极点，美得好像一幅画。江山如画，风景如画，人生如画，岁月如画，那么，这画，一定是画家的大手笔。可是，名山大川何其多呀！这些景致如何成为画家创作取材当中的一处，又如何被画家一点点消化成为绘画语言，我想，山有大气度，水有小玲珑，这也是画家寻找美、发现美、塑造美、成就美的一个漫长过程。

我素来对于各地的山水人文心怀一种景仰之情。身为一个画家，踏访名山大川、遍寻古刹野寺是我人生一大乐趣，每到一地，我向当地朋友们提出的第一个问题是："你们这里有山吗？"我是这样猜想的：有山，就会有水、有寺庙。不敢说，我的猜想是否有效，但亲眼见过了，毕竟和没有亲眼见过的有很大反差，技法的虚构性是建立在艺术的真实性之上的，绘画的要义是由"100"减到"10"或者更小的过程,这一点我是非常清楚的。所谓看山不是山、看水不是水,是在暗示我们人类自己:山不是山了,那将是什么?水不是水了,又将是什么?

那么,我来告诉你好了。从美学意义上说,山不是山,可以是世间万物,也可以是虚无;水不是水,可以是大地流云,也可以是天籁。可见,想象的力量多么无穷大!山水、寺庙、动植物、小桥流水等,也只是我们生活当中的一件件摆设,它们是没有名字的,它们的思想、文化、哲学都是人类赋予它们的,所以呢,我们的祖先顺便给它们起了一个个名字,一个个性格属性,比如什么叫"山",什么叫"水",什么叫"寺庙",什么叫"猫",什么叫"狗",什么叫"牛",什么叫"大地"……当然,第一个起的名叫:"人"。可是,"人"很多呀,怎么办?我们的祖先还是非常智慧的,干脆给我们起了一个个独立、亲切的名字。我想如果这世界可以重新洗牌的话,我们可以重新给这世间万物起名字,想起什么就起什么,想叫什么就叫什么,还原一个个最美丽的它!

听起来,我的想法似乎很荒诞,世界也会因我而乱了秩序,缺少逻辑,但是,我的荒诞感仍然在继续。我爬黄山、太行山的时候有过这种感觉,爬泰山、丹霞山的时候也有过,爬燕山、太姥山的时候也有过,我不止一次地踏访那里,我感觉眼里的山水、寺庙已经越来越远了,它们早已经失去了自己的名字，发展到后来，我忽然不知道它们原来的名字了。

我回到画室肆意泼墨，在宣纸上一遍遍寻找它们的名字，犹如我当时站在山下遥望山顶，只看见远远的一群山、远远的一座庙，我壮志满怀。每当这时刻，我是没有山水概念的，画山不是山，画水不是水，我在画我自己。

画自己，这是画家最后的一个追求。

大别山之花

有一个念头一直深埋心底,是关于泡桐花的。我始终认为,这花,早晨应该是绛红色,上午应该是枣红色,中午应该是火红色,下午应该是紫红色,晚上应该是水红色,按照红色的深浅度,传达出中华民族英勇不屈、百折不挠的英雄气概。

我很清晰地记得这个三四月,大别山势如蝌蚪,泡桐花肆意怒放。车窗之外,中原大地莽莽苍苍,谢了桃红梨白,谢了夜半残梦,铺天盖地而来的,是满视野的泡桐花一朵一朵在开,一树赛过一树,一花赛过一花,恰似亿万面红旗在"哗啦啦"迎风狂舞,气势如虹啊。出于画家的职业习惯,我对红色时刻保持着一种激情的热度、一种向上的斗志,这高倍浓缩了的红——中国红,最接近太阳的一种色调,是我对于泡桐花一贯认同的暖色调。

河南的信阳,地处大别山区西北麓,是我此次专为泡桐花写生而来的。

放眼望去,一树树泡桐花如红旗漫卷,恰似当年,解放战争的烈火点燃了全中国的山山水水。

南风吹来，一朵朵泡桐花宛如一支支军号、喇叭朝天高歌，我的耳边回荡起这样振奋人心的一段话："中国人民将会看见，中国的命运一经操在人民自己的手里，中国就将如太阳升起在东方那样，以自己辉煌的光焰普照大地，迅速地荡涤反动政府留下来的污泥浊水，治好战争的创伤，建设起一个崭新的强盛的名副其实的人民共和国。"这是新中国成立前夕的1949年6月15日，一代伟人毛泽东在新政治协商会议筹备会第一次全体会议上讲话中所勾勒出的强国梦。从1921年到2013年，短短的93年，正是因为有了毛泽东、周恩来、刘少奇、朱德、陈云、刘伯承、邓小平等老一辈革命家，有了像井冈山、大别山、陕北等革命老区，有了无数革命先驱和时代精英，我们才会点亮民族独立、人民做主、国富民强的大梦想，实现了新世纪民族复兴、改革开放、大国崛起、拥抱世界的大跨越，书写了人类发展史上惊天地、泣鬼神的壮丽史诗！2013年的中国，正以世界第二大经济体的雄姿，不断刷新着改革开放35年来最强劲的增长势头，13亿中国人前进的步子越来越大了。见证奇迹的同时，我想，这其中，也应该有大别山儿女的一张张笑脸吧！

泡桐之"泡"，我想其一是说它丑、长得土气，其二是形容它多、漫山都是。走近一朵泡桐花，细细地看，发现它竟然像极了一张笑脸，一根大象鼻子形状的花蕊超级可爱，一张六角拉开的哈哈大笑着的小圆脸，且脸很红很红，恨不得把太阳里所有的红都吸了去，在一刹那间大笑不止，笑得那样地野性十足、没心没肺，连自己脸上的五官都笑没有了。尽管，它只是树上万千桐花当中小小的一朵，和别的桐花几乎没什么两样，但我还是被它火辣辣的笑勾去了魂魄。贴近那花蕊，我往肺腑里拼命吸入桐花的芳香，大片大片地吸，大口大口地呼，反复几十次这样动作，生怕遗漏掉每一丝醉人的馨香。香气飞扬里，不光有山野女人的妩媚可人，也包含着它敢做敢当、泼泼辣辣的粗野，我想它应该属于女人的性格，应该改叫"她"才对，如果真是那个她的话，我当是多么地为她心动啊？！

这样一想，便临渊羡鱼一般伸长了脖子，目不转睛地看着桐花，宛如看着心尖上的那个她，小心翼翼地陪着自己心爱的人呼吸、心跳，小心翼翼地看着她笑呀笑呀。看久了，终归是把她轻轻摘下，占为己有，真是爱不释手得不行，最后狠了狠心，把花瓣取下，放在嘴边吹了吹，声音极小，像军号，又不太像。剩下的事情，是我充满了对那根大象鼻子似的东西的好奇，那花蕊，到底是什么味道呢？答案尚未出来呢，我的口水早已经流出来了，想想还是舔舔它吧，纵然是苦的或者辣的，只要舔过了，自己才不至于会太后悔。我真的那样做了，是匆匆一舔，一万分的害怕，突然，三秒钟吧，也就是说只有那么三秒钟，天哪，我的舌尖竟然是——甜的！慌乱之中，我把剩下的东西远远扔了出去。

几许平静过后，我朝那朵残花走了过去，捡起了它，把花蕊掐了去，只留下一口金钟似的花托，花托身上好像涂了一抹金，有一点小小的佛性，仿佛隐藏了人世间的很多玄妙。问了身边的老友，他确认泡桐花的花托就是一口锅，是当年红军战士在大别山区做饭用的锅，所以，很多大人都把这些花托拿细线穿起来，挂在自家孩子的脖子上，图个平安吉利。听了这些话，望望泡桐树下一地的落花中，金色的花托们格外醒目，充盈着一种崇高的革命信仰。我们美丽、神圣的泡桐花啊，难道不是老区人民近一个世纪以来的英雄花吗？

今天，大别山泡桐漫山、花海连天，泡桐树是大别山的一张名片，是英雄的大别山儿女献身新中国革命、创造新时代奇迹的一串串音符，是诠释这世界最伟大的一个信仰。这信仰，引领我们前赴后继、浴血前进，哪怕只剩下三五棵树，哪怕只剩下一两朵花，我们的信仰都是同一个！我们的泡桐花的属性都是同一种！也就是说，一朵花被阳光烫伤了，另一朵花她会同时感觉到痛；一朵花开谢了，另一朵花会同时告诉这个世界——她有多么不朽！

又一阵南风袭上，我看见桐花中原走，遍地的火红和金黄

"哗啦啦"狂舞，细听，像一个个革命者在慷慨演讲、在匍匐前进、在冲向敌阵，军号近了，更近了，那是我们颠扑不灭、值得用生命去践行的理想……

这理想，"哗啦啦"——"哗啦啦"啊！

肩上梅

一年之初,是盼望了太久太久的春天;一春之初,是飞舞了太冷太冷的暴风雪,是雪中怒放了太香太香的梅花。

所以我说,那闪烁在风雪中的一点点火红、一缕缕紫烟、一股股浓香,圣洁、冷艳、扑鼻,宛如一只暗夜里翩翩起舞的火蝴蝶,宛如一位清灵的唐朝少女,宛如她就是你前世的那个红颜,那个楚楚动人的女子,痴痴傻傻地等在风雪中,一等就是几千年……这,也许就是我们所向往的爱情。

梅花太美了,因为整个冬季到来之前,我们根本不知道什么叫作美;梅花太香了,因为所有的暴风雪覆盖了大地之后,我们才知道这个世界原来会这么香;梅花太红了,红得发紫、发热、发电,一下,就把我们的心一个个"电"住了,魂儿全都勾了去。那么,想象一下:漫天雪花下,踏雪寻梅,不遇,不知不觉之间迷了路,徘徊里,一两朵梅花却偷偷飘落在你的肩头,粲然而笑……

这,就是"肩上梅"的故事。恍惚之间,我纷飞的思绪突然掉进了这个故事里，画面唯美浪漫，音乐缓缓流淌，我成为了其中的一个男主人公，我多想让时间停顿在那一刻的那一秒！多美的一个梦啊！

一个声音在心室里说："世上的梦，都是上帝写给画家的一个纸条。"我暗暗用这句话来鼓励自己：是的，我是画家，我是画梅花的一个画家，我是把千树万树的梅花画成墨色的画家，我在画梦。可这一生，梦一样的梅花我能画个遍吗？

古往今来，梅花不仅入梦，而且入画。第一个画墨梅的，应该是北宋时期的华光法师，他画梅之绝妙，不仅仅代表了他本人，而是代表了一代宋人！元人王冕深受其影响，从此为后人留下了"不要人夸好颜色，只留清气满乾坤"的千古绝唱。清代朱方蔼曾夸赞道："宋人画梅，大都疏枝浅蕊。至元煮石山农（王冕）始易以繁花，千丛万簇，倍觉风神绰约，珠胎隐现，为此花别开生面。"从入画角度论，北宋华光法师云梅分十种，明代沈襄更有十二种之别，但无外乎枯荣、繁疏、官野、溪园、山篱之分；从色彩上，亦有红、粉、白梅及外黄内紫的蜡梅之别。可见，和我同样做梅花之梦的，何止华光法师一人？

我一直暗吟"占梅如高士，坚贞骨不媚"，感觉这梅花不仅是我的红颜、我前世的爱人，而且是另一个不屈的我。也就是从大学时代开始，我决心天下寻梅，访山野之梅，问平原之梅，拜傲雪之梅，读墙角之梅，无论怎样艰辛，无论如何遥远，也要找到哪一种梅花是我的最爱。

这些年，我到全国各地写生，曾先后踏访长江三峡、八达岭长城、黄山、泰山、五台山、井冈山、太行山、峨眉山、天山等地的各色梅花，遍览南京秦淮河、杭州西湖、广东南雄等地的大片梅林。最难忘的，是1990年在山西太行山王莽岭和锡崖沟写生时，我看到崖上白梅后的那份莫大的惊喜。那些白梅繁花纷披，晶莹透彻，冰清玉洁，悄然怒放，犹如万斛玉珠在微风中摇曳，香近犹远，清新脱俗，我的脑海里至今还保存着当年看见她的第一印象："美"。后来，我时常独赏山野寒梅，尤其爱写白梅。每每凝神提笔之时，心被梅花主宰，似胸储万点花香于竹篱茅舍，笔含冰雪万朵于江畔山崖，引神思恍入山野造化，流连忘返，不知今夕何夕？顿时，天地之间生出一片扑面的梅云，遥望去，那梅花如云如雾，或繁花满天，或一枝凌风，或万里香飘，或咫尺清明，使我仿佛从静寂玄妙的佛门禅意中感悟出心灵的一片空明。每当静夜作画时，"山野白梅"便会第一个跳进我的脑海里，以至后来的笔法墨韵，可以涤心中尘埃，可以解宠辱羁绊，还可以清刚之气，悟人生大道。我笔下之物，皆与梅花精神息息相通，所写白梅源于自然，直抵灵符，直抒胸臆。然而水墨几笔，写不出绚烂春色，荡不尽胸中块垒，唯放浪随心、淋漓酣畅之后，方才恍入郑板桥所描述"画到精神飘没处,更无真相有真魂"的佳境之中了。

肩上的梅花,宣纸上的梅花,梦境里的梅花,不管她楚楚动人也好,惹人爱怜也罢,总会萦绕着一股股寒气。那寒气,应该有暴风雪的味道,应该有中国北方女子的泼辣劲儿,也是这个春天说出的第一句名言。于是,春花春雨,缤纷碧流,有人浅唱那首《梅花三弄》的老歌,也有人独自开始了伤春。时间就像一头老牛,怎么慢,它就怎么来去,跟掉了魂儿似的。

爱情也会变老的。当几千年后的下一个春天,我真的变老了,牙齿掉光了,拿不动画笔时,我还会不会梦见那个她呢?

被遗忘的芍药

芍药首先是一味药，中国的一味中药；其次是一种草，可以治病的草；最后才是一种花，香不过莲花的清远，艳不过牡丹的华贵，但她的美却是大写意的，远远在莲花和牡丹之上，可是，为什么很少有人提及她呢？

她，又是常常被遗忘掉了的。

我记不清她是怎样的一种美。那个冬天快要结束的时候，我从北方返程，友人相赠一植物根茎，一根多瓣，瓣瓣如霞，拥抱在一处，好像一朵盛开的红莲花，然而一问，才知道是芍药的根茎，可入药；花呢，也可以晒干泡茶。这么漂亮的植物根茎，仿佛一块玲珑无比的美玉，怎么会是一种根茎呢？埋在地下，岂不是可惜了这份上帝的礼物？显然，我的担心是多余的，友人告诉我，芍药最美丽的部分不是她的根茎，而是她的花朵，如果看见了她的花，你一定会情不自禁地爱上她的大美！他的话，我一点也不相信，我以为他在吹牛——大美？有牡丹美吗？肯定没有。不管怎么说，我回到花城后，还是把她埋在了小区花园的一个角落里，我期待着友人这番话不会骗我。

我记不清她是怎样长出第一枝嫩芽的。那个早晨，我看见小角落里的泥土堆里，冒出了一片红红的尖尖的小脑袋，远看如同竹笋形状，但没有薄薄的笋衣，秸秆也比较水嫩。不几天，那些小脑袋开始长高了，变长了，秸秆上生出了密匝匝的芽头，令人奇怪的是，那些小芽头们也是红色的，或褐红，或鲜红，或绯红，或水红，争先恐后，抢着朝上长。大约十来天的光景吧，红红的芽头们渐渐地向绿色过渡了，是那种墨绿色，然后是油绿、碧绿、嫩绿，然后是鹅黄绿、蛋黄绿，直到芽头越长越高，我方才发觉这芍药花的枝枝叶叶，原来可以是绿的，根本不是红的，更不是什么红药水染红的。绿，是大地上大多数植物的一种颜色；绿，也是春天万事万物之性灵的一个标签、一种新生的希望，绿的诞生，让我们时刻充满了期待。所以，我喜欢这些绿。

我记不清她是怎样打开第一朵花儿的了。每天下楼散步时，我的目光总爱往花园的方向瞟，希望能一眼看见她，除了一小丛碧绿之外，很难分辨出哪是花哪是草来。我只有默默走近，看看她的长势如何如何了，好像只有这样去做，自己才稍稍心安一点点。看看叶子的脉络走向，摸摸每一个叶片的肥厚程度，然后凭借手感和植物的潮湿度，判断她下几周的未来前景、她的美丽模样，事实上，除了在电视上、画册里，我并没有亲眼见过芍药花的真实娇容，不免一头雾水。那个忐忑的午后，我匆匆经过那个绿草茵茵的小花园，随便那么一瞥，也就是那么一个细微的动作，我看见了一个小红点，等走近了，方才猜出那就是芍药的花蕾，也许因为之前的期望值过高，心底竟然没有一点惊喜感，不过也算不上什么失落。我的芍药花到底有多美呢？好在五六天之后，答案揭晓，花开了，一团红，宛如雾，一瓣一瓣地打开，一缕一缕地吐着香气——女人的香气，水灵，透明，不浓不淡，似曾相识，让你有一种说不出来的喜欢。当晚，我打电话给那个友人，告诉他芍药花开了，没想到，他比我还要兴奋，一个劲地说"开了就好，开了就好"，我们还热情地聊了老半天。

我记不清她是究竟开了多少朵花儿了。在广州这样的南方城市，整整一个夏天、大半个秋天，我的芍药花一次次怒放，一次次枯萎，再一次次坚定地怒放，其目的，就是非常自恋地告诉我说："别忘了，我是芍药花！我是世上最美的花儿，我是你的花儿呢……"自然，我也没有辜负她的再三请求，无数次流连在那个小花园，且不厌其烦地向四邻们推荐她的名字、她的美丽、她的医药价值，解释她知名度之所以太低，是因为她的美太内敛了，太随意了，也太安静了，在这个张扬个性、广告漫天飞的时代，她太容易被我们遗忘掉了。这么到处一讲，还真有人记住了，还真有人羡慕起我来了，更有人直接把这种对我的羡慕转变成一个小动作——偷，也就是偷折、偷摘，冬天虽然还没有来临，但花儿的数量在一天天减少，直到变成"0"，更加过分的是，他们竟然连刚刚冒出的小花蕾也不放过，偷偷占为己有，表达出那个人对于芍药花的强盗逻辑。我的愤怒无处发泄，难道说，我带给芍药花的广告效应竟然是一场灾难吗？这些日子，我到底是在夸她还是在毁她？

  我记不清她是怎样消失的了。印象里，是一个特别无所谓的黄昏，我发现她所有的枝叶都没有了，草地上一片狼藉，有新土慌乱翻过的痕迹——是小区的物业人员所为，显然，花侵占了草的绿化面积，草是小区的"形象大使"，而花不是。所以到了后来，人家把她的枝叶薅掉，连根挖走，统统投掷进垃圾桶，这一点也不奇怪。我心灰意冷地蹲在那里，很为那片芍药花鸣不平，"如果"——我是说"如果她是牡丹的话"，那么她的境遇则是另外一番命运，比方说开辟一块领地为她"明星专用"，比方说竖立一块"请不要掐我"之类的警示牌温馨提示一下，即使被那个爱花之人偷了去，也会有全国一流的花盆、花肥、米汤伺候，而不是像露水一样人间蒸发了。说来说去，谁让她不是什么牡丹花呢？谁让她没有摊上牡丹这样的富贵命呢？

  我的那片芍药花呀，说起她的成长故事，我有太多太多的记不清,这种概念和"我遗忘"根本不能画等号。事过多年,我画过她、梦过她、哭过她,依旧对她的突然蒸发耿耿于怀,也许今生,我如果不去如此一点一滴、一勾一画地写她,如果仅仅是我笔下一种陌生植物的话,她真的是毫无灵魂、毫无气象可言了。想一想在我们的一生里,有多少美丽擦肩而过,有多少灯花守候到老,错过了只是错过了,悔过了只是悔过了,这是很多人事后发出的喟叹。

这个世上,遗忘是一种无意识的小动作,而弯腰捡拾起那些"遗忘"的人,往往是他最伟大的人生拐弯处。

题写汀泗桥

2013年7月13日中午,当我穿过花园里的喷水池时,突然接到湖北作家陈敬黎的电话:"陈老师,汀泗桥在恢复历史古迹,汀泗桥镇的有关领导读了昨天《光明日报》上韩小蕙的评论文章《当代才子陈奕纯》后,经过认真考虑,决定请您题写'汀泗桥'名,我很希望把您的墨宝永远留在这座历史名镇,永远留在我的家乡。"

我顿觉自己像池边那一排木棉树一样挺拔,像池边那一排榕树的气根一样清爽。

但我对汀泗桥的了解甚少,于是我艰辛地走进汀泗桥的历史。

汀泗桥是中国历史文化名镇,北伐战争使它名扬天下。历史选择了汀泗桥,自然有选择它的理由。

战争的硝烟已经在汀泗桥上烟消云散了,伤痕累累的汀泗桥今日重修了,用美丽的红梁碧瓦向世人呼唤着:和平!和平呀!远离战争,和平比什么都重要!

我的脑海里一直震荡着汀泗桥的历史。

我该如何运用我的书法艺术来表现汀泗桥的沧桑呢？

伟人毛泽东在中国现代史上是"一柱擎天"，在现代书法史上也是"一笔擎天"，意态高扬。其题字的书法艺术独领风骚，为我所景仰。1945年9月毛泽东题字："庆祝抗日胜利，中华民族解放万岁！"此幅点画如长枪大戟，字如兵阵，同仇敌忾，斩钉截铁，对抗日将士、全国军民都是莫大激励。1949年9月为北京天安门广场人民英雄纪念碑题写的"人民英雄永垂不朽"八个镏金大字，庄严肃穆，缅怀敬仰，人民英雄的革命精神与伟人的书法艺术凝聚成无穷的感召力，此碑此字，乃世人欣赏最多的伟大艺术品。二十多年前，我在北大读书时，老师给我们讲述了毛泽东的书法艺术，以及毛泽东为北京大学、清华大学题写校名的经过。在北大的那些日子里，我们随处都能见到伟人的墨宝，气象万千，光彩照人。

康有为风雨一生，变法也变书，形成了独具特色的"康体"：跳越、恣肆、洞达、奇逸、宽博、生辣，所著《广艺舟双楫》乃书法史上的一大丰碑。其于书法之贡献，海内外赞誉同声，皆目康南海为现代书法史上之碑学高峰，成为众多学书者的追逐者。书坛泰斗沙孟海就曾经求教于康有为，他在转益多师中辟出"穷源竟流"的特殊道路，最终赢得"海内榜书，沙翁第一"。"现代第一女书家"萧娴，20岁拜师康有为门下，得康氏亲授，游泳碑学，深得北派三昧。其丈二匹横幅"江山多娇"四字擘窠书，势如山倒，力能扛鼎，令人叹服。1984年，南京电视台摄制电视片《大笔豪情》和教学片《雄深苍浑此才难》，分别介绍萧娴书法艺术成就，都是当时我们课堂上最富感染力的教材。

我自幼练习书法，至今已有40余年，对于历代、现当代的名碑法帖，我都曾潜心研习过。在孜孜不倦的学习与钻研中，我慢慢体会到，书法的最高境界应该建立在"天然"与"工夫"之上，当"道"与"技"二者高度融合，化为书法家所要表达事物的灵魂，才能达到"天人合一""大道自然"，继而自成风格。2008年春天，我应邀为中南海创作了草书八条屏毛泽东《沁园春·雪》、八条屏苏轼《水调歌头》；为人民大会堂创作了草书对联《渊深鱼乐，树古禽来》、八条屏毛泽东《沁园春·雪》、以篆隶入草的六条屏毛泽东《沁园春·雪》，还有草书中堂陶渊明《饮酒其五·结庐在人境》、李白《望天门山》等，其中我比较满意的是草书六条屏杜甫《秋兴八首其一》、中堂李白《黄鹤楼送孟浩然之广陵》，其构思立意、谋篇布局，惨淡经营，有陈氏的创新意识。2011年冬天，我应邀为中国中医药大学第一附属医院题写"感恩亭"时，我想这三个大字的风格应该在雍容宽博的气度中增加些凝重，不能随手一挥，于是在以往的帖写中揉进北碑的特点，反复书写，一个月后顺利交稿。如今，要题写的"汀泗桥"，它不是一个普通的、简单的牌匾，它承载着中华民族一段非常特殊、复杂、厚重的历史，不是任何一种书体都能担当得起的。所以，我下决心要打破自己以往固有的书法模式，力图笔墨情趣随题材、内容而变化。可是，每一种书风的形成是要经历一个漫长的时期，短时间内要改变、突破谈何容易？我只有紧紧抓住书法创作的三要素——形式基点、技术品位、创作意识。

7月16日，白天我浸泡在前人的碑帖墨迹中，夜里连续书写了5个多小时，一无所成。当天友人陈敬黎发来3条短信息来催稿，一再强调要写成擘窠大字，原作要给北伐汀泗桥战役纪念馆收藏、悬挂，我有些着急了。

7月17日，白天我又浸泡在前人的碑帖墨迹中。晚饭时，有一位爱好书画的朋友来电说要过来品茶聊天，被我婉辞了，问及原因，我说要题写个桥名，他说现在是商品时代追求效益，大多名家驾轻就熟写几个小字给人拿去放大就行了，没人讲究有无山林气，何必费那么多精力？我淡然一笑，不置可否。当夜我尝试用茅龙、狼毫、兼毫、羊毫各种笔书写，捣腾了一夜，效果不佳。

7月18日，我关闭所有通信工具，日夜临习摩崖刻石《石门铭》《瘗鹤铭》《经石峪金刚经》，企图从中寻找到最佳的感觉。

7月19日，我又关闭所有通信工具。白天我还是浸泡在前人的碑帖墨迹中，晚饭后我就开始做好创作准备，写写停停，停停写写，忽然发现在仿古宣粗涩的背面上书写效果更好，当翌日的第一道晨光射向我的画案时，渴求已久的"线的美""光的美""力的美"齐齐到来了，"汀泗桥"三个大榜书在重笔疾挫、气酣墨畅中诞生。

如今，"汀泗桥"三个大字已雕刻在两大块厚重的红褐色菠萝格木板上，描上墨绿色油漆，镶嵌在汀泗桥两端，向过往汀泗桥的每一个人讲述汀泗桥的历史。

黑虎楼

一年冬日的一个下午，郝干事来电说，你题写的"黑虎楼"充满佛性充满力量，静静地辉映于镇巴大地之上。

暖阳中，慢慢地勾起我2011年8月11日傍晚抵达镇巴的往事。

清晨，从镇巴的黑虎梁上放眼望去，泾洋河蜿蜒流过，疑是九天银河落入苗乡。

陕西省汉中市镇巴县，是中国最北部的苗民聚集地。而镇巴向以"红军之乡""民歌之乡""苗民之乡"著称。进入新时期，当地政府不遗余力建设"三乡文化"，尤其是以政府主导兴建的苗族文化景观，吸引了众多外来游客。

清澈的泾洋河，从镇巴县城穿城而过。黑虎梁、安垭梁两座大山分别坐落于泾洋河南北两岸。据说在很久以前，黑虎是个英俊的青年，安垭是个俊俏的姑娘，在镇巴古老的大地上演绎着圣洁的爱情故事，神话着千年的美丽传说。人们说，有苗民居住的地方，万物有灵，大山都会唱歌。

据历史记载,清乾隆五十年(1785年),作为蚩尤后裔的熊、陶、李、吴、杨、马、王七姓苗民,从贵州遵义逃荒到镇巴县海拔1600米的青水乡大楮、仁和村,过着刀耕火种的生活。这些村落处于高寒偏僻的山区地带,生存环境十分恶劣。镇巴县大约有苗族同胞42户255人,自2002年,镇巴县在距县城25公里外的青水乡朱家岭村征地建"苗寨",如今大部分苗民已从深山老林迁居到新建的苗寨。

20世纪40年代以前,镇巴的苗民无论是在服饰,还是语言、饮食和生活习俗上,都保持着自己的民族传统,与汉民有着明显区别。苗民喜欢穿麻衣草鞋,男子善猎,女子善绣,只在本族通婚……苗民好客善饮,一醉方休。尤其是苗族的服饰流光溢彩,苗族的歌舞若仙子下凡,置身苗寨,异域风情扑面而来。

初到镇巴,我被镇巴的生态美景和田园风光深深吸引。从黑虎梁上俯瞰镇巴,郁郁葱葱,深深远远,够不到尽头,极目远眺,满眼苍翠,这里氤氲清润的气候,低碳环保的生活方式,是城里人梦寐以求的桃花源。

黑虎梁上,耸立着一座新建的仿古建筑,当地人称黑虎楼、观景楼,我称其为七层宝塔。在中国文化里,"七"的含义很吉祥,如七级浮屠、七步莲花,等等。

在佛教中,浮屠就是佛塔。七层的佛塔是最高等级的佛塔。佛家以为七层佛塔约为百米，像一尊雄伟高大的佛像，建如此的大佛来供养，功德很大，世世代代福祉四方。

七步莲花，是经典的佛教故事。相传，古印度国净饭王的摩耶王后怀孕已满10个月，一日来到花园，时值暮春四月，风和日丽，百花争妍，清莲飘香，到处充满着吉祥喜庆的气氛。后来摩耶王后在一棵无忧树的绿荫下休息，在举手攀摘花果时于右肋下生下王子。佛经记载，王子刚生下来就能说话，能行走，身上发出大光明。当时他目光注射四方，自行七步，每走一步，地上都现出一朵大莲花。净饭王非常喜悦，将王子取名悉达多，即奇异祥瑞的意思。悉达多就是后来的释迦牟尼佛。

黑虎梁上的观景楼建为七层，我认为是非常睿智的选择。穿越历史时空，我们从佛教看外来文化对中国传统文化的影响，本身就意味着吸收与改造。

自汉武帝派遣张骞出使西域，开辟对西域的交通，至班超出使西域，架起中印文化交流的桥梁，已在西域地区广泛流传的佛教才渐渐传入中国内地。班超出使西域有功，被封为班侯，辖地即为今天的镇巴县，因此镇巴又叫班城。

封为班侯的班超，无疑为佛教文化传入中国立下先驱之功。当代人在班城的黑虎梁上，建一座七层宝塔，绝对是今人洞察历史、继往开来的智慧结晶。

前人栽树，后人乘凉。今人在一个地方建造赋予地标意义的文化建筑，是为后人铺垫了实实在在的历史，使千年之后的人们在历史的长河里，不至于发出"江畔何人初见月？江月何年初照人？"的叩问与喟叹。因为承载着今人生活画卷的政治经济、社会民生、生态环境、山河风貌等，必然与当地地缘文化、风物文字共生共存，代代相传。

清晨，在苗汉融合的镇巴大地上，黑虎梁上的山风如苗族的芦笙飞歌，情深意长，令人沉醉。

作为经年浸润于书画艺术长河的我，曾多次被美国现代舞之母邓肯女士的传奇经历深深打动。为了寻找音乐的灵感，她来到阳光下的希腊神庙前，久久地仰望那耸入苍穹的廊柱。在虔诚的凝视中，她的心灵发生了奇妙的变化，渐渐地与神庙的匠心高度融合、灵犀相通，那一刻喜悦降临，如释迦牟尼佛在夜半星空下的菩提树下顿悟，霎时间像天女散花、天乐齐鸣一样，廊柱在她的眼前如彩云、如绸带般飘了起来，优美的旋律从心灵流出、在空中幻化，灰姑娘的水晶鞋魔法般旋转起来，她翩翩起舞，如醉如痴，最终成为美国现代舞之绝唱。

那时，我站在灿烂的晨光下，仰面朝觐黑虎梁上的七级宝塔，顷刻间，如同得到佛的加持和点化——"黑虎楼"三个大字的点线结体、笔墨气度，及应有的精神内涵、稳健厚重……

纷纷跃然眼前,仿佛是魏碑,仿佛是汉简,仿佛是碑版与竹简糅合,至拙至巧,字情合一,呼之欲出。

黑虎楼,我心中的黑虎楼。

西晒的那面墙

紫竹院那旧房子虽不在了,对它的记忆却从来不曾削减。

旧房子空间不大,但阳光充足、空气干燥,存放了好多书籍、资料、绘画用品。搬家后,这套房子也就成为朋友们周末的好去处。房子经过一番装修,整合成了一个宽敞的大厅,自然袒露出西晒的一面大白墙来,便有朋友建议我画一幅大荷花挂在这面墙上压压房间里的热气。

一个周末的晚上,三五棋友聚在一起,一边品茶,一边下棋,一边感叹着:

原先西晒的这面墙仿佛变成了一片曲曲折折的荷塘。

当荷风吹来,暑气渐渐消退了。

当荷风吹来,勺园的荷绿盖擎天一片旖旎。

当荷风吹来,先人笔下的、白笔下的、粉笔下的绿,化作一缕缕芳香沁入我们的心脾。

······

一面素净的白墙因为一幅画顿时活泛起来，气象万千。我刚完成的这幅泼彩荷花图——《碧水风荷》，自然成为当晚聊天的主要话题。

生活里的惊喜，来源于你踏踏实实地热爱着它以及融入之后对它的理解。绘画，也是同样的道理。

比如绘画的灵感，源于生活，是靠对某件事不断地关注、分析、思考产生的。你的绘画灵感有时就像是野生植物，就像蘑菇，适合自己了就会冒出来，五颜六色，无拘无束。

唐朝吴道子画山水、元代王冕画荷，不就是"外师造化，中得心源"的绝佳例子吗？绘画创作是需要充沛激情的，有时候我一进入创作状态，便什么也阻挡不了，甚至几天几夜陷在其中不能自拔，辗转反侧，夜不成寐，眼前都是画面，云里雾里。

绘画，不是心里原本就有，而是长期积累的结果，画者要耐得住寂寞，守得了冷清。就像蜜蜂，自己带着酿蜜的罐，满满的自然要溢出来。我也是这样，平时去的地方多了，心心念念惦记着美。看见大自然中的某一个画面，就在脑子里形成图像，心中有一种冲动，哎呀这是个好画面，可以画下来。或者那片云好有特色，你看多瑰丽多神秘，下一次构成画面时要借鉴。看见一块岩石，肌理很美，不由得多看几眼，这时候视野里突然出现一棵树，几根藤条，几朵野花，心就越发细腻起来，我的目光对着它们的目光，看呀看，那岩层上仿佛渗出水滴来，阳光下晶莹地一闪一闪，我觉得那是对我热切关注的回应。在我看来，它们有它们的寂寞和虚荣，希望与人类互动。有时我看着看着那树随风飘舞起来，似乎看到了亲人，我也成了树，成了它们，或者是它们的一片叶子，飞到树杈上去。

花儿是会说话的，你若不理它，它便不会跟你套近乎，树木山林、花鸟草虫等，尊严得恰到好处，它们的示好，是有分寸的。任何动物也好，植物也好，山川河流也好，各有各的道。

灵感有时候是会枯竭的，就像夏日的禾田，当它干涸时，需要大量的水分和养料，时不时饱灌一顿，四肢肌体才能健康。枯竭的日子不好过，脑子里像塞进了棉花团，看不见阳光、溪流和清泉。非得走出去，到户外，到山村，踏几脚牛粪，吸一吸干草的味道。农民的汗味是亲切的，它会给我带来接地气的收获。

2005年秋天，我到秦岭余脉的邙山段走黄河，来到诗圣杜甫的故乡，站在黄河岸边，方知那里不仅是黄河与伊洛河的交汇处，也是"河图洛书"典故的出处。落日的霞光覆盖着半边河面，像碎金子一样在河上熠熠闪光。一老翁撑着一条小船，悠悠然驶向河的对岸，另一位老者坐在船头，漫不经心地看天，手里捏着点燃的烟斗，一丝丝一缕缕的蓝烟在船头上回旋，慢慢升起来，洒向河面。我被这画面深深触动，油然想起杜甫《秋兴八首》中的诗句……

绘画，不是人逼出来的，是与生俱来的责任和使命。一开始你并不知道，茫然混沌地做着你觉得应该做的每一件事，仿佛从来不知道有绘画这个行当。人生走着走着，随着阅历和机缘，突然在内心就升腾起绘画的冲动。到了这时，你还是不明白，只是看到世界上凡是美的东西，你都想吸纳，收藏进自己的百宝箱。会如饥似渴地返回到历史深处，感受古人的天空和情怀；会不由自主地去观摩，看画展，看到某一位画家的作品，会觉得某些地方不对劲，你希望他这样构图会更好，或者在色彩上你有自己的见解，在心里想：如果是我画，我会这样或者那样。这样的念头时不时会在脑子里转转，慢慢地自己想动笔了，于是一棵树、一处房子、一条河流就在笔下灵动地出现了。

在另外一条河上，我无数次、无数次地去观察河两岸的白杨树，春夏秋冬，去解读它们，终于有一天我的画面里出现了一排排高高的白杨树，我上了色彩，绚烂多姿，装裱起来更换了西晒那面墙上的荷花图，朋友们见了都喜欢。

尽管荷花让西晒那面墙变得清凉，白杨树让西晒那面墙森林般地广阔……但画家毕竟不是神，也不是天才。画家的艺术灵性是神奇的,这一生你抓住了,就是你的了。

你不知道在你绝世孤立的风荷、白杨之外,还会有多少娉婷的荷,傲然的杨?

大海无边,黄河无底。

第四辑·随风逝去

音乐与人生

过去我到大学里去讲课，包括在日本做客座教授，我在讲课中从来不按所谓的章法，或教学大纲。因为我不是作为该校的正式教师在为同学们上课，我的授课要么是教授书画理论或技法、要么是演讲性质的，无须太循规蹈矩。因此，我往往远离大纲，思想上天马行空，无所顾忌，无所羁绊。这样，里面就有一个"陷阱"，你要识破这个"陷阱"，否则，要么同学们听得一头雾水，一无所获；要么喜形于色，感觉耳目一新，或偶尔给一些掌声，这些对我都不重要。

关键是我要告诉大家一个观点，就是任何时候，你不要对一次演讲的收获抱太大的希望，就好像你看一本好书，你不要期望把你认为是"前无古人，后无来者"的这本好书一下子储存在你的记忆里，使这本书的光芒照耀你一生，终身受用，那不可能。当然你完全可以像鲁迅先生年轻时那样亲自手抄很多古书，由此打下坚实的基础（比如鲁迅先生亲自抄过我国唐代第一部茶书，就是唐代陆羽先生的《茶经》）。关键是你得会听会看，会思考会悟。一次演讲，如果里面的一个观点、一个情节，甚至一句话触动了你、打动了你，使你心领神会，茅塞顿开，那就足够了。试问世界上那么多的演讲大师，我们能记住他们几句话？但是总有一些话会引领我们、提升我们，激活我们的想象力，打开我们思想的细胞、智慧的源泉、创造的法门。

有一次，拿破仑在带领他的远征军长途跋涉时下过一道著名的命令，只有10个字，面对着他的官兵，他铿锵有力地命令道：

"让驴子和学者走在中间！"

这简短的一句话，说明拿破仑不仅爱他的驴子，即爱战争，更爱学者、爱科学家、爱人才。这是一句多么有力而具有远见卓识的话！驴子是当年战争中最重要的运输工具和交通工具；学者是聚集在拿破仑身边出类拔萃的专家，是赢得战争胜利不可或缺的力量。当年我读《拿破仑传》时，这句话深深地触动了我，多年来我常常想起这句话，并给我以很大启发，比如做事的果断、语言的凝练、行文的简约及对任何事情的深谋远虑、科学思考。现在我们任何人都无须走出国门，只要打开互联网，看看塞纳河两岸那辉煌的建筑群，你就知道拿破仑为什么会雄心勃勃地去征服世界，他在掠夺世界文化！当年的法国就像现在的美国，他们实际上打的是民族文化仗，最终他要的是你这个民族的文化。你这个民族没有文化了,这个民族还能存在吗?因此讲课时,我会对同学们说,如果能通过我们今天的交流,对你们的未来有所启发有所借鉴的话,我的目的也就达到了。

有一件事就发生在几年前。一位85岁的老人,住在靠着黄河岸边的一座小城里,大部分时间住在乡下。一天上午,老先生坐在自己家的藤椅上闭目养神,花白的胡子向上翘着,他仙风道骨,一脸沉静,那时,他也许是深思天外,也许什么也没有想,只是闭目养神而已。

这时,一位朋友来访,说省里来了一位女士,这位女士非常喜欢齐白石先生的画,得知您是齐白石先生的学生,想拜您老为师。

老先生睁开眼睛,还未从藤椅上坐直,那女士已翩然来到他的面前,微笑着向先生问候,热切的目光,紧紧盯着那位老人,带着探询般的期盼。朋友包括家人都以为老先生会欣然应允,出乎意料的是老先生婉言谢绝。他说:"我风烛残年,活不了几天了,几年前就不再收徒弟了。"

"为什么?"来引荐的那位朋友显得很尴尬,并再三央求老先生说明原因。

老先生说:"学画必须具备三个条件。一是有艺术天赋;二是有恒心、耐得住寂寞;三是要有经济实力。"

这与经济实力有什么关系？大家不解。老人说：

"早年，我的徒弟中，有几位因家境贫寒，生活无以为继，最终半途而废，我的心血付诸东流。我伤心，所以打那以后，不再收徒弟。"

"先生，您还是收下吧，人家是慕名而来的。"他的朋友再三央求。时间一分分过去了，一方沉默，一方期盼，屋内的空气显得有些凝重。过了一会儿，老先生捋捋胡子，淡淡地说："收徒弟嘛，可以，但是……"

未等老先生把"但是"两字说完，聪明的朋友马上对那位女士说："快跪下，快跪下，师父说可以……"

老人还没有反应过来，这位女士"扑通"一声，当堂跪下，面对这位长者，恭恭敬敬磕了三个头，郑重地行拜师礼。

我认为这位女士是为艺术而下跪，她就像中国的僧人到佛教圣地印度去膜拜，世界各地的穆斯林到麦加朝圣一样真挚、虔诚。

老先生措手不及，先是吃惊，而后迅速站起来，蹒跚向前几步，弯腰扶起这位女士。看到老先生不顾年迈将自己扶起，她深深为之感动，这时两人四目相对，顷刻间，如高山流水，千年等一回，仿佛双方都找到了真正的精神家园，那徒弟的泪水夺眶而出。这一拶一扶一流泪，师徒关系好像前生所定。从此，她不仅远道而来跟师父学画，更重要的是跟师父学做人，直到老先生92岁驾鹤西去。

事后,这位女士告诉我,当年她返回省城后,奇迹发生了,在她家阳台的方向,一连数天,百鸟齐鸣,日夜不绝于耳。她觉得奇异,走向窗台远望,那清丽婉转的叫声又仿佛很远很远。时间过去很久,终于有一天她顿悟了,她的师父是画百花百鸟的,当年是齐白石、于非闇、邱石冥、王雪涛、李苦禅的学生,这是一种心灵感应吧。我并不以为这是什么超自然的力量,但是,我被感动了。

今天在座的同学们,我不知道当初你们是以怎样的心态、怎样的背景跨入这座神圣的艺术殿堂的,我相信你们中间大多数是怀着虔诚之心、朝圣之心来膜拜音乐这个神奇世界的,因为你们都有一颗艺术的诗心,你们已经深深领悟到了音乐的魅力,这种魅力能使你们的心变得柔软、变得伟大,思维变得活跃、变得开阔,精神世界如绿洲般广袤无垠。当然,也有一些同学由于高考的压力,阴差阳错,误入"桃花源",但不知魏晋,既不能深刻理解音乐之美、艺术之美,甚至人生之美,也不甚明白走进这座艺术殿堂将会对你的人生真正起到什么重要作用。

无论怎样,我们今天就敞开心扉,让一缕缕阳光投射到我们的精神家园,毫无顾忌地谈谈音乐与未来、音乐与人生吧。

一

　　十多年前的一天,一所重点高中邀请我到该校为学生讲两堂课,这是一班高中二年级的学生,据了解,这个班上的学生个个都非常聪明。然而,他们在初中时有的因贪玩学习滑了坡,有的偏科,有的在毕业考试中"大意失荆州",这些本来在班上学习较拔尖的学生,结果在严格的考试中将他们划到了那所高中的"慢班",即非重点班,这班学生当然不服气,心里压抑、郁闷,不开心。这样的精神状况直接影响到他们的身心健康和学习效果。我了解到基本情况以后,我深深理解这群在青春期受着极大压抑的青年学生,于是我选择从励志的角度与同学们沟通。当时我们交流的很顺利,两堂课下来,中间没有休息,下面始终鸦雀无声,这当然是台上的我与台下的他们形成了心灵上的共鸣。当我讲话结束时,一个学生举起手,他很忧郁地说:

　　"陈老师,我从幼儿园到小学到初中,到现在,我每天听到的都是同样的话题,你要好好学习、好好学习,我不想听老师的,我也不想学,怎么办?"

　　我微笑着看着这位学生,内心却很同情。但是沉思几秒钟后,我说了一句话:"你别无选择!"我又鼓励他说,你想过没有,这样的年龄,你有没有第二条路可走?一般情况下,我觉得没有！那你最好换一种"思维方式"去对待这个问题，现在换一种思维方式对你非常重要，那会使你身心都得到解放。

这位聪明的学生悟性很高，他点点头说，谢谢您老师，我明白了。

由于时间关系，我无法给那班同学们讲其他更多的原因。但是今天我给大家讲一个故事：铃木镇一先生是20世纪日本著名的小提琴教育家，早年留学德国，回国后终身投入小提琴教育事业中，每年为日本培养700名小莫扎特，被誉为音乐教父。铃木镇一先生在其所著的《神童作坊》一书里说过这样一件事：一天他出去办事，吩咐7岁的江藤骏带领其他孩子练琴。他办完事回来，却看到年龄最小的丰田根二被江藤骏罚站在小板凳上，正在哇哇大哭，一见到铃木镇一先生，孩子们纷纷告状，说根二不用心练琴，先生前脚刚走，他后脚就跑到院子里玩泥巴，捉小蚂蚁去了。江藤骏是大师兄，就跑出去叫他回来，可根二不听，去拉他，他就倒在地上打滚耍赖。这时，铃木先生把他抱下来，擦去眼泪，一边温和地问他："你不喜欢拉琴是吗，根二？"

根二怎么说？他说小蚂蚁在搬家。答非所问。

"哦，根二不是不喜欢拉琴，只是现在想看小蚂蚁搬家，是吗？"

"是。"

"那么我们这样做好不好？你可以先去看小蚂蚁搬家，看完了我们再做音阶练习好不好？"

"真的吗？"

"是真的，你去吧。"从那以后铃木先生准许他练一会儿琴就去玩一会儿。铃木先生说，因为只有让他贪玩的天性得到了发挥，他才可能真正投入地把琴练好。当然他的进度比起其他孩子要慢多了。铃木先生对望子成龙却有些恨铁不成钢的根二的父亲说："请耐心等待吧，不要对他失去信心，他昨天又学会了一小段曲子呢。"在这种不懈努力下，根二终于会拉一首变奏曲了，铃木先生和全班孩子都向他鼓掌："根二，你真棒！"

这个后来被称为"天才儿童"的丰田根二长大后，于1962年9月成为柏林广播交响管弦乐团的首席小提琴演奏家，在音乐上取得了很高的成就。专家们有一个结论：任何人身上都蕴藏着巨大的不可估量的潜力，关键是怎样去开发挖掘出这种潜力。那位高中生之所以说出那样的话，一方面说明他内心苦不堪言，另一方面说明我们的教育制度亟须改革。

今天我们来到了这所神圣的音乐殿堂，在这4年或者6年大学生活里，我们是别无选择吗？不是。如果你今天离开这个地方，马上就会有无数梦寐以求的音乐爱好者愿意付出更高的代价来顶替你。

19世纪法国巴黎乐坛上,有一位与众不同的激进的浪漫主义乐派音乐大师柏辽兹,具有很强的反叛性格,他不愿意处在德国音乐的浓重阴影之下,于是奋起挑战,后来罗曼·罗兰先生曾经这样评价柏辽兹:"他一开始就竭力要把法国音乐从它窒息的外国传统压迫下解放出来。"肖复兴先生在他的《音乐欣赏十五讲》里特别指出:因为柏辽兹的出现,才开始有了法国自己真正的音乐。

柏辽兹性格无所顾忌,特立独行。他的父亲是有名的乡村医生,由于父母的选择,他18岁到巴黎医科大学研究解剖学,可是他不喜欢接近那冷却的东西,从小喜欢音乐,他对音乐的痴迷和对学业的荒废导致他的父亲断绝了他的生活来源,但他痴心不改,宁愿到合唱队当合唱队员谋生;在他27岁的时候,以一曲根据拜伦的诗改编的《莎丹纳巴之死》终于获得了罗马大奖,这是当时法国专门为青年音乐家设立的一项音乐大奖每年评一次,获此奖后可免费到罗马留学。当他来到罗马后,他忍受不了那里保守的空气,最终不辞而别。后来他的爱情音乐篇章,那著名的《幻想交响曲——一个艺术家的生活片断》证明,他的音乐就在他的心里。他说:"人世间只有活在心中的东西才是真的。"

与柏辽兹同世代的"魔鬼"小提琴演奏家帕格尼尼,从小就忍受不了学校的刻板和枯燥而离校出走,四处流浪,在流浪中如鱼得水，成就了他无与伦比的演奏风格，人们认为他的琴弦上发出的声音是魔鬼施的魔法，完美的令人大惊失色。

但是，任何一件奇迹的发生，都有它的土壤，15世纪末到19世纪的欧洲，是欧洲文艺复兴到各类学术、艺术蓬勃发展的辉煌时代，是群星灿烂的时代。就像我们民族的冼星海的出现，那是《黄河大合唱》中所体现出的反抗压迫的时代，也是英雄的时代。我们与上述讲的高中学生的区别在于，这所学院选择了我们，同样我们也选择了这所学院，主动的选择就是最好的选择，最棒的选择。那么，怎样经历好这4年或者6年，从专业上，我不能给大家精心的指导，但是从人生体验上，我讲几点。

用心去聆听大师。我们一向对音乐怀着虔诚之心，无论是听西方古典音乐，还是现代音乐，我们都能从中汲取精神食粮，从中感受到音乐的力量。贝多芬的《第三（英雄）交响曲》《第五（命运）交响曲》《第六（田园）交响乐》《第九（合唱）交响曲》，肖邦的《夜曲》、莫扎特的《小夜曲》、帕格尼尼的小提琴独奏《幻想曲》，包括贝多芬的《悲怆》奏鸣曲、《月光》奏鸣曲等，都是我们百听不厌的。但是我们必须去深刻理解西方经典音乐的精神内涵。在大学期间，就要弄明白儿个问题：一是产生这些英雄的文化土壤和时代背景；二是产生这些伟人的个人因素和周围环境；三是这些伟人在群星云集的环境中经过怎样的起起伏伏最终脱颖而出,并且禁得起时间的考验永远屹立于世界艺术之巅,其真正的原因是什么,隐藏在背后的诸多因素是什么;四是那些开创性的艺术形式,其先后传承、历史脉络是怎样的,创造这些经典的伟人在历史的长河中究竟起到什么重要的作用。犹如我们中国春秋战国时期的老子、庄子、孔子一样,他们在人类的思想史上,生命的进程中,究竟都扮演了什么角色?一切的一切我们要弄明白。当然对我们中国音乐的起源、发展等,都要有一个清晰的深刻的认识。

你只有深刻理解这些,才能从中深刻理解大师们从灵魂深处流出的旋律所独有魅力和价值。不管那些声音是英雄式的,还是悲怆式的,不管是如歌的缠绵,还是无言的惆怅,不管是激越的,还是梦幻的。

浙江有个李杭育先生,被新闻媒体称为"江南才子",是位作家,他经常在家中工作,由于酷爱音乐,他曾经用了5年时间,在家中听了2000张西方经典唱片。1995年,北京三联书店为他出了一本介绍近500种中外经典音乐的《唱片经典》,从中可看出他对经典音乐的理解不亚于一位音乐教授。所以,用心去聆听大师,去解读大师,我们作为音乐学院的学生你做到了没有?假若每一个学生都用自己的心灵去触摸18至20世纪的音乐大师们的音乐灵魂,我相信,我们今天在座的同学,都会对世界音乐史及未来音乐的走向有一个很清晰的了解和展望。

音乐人是生活之子、自然之子。如果说任何美好的音乐都是创作者呕心沥血的结果也不全对，舒曼、肖邦等大师的音乐是从爱情清泉里自然流淌出来的，是一挥而就的，但是他们不竭的源泉在哪里？

我认为，生活是产生艺术的土壤，大自然是万载不竭的源泉。

自然界的每一片落叶，每一滴水的声音，每一次花开花落，每一次阴晴圆缺，都是对艺术家心灵的昭示，"怀素夜闻嘉陵江水声而草书益佳，张颠见公孙大娘舞剑器而笔势益俊"。作为未来的音乐人，你那颗敏感而独特的心是干什么的？

就是让你走进生活，走进芸芸众生的心灵去感受现代人的喜怒哀乐，去思考他们的生存环境、生存状态、生存意义，从中唱出人们的希望、渴望，唱出欢乐、美好。音乐有改变社会的功能，能激发人内心深处美好的情愫，让这个社会少一些不和谐的噪声。用一句时尚的话，就是对人类的人文关怀，终极关怀，上升到政治的高度，要建立和谐社会，音乐的社会功能是功不可没的。

就是让你匍匐到自然界去感受神一般的启示，捕捉那神圣的天籁之音，进而汇成自己的音乐语言，音乐词汇，音乐诗，音乐人生，来回报社会，回报我们的国家。一个音乐人，如果不去用心贴近生活、贴近百姓，同时走进自然、走进山涧小溪、茫茫大川、千山万水、千沟万壑，不去聆听松涛的喧响，瀑布的飞溅，江河的轰鸣，马蹄的节奏，车轮的声响，你的心是干涸的，你的艺术感觉是迟钝的，你的音乐是没有灵性的，你的社会责任感是麻木的，你不是一个真正的音乐人，也不配做以人民音乐家冼星海命名的这个音乐学院的学生。

大家都很熟悉来自瑞士的班得瑞音乐项目的音乐，从1999年推出第一张音乐专辑以来，现在市场上已出到第10集。班得瑞乐团在瑞士是一支极受欢迎的抒情演奏团体，第1张专辑出来后在当地引起很大轰动，不久就风靡世界。班得瑞的音乐之所以纯净如碧海蓝天，那就是因为他们自觉地去聆听大自然之音，常年跋涉于山间丛林，用灵魂捕捉自然界美妙的旋律的结果。她之所以风靡世界，因为她的天然，她的自然纯净，她的一尘不染，她的美。她能抚慰我们忧郁的情绪、浮躁的灵魂，净化我们的心灵，唤醒我们心中的美。

大家都知道，美国现代舞蹈的开创者，伟大的舞蹈家邓肯，是把解释性的舞蹈提高到创造性艺术地位的先驱者之一，邓肯以奔放的情爱和强烈的母爱来体现她独特的艺术风貌。年轻时她为了艺术到处奔波，穷困潦倒。一天，邓肯和她的姐姐伊丽莎白乘着马车在一个小镇上寻找食宿的时候，奥地利的斐迪南大公正好路过此处，碰到了她们，热爱艺术的斐迪南大公很亲切地同她们打招呼，邀请她们住在他的宾馆花园的别墅里。住下后，邓肯的窗前有一棵棕榈树，勤奋的邓肯常常观察它的叶子在晨风中颤动的姿态，由此激发了她的创作灵感，后来她创作了胳膊、手和手指轻颤的舞蹈动作。你看，自然如神，她能给你以无限神奇的启发，只要你用心去感悟。

荷兰画家凡·高，在寒风中来到巴黎，来到一个距巴黎35公里的小镇上的一家小客栈，住在一个6平方米的小楼上，里面阴暗潮湿，仅能放一张小床和一把破椅，根本无法在室内作画，正如范曾先生所说"苍苍穹庐，恢恢大地便是他的画室"。来到乡间的凡·高，面对的是农田，是野地里的向日葵、风中摇曳的蓝花，画出的是生命的火焰，是百年后震惊世界的绚丽的生命色彩。凡·高笔下的农田和大海仿佛把浩渺的星空拉向人间，那谜一样神奇的构思，流动旋转的色彩，超越凡尘，傲视群雄，独步千秋。

原解放军艺术学院副院长时乐蒙先生讲过这样一件事：1940年5月，时任延安鲁迅文学艺术学院音乐系主任的冼星海老师要离开中国到寒冷的苏联去留学，大家很为他的身体状况担心。当时，冼星海出于积劳成疾，患了肺病。记得1939年寒冬的一个深夜，大雪纷飞，他还要由学院返回山上的住处。那时时乐蒙扶着这位年轻（时年34岁）而极度虚弱的老师，一步一步，踩着积雪往山上走。老师累了，两人就坐下来休息。走走停停，并不太远的山路，用了两三个时。那晚，冼星海先生对时乐蒙说，今晚我们是同舟共济，在这茫茫的雪海中遨游。生活本身就是考验，考验着你，也考验着我，你比我年轻，会经受更多的考验。从事音乐工作，要潜身于生活的海洋中，生活就是浩瀚的乐海，那里有你取之不尽、用之不竭的源泉，会给你各种优美动人的旋律。我虽然留法多年，受印象派影响很深，但我依然十分喜欢我们民族的音乐，这是我们民族独存的珍品，需要我们努力去开掘。我希望你在今后的音乐创作中，创出一条自己的路子。

这一切都告诉我们，没有生活就没有音乐，这是永恒不变的真理。

二

大家是否还记得，有一首外国歌曲，旋律非常优美，歌曲的名字叫《小小少年》，歌词是这样的："小小少年，没有烦恼，小小少年，一天比一天在长高，随着长高，烦恼来到了……"青少年时期，充满生机，充满活力，同时充满对成长的痛苦与烦恼。来自各方面的压力，使大多数青年男女烦躁、浮躁、气躁，进而变得暴躁，莫名的痛苦，莫名的郁闷，莫名的气不打一处来,这一切都是成长过程中的最普遍的现象,当今的大学生概不例外,社会上的青年男女概不例外。

今天在花前月下,明天就会分道扬镳,今天在欢乐中感觉到人生的无限美好,转眼之间精神就要崩溃。这一切有些来自当代人的生活节奏太快,网络催人老,信息催人疲惫,大多数人熬夜透支,生活无规律,常常是一脸苍白,满面憔悴。再加上失意、失恋、失衡,哎呀,生活中的烦恼真能把百花摧杀,把好端端的青春赶入死胡同。沉稳、笃定如摄影家顾长卫的能有几人?沉着、冷峻如导演张艺谋的能有几人?放眼望去,人们生活在"乱哄哄,你方唱罢我登场"的万花筒般的浮躁氛围中,繁华宣泄后的落寞与无聊不觉袭上心头,烦恼的种子在心中发芽,一天天长出了草。

音乐,在有些人心中成了噪音,就连莫扎特的《小夜曲》、施特劳斯的《蓝色多瑙河》、贝多芬的《致爱丽丝》等,如溪水般流淌的音符,美妙的旋律也涤荡不去心中的尘埃。恍恍惚惚,大学一年、两年、三年过去了,蓦然回首,呀,很多该学的东西没有学,该读的东西没有读。没有心理准备,来不及思索,就像大海上遇到暴风雨的远航船,骤然间一个浪头接一个浪头把你掀到了岸上,何去何从,一脸茫然。

我说这些,就是一句话,从现在起同学们,有时候别把自己太当回事儿,不要太在意自己的烦恼,不要太在意自己心中所谓的自尊心，不要太在意失意甚至是失恋，不要太在意自己一时一事的感受，不要太在意一次考试"砸锅"，不要太在意所谓的名次……总之，不要太在意自己，一味地以自我为中心，将心紧紧地围绕自己，敏感地去捕捉生活中的负面意义，刻意的去铭记那一时一事自己所受的微不足道的刺激和伤害，将大量的青春年华、精神空间、耕耘园地拱手让给那无为的感叹、毫无意义的郁闷，压抑和空想！要做到这一点，就必须让自己彻底的对自己、对万事万物以至对人生居高临下。

你勇敢地往前走，不要怕"我一无所有"。

一个23岁的在校学生，进校的第二年居然满头白发，问其原因，曰：失恋。因为失恋，竟然像伍子胥"一夜白了头"，值得吗？古人云："十步之内，必有芳草"，再说，既然"青山处处埋忠骨"，那么天涯何处无芳草？

尼采有一句名言："女人最恨什么？——铁对磁石说，我最恨你，你吸引我，却又没有足够的力量使我附着于你。"那么我想，知识和勇气，就是你实现人生理想、爱情理想等的"足够的力量"。

当然，任何事情都要从哲学的角度辩证地看问题。当你面临鲜花掌声的时候，你要冷静，谦虚谨慎；当你处在人生低谷的时候，你要自尊自爱自强自信；当你在毫无意义的烦恼旋涡中不能自拔时，要学会超脱，要解放自己，彻底地清除心中太多的精神垃圾。

许多世界级的音乐大师一方面是旷世奇才，创造了人间一次又一次的辉煌。另一方面他们挣扎在生活的最底层，有的终其一生也未能改变自己穷苦多舛的命运。

巴赫15岁开始自己养活自己，一生穷困潦倒。

莫扎特生活最困难时连买烤火取暖的炭钱都没有，太冷了，他就和妻子围着空壁炉跳舞取暖。然而伟大的莫扎特把苦难化为交响乐、歌剧、钢琴协奏曲、奏鸣曲，留下永远的《费加罗的婚礼》《唐璜》《魔笛》，留下无尽的缠绵和诗情画意，留下悲怆、典雅和高贵！

19世纪浪漫派音乐的奠基人韦伯和舒伯特一生都是在贫穷中度过，尤其是舒伯特，他的音乐廉价的就像凡·高的画一样，那首著名的《摇篮曲》当年就是因为他太饿了，没有饭吃，于是他走进饭店写在饭店的一张菜谱上的，换来的只是一份儿土豆，据说他晚年的不朽之作《冬之旅》，只卖出了一块钱。

勃拉姆斯童年时家里贫寒，父亲只是一个贫穷的低音提琴手，为了生计，10岁的勃拉姆斯就到酒吧去演出。

还有的到死都不知道该埋在何方，比如帕格尼尼，去世后56年才魂归故里！

然而，他们是闪烁在浩瀚天际的耀眼的晨星，在音乐史上永远发出清晰如玉的光芒。既让我们遥不可及，又让我们满怀景仰。为什么，因为他们有一颗伟大的、超凡脱俗的心，他们在生命过程中找到了心灵的支撑点，找到了生命的曙光，找到了天堂的钥匙，那就是，在音乐的长河中承前启后，再创辉煌。

在中国，我们也从来没有停止过音乐的脚步，从最初的图腾崇拜，到《诗经》、汉乐府，到纤夫的号子；从《二泉映月》《江河水》，到《放下你的鞭子》，到冼星海的《黄河大合唱》，到大型音乐舞蹈史诗《东方红》；从《梁祝》到《百鸟朝凤》；从古琴、七弦琴、马头琴，到唢呐、二胡，到贝斯、萨克斯、钢琴。中国的音乐、音乐家在世界舞台"独树一帜"，早就响遍了五大洲。

2004年12月4日，《新民晚报》有一则消息：曾与卡拉扬指挥大师合作数十年的"歌剧指导"范瑞克先生新近被上海的华东师范大学艺术学院"重金"聘为客座教授，即将在明年专门独立开设"声乐指导"研究生专业。

那年64岁的范瑞克大师是个美国人，自1966年以来，曾先后在德国奥古斯勃格、多特蒙特、柏林国家歌剧院担任指挥和艺术指导、维也纳国家歌剧院艺术指导、著名的莎尔茨堡艺术节指导，与多明戈、帕瓦洛蒂等世界歌唱家合作。1979年到1989年，任指挥大师卡拉扬歌剧演出及录音艺术指导中心主任。此外，在世界各地举办大师班。1985年至今任维也纳音乐表演艺术大学教授。范瑞克先生说，我在欧洲多年，尤其是近年来看到中国歌唱家频繁在世界舞台上"亮相"，中国有那么多的孩子在学音乐，真是世界音乐舞台的一大盛事，可是我发现许多孩子缺乏好的教师，以至于可惜了许多很有天赋的"天才"，我愿意将我多年与世界著名音乐家合作的经验传授给中国的学生。

大师说，好的教师不仅要有素质，而且还要有文化，要会指导学生热爱音乐，不是简单地指责学生这个错，那个错，而是让学生懂得什么是错的，搞清和辨别学生错的原因。比如说有些是偶然错的，有些是本来就没明白，有些是情绪或者身体不适的原因，这样学生进步就快。

范瑞克先生举例说，他小时候初学钢琴，因为遇到一位不了解儿童心理，缺乏教育方法的钢琴教师，结果导致他看见钢琴就讨厌。第二个教师让他懂得音乐是快乐的，所以他从此不仅把音乐看成快乐，还成为终身的热爱！他说，声乐指导在国外分成两类：歌剧指导和艺术歌曲指导，他的责任是帮助声乐教师在艺术感觉上、修养上更完美些。大师认为，好的声乐指导至少要有20多年的工作经验，在欧洲至少要懂三国语言，德文、意大利文、法文，因为这是歌剧发展的主要基地，语言程度的高下直接影响着歌唱者对作品的诠释。中国近年来一定会出现很好的世界级指挥大师或世界级的演奏大师，但出现很好的歌唱家并非易事，因为声乐的预期效果太难判断。因此，好的世界歌唱大师往往都在人到中年。范瑞克大师建议我们中国未来的歌唱家们多读点歌剧作品，或艺术歌曲的原著，多增加一些文学修养，这对真正进入世界舞台有很大帮助。

三

在古代，交响乐的概念，就是"一起发出众多声音"。大家知道，海顿是"交响乐之父"，贝多芬把交响乐推向了巅峰。

一部美妙的交响曲，最恢宏的演出，应该是瓦格纳的《尼伯龙根的指环》，全部演奏完需要15个小时。最壮观的交响乐应该是在美国的一次演出，500人的乐队，1万人的合唱团。那些如史诗般的交响乐，每每听起来，都使人精神振奋，激情澎湃，热血沸腾，使情感升华、再升华的精神享受。但是，怎样才能奏出人生辉煌壮丽的交响曲呢？

法国作家福楼拜有一部著名的小说《包法利夫人》，在这部小说里有一个章节，就是包法利夫人和她的情人去参加当地政府举办的农业展览会。在这一章里他采用的手法是交响乐式的。福楼拜曾经给他的情人写信说,我用了3个月的时间写完了这一章。在这一章里,我把农展会现场表现成交响乐式的,让台上与台下、远处与近处、让人与人、人与动物、人与自然,包括天上的飞鸟都生动起来。

一部小说可以写成交响乐式的,如曹雪芹的《红楼梦》(林黛玉刚到荣国府,王熙凤和宝玉出场时)、托尔斯泰的《战争与和平》《安娜·卡列尼娜》,玛格丽特的《飘》,劳伦斯的《查泰莱夫人的情人》等描写。一幅画可以是交响乐式的,如张择端的《清明上河图》等。那么人生呢,更应该是交响乐式的、恢宏的,或者是多姿多彩的。

在汲取知识的过程中,一部交响乐有多少乐器组成,这诸多乐器就好比知识的分支,你只有多学科全方位地提高自己的综合修养,才能够在人生的道路上奏出最美最和谐的人生交响曲。

学习音乐的学生,应该博学兼得。除专业知识以外,古今中外文史哲美都要涉猎,包括宗教、服饰、社会学、心理学、中国古典文学等,从中发现内在的奥秘与玄机。

提高文化水平是生活中的一部分,就像空气和水,一旦某种感动沉淀下来,终有一天,你的艺术灵感就会不可遏制地爆发出来。如果你一生走不出自己的家园,你不会知道天外有天,如果你不去聆听大师的声音,你不能知道帕瓦罗蒂的辉煌，如果你不千百遍地去聆听贝多芬、柏辽兹、李斯特、勃拉姆斯，你就不知道他们一生都在追求爱情，最终使饱受爱情痛苦的心灵在音乐上得到了升华。如果你不去聆听肖邦，你就很难想象肖邦沉浸在爱情小夜曲里的天才魅力。

因此，音乐学院的学生要对音乐有宗教般的情怀，带着一颗虔诚的、一尘不染的心去聆听大师，去感悟大师，去从中探索创新的途径和奥秘。

我国著名二胡演奏家闵惠芬女士的二胡为什么能征服世界著名指挥家小泽征尔，当她在拉《江河水》时，使世界顶级的指挥大师深深感动，伏案恸哭，那是音乐的力量。

1977年，小泽征尔从日本来到中国访问，上海交响乐团专门为他安排了一台节目，听了闵惠芬的《江河水》，这位大师流着泪说，你的这首曲子拉出了人间的悲切，使人听起来痛彻肺腑。正是闵惠芬女士深刻理解了这首名曲的内在寓意，即它反映出我们中华民族在那个时代的苦难呻吟，在黑暗中探索而发出的江水般的呜咽及长江巨浪般的反抗精神。我们说艺术是没有国界的，在闵惠芬女士身上有了很好的注脚。但看看闵惠芬女士的生活历程，你就会知道任何天籁之音，如果不经过千百倍的努力，就不可能轻而易举地走进世俗，使千百万人为之动容、为之感动、为之震撼。

后来，同行都忙着搞运动，闵惠芬却始终没有离开自己心爱的二胡。一天，她从同学处偶然得到盲人阿炳本人演奏的唱片，真是喜出望外。在以后的日子里，她几乎每天都要把唱片偷偷拿出来看了又看，当时她盼望能有一台唱机。有一天，闵惠芬在上海电影乐团排练时偶然发现了一个小小唱片室，虽光线很暗，但那里面有一台她朝思暮想的唱机。从此，每到下午4点钟后，当排练的同学们随着下课铃声响起而扬长而去时，闵惠芬便来到这间小小的唱片室，一遍遍地听着这首由阿炳亲自拉的曲子《二泉映月》——那是从阿炳心里流淌出来的曲子，渐渐地她领会了阿炳苦难的心曲，并把阿炳的苦难转化为自己的心灵感受，于是她用自己的心把这首曲子拉得如泣如诉，荡气回肠。不仅如此，她还在阿炳创作的这首名曲中融进了自己的乐思，为这首名曲注入了一种新的韵味。

当年，闵惠芬女士为了拓展自己的艺术天空，她认真学习传统民间音乐、戏曲音乐、词曲、诗歌、文学、历史，在知识的宝库中摸索对音乐神韵的表达。并在此过程中逐步形成了她热情而内敛、动人而不媚、夸张而不狂、哀怨而不伤的演奏风格。随着时间的推移，闵惠芬也渐渐地成了"二胡"的代名词。

我们现在通常说的宇宙大爆炸理论背后有这样一个故事：1979年，美国32岁的年轻粒子物理学家艾伦·古思，当时在斯坦福大学工作，后任教麻省理工学院，他承认自己以前从来没有做过太大的成绩。当年,如果他没有恰好去听关于宇宙大爆炸的讲座的话,很可能永远也提不出那个伟大的膨胀理论。开那个讲座的不是别人,正是和同行共同发现了宇宙大爆炸的普林斯顿大学的罗伯特·迪克教授。讲座使古思对宇宙学,尤其是宇宙的形成产生了兴趣。后来古思提出了新的膨胀理论,认为在爆炸后的刹那间,宇宙突然经历了戏剧性的无限的扩大。膨胀理论解释了使我们宇宙成为可能的脉动和旋转,如果没有这种脉动和旋转的话,就不会有物质团块,因此也就没有新星,而只有飘浮的气体和永恒的黑暗。正是这一次偶然的机遇使这个年轻的物理学家,走在了科学探索的前沿。

当年,二十三四岁的李苦禅用一把雨伞挑着一个小包袱从乡下来到北京,轻轻地敲开齐白石先生的家门,虔诚地拜齐白石先生为师,最后成为一代国画大家。

时乐蒙先生在延安鲁艺的时候,有一段时间他一连几天发着高烧,当他得知冼星海先生要指挥《黄河大合唱》时,就坚持从床上爬起来赶到现场观看,他说,每看一次冼星海老师的指挥就有一次新的收获,老师那根神奇的指挥棒,一招一式都让人入迷,给人一种极为高雅的艺术享受,后来时乐蒙先生能够娴熟的指挥《黄河大合唱》(光未然词,冼星海曲),解放后,在周总理亲自领导下,我国创作出大型音乐舞蹈史诗《东方红》,时乐蒙先生担任音乐组组长,这一切都归功于冼星海先生的教诲。

梅兰芳先生当年为了增加自己的艺术修养，专门拜齐白石先生为师，我国著名建筑大师梁思成，作为建筑家，他和他的夫人、一代才女林徽因常常使自己的家中高朋满座。我国著名翻译家傅雷先生，不仅文学造诣深厚，对音乐、绘画等领域均有很深的造诣。

勃拉姆斯，20岁的时候，从德国一个小镇来到另一个陌生之地，虔诚地敲开了舒曼先生的家门，最终成为音乐大师。当年留学法国20岁的丰田根二，敲开了年迈患病的音乐大师爱斯克拉曼先生的家门，半年后，拜在这位大师门下。爱斯克拉曼是罗马尼亚人，20世纪最优秀的艺术家，也是杰出的小提琴演奏家。

作为钢琴家的李斯特，他经常交往的是文学大师雨果、乔治·桑，优秀的文学作品，是他取之不尽用之不竭的源泉。多米尼克·夏代尔先生是法国前商学院院长、资深教授，经常到世界各地去演讲，是一位酷爱音乐的业余钢琴家，2002年年逾古稀的他先后访问了22位现代有成就的钢琴演奏家和教育家。

从这些大师的言行举止中透出，他们之所以成为伟大的人物，都是与他们知识的广博、视野的开阔分不开的。

近几年来，中央电视台开设的"百家讲坛""人物""大家""高端访谈"等栏目，收视率如日中天，有的栏目家喻户晓，我们有没有思考过这个问题：那是你课堂外的课堂，那是另一道精神大餐。

毕业于中央戏剧学院的作家肖复兴先生在他的《音乐欣赏十五讲》一书里讲到勃拉姆斯时有这样的细节：当勃拉姆斯20岁那一年来到舒曼家时，为舒曼先生弹的第一首曲子是他的C大调钢琴奏鸣曲。舒曼听了开头立刻觉得非同凡响，就让他暂停下来，然后呼喊自己的夫人、著名钢琴家克拉拉来听。克拉拉走进屋来，勃拉姆斯抬头望见了34岁的克拉拉，对克拉拉一见钟情。这样的结果是他们三人谁也不会料到的。

但是，两年后舒曼先生病逝，勃拉姆斯帮助克拉拉料理了老师的后事，然后毅然决然地离开了克拉拉，之后43年不曾见面。直到克拉拉77岁去世，63岁的勃拉姆斯才来到她的墓前凭吊。肖复兴先生这样写道：想一想，在舒曼病重的两年之中，勃拉姆斯一直在克拉拉身旁守候，却从未向克拉拉表白过自己的感情，只是把自己对克拉拉的一片深情深深地埋藏在自己的心底……在这43年里，勃拉姆斯内心里该有多大忍耐力和克制力！

勃拉姆斯把这一切感情都化作了他的音乐。

冷静、坚韧、理性、舍弃，在人生的道路上，是人人都要闯的难关。因此，我们要有良好心理素质。

上文提到的日本著名的小提琴家丰田根二，很小就演奏巴赫的《恰空舞曲》，其熟练程度已经达到了信手拈来的地步，凡是听到的人，都赞叹不已，但是，当他参加平生第一次大的演奏会的时候，由于紧张，没把自己平时拉得最得意的曲子发挥好，当时新闻媒体毫不留情面地批评了他。这件事情以后，他经常处在懊悔和沮丧的状态之中，并从此再也不愿意拉这首曲子。然而，丰田根二是个有宗教情怀的人，小时候经常同大人一起进教堂。

针对这样的情况，有一天他的老师对他说："请你今天到教堂去，在天主的面前，把《恰空舞曲》再演奏一遍，请天主听一听。"

面对老师的安排，他拎起小提琴跑到教堂。一个多小时后他满脸笑容地走了回来，对老师说："教堂里一个人也没有，我一点也不紧张，拉完后心情格外舒畅。"

一句话，重新唤起了他的自信，后来老师语重心长地对他说："根二，不管在任何情景、任何地方、任何时候，你都要抱着给天主聆听的心情去拉。"

在这里，我同样告诉大家，搞音乐的学生，一旦走出校门，面对人生这个大舞台，你要永远记住这句话：不管在任何地方，任何时候，你都要怀着这样的心境来展示自己的才情！因为，你面对的不仅仅是观众，而是你心中的神灵，那就是神圣的大自然，奥妙浩瀚的宇宙星空。

角度选择是我的探索

一

写写停停，停停写写，一晃30多年过去了。

20世纪80年代至90年代中期，我在书画创作之余，写过一些诗歌、散文、小说，虽然上过大报大刊，但总感觉收获不大。后来干脆停下写作，专心于书画创作，尤其是工笔画。至2005年，我对工笔画的学习、创作有了比较多的体会和积累，这时又开始有了文学创作的念头。

2006年3月，我第一次受命为中南海怀仁堂创作五幅大型中国画，感到无比荣幸，心情非常激动，立刻按照要求，创作每一幅画的小画样和抒写每一幅画的创作构思。这时，我发现这五篇谈创作理念的文字，内容和形式太过于雷同，心想审稿者看后肯定厌烦，弄不好还通不过，于是就尝试从五个不同的角度去叙述这五篇"汇报式短文"，没想到审稿者阅后觉得文字漂亮，内容新鲜，一下子就全部通过了。经过半年多的日夜奋战，《三峡放歌》《和谐之春》《清气溢乾坤》《盛世春光》《阳光灿烂，春暖花开》五幅大型中国画顺利交付使用，于是有了后来的《绘三峡寥廓江天》《风骨牡丹》《清气溢乾坤》《盛世春光》《阳光灿烂，春暖花开》这五篇绘画创作随笔。

《三峡放歌》，绘三峡寥廓江天，写万古奔流的母亲河长江，歌颂从我们中华民族历史纵深处走过来的一条生命河流。2007年11月，我应人民大会堂管理局之邀，历经三月，四易其稿，绘制大型青绿山水画《泱泱万里尽朝晖》，悬挂在人民大会堂贵宾厅。适逢"两会"，奥运将至，备受瞩目，随赋感怀《山之吟》。《泱泱万里尽朝晖》虽与中南海《三峡放歌》一样是画长江三峡，但其意在歌颂中国改革开放的辉煌成就，展出中华民族的伟大气派。

中南海《阳光灿烂，春暖花开》画的是大型工笔白玉兰。《阳光灿烂，春暖花开》一文从"以夸张的手法绘出心中之花""把握历史的纵深感""光的运用"入手，直抵画作主题——"不仅是对春天的讴歌，更是对国家昌盛的礼赞！"2008年4月，我又为人民大会堂精心绘制了大型工笔画《碧玉生辉》，画的也是白玉兰。经过七八个月的琢磨，写下了创作随笔《向上的春天》，后来这篇随笔获得第四届全国冰心散文奖。其特点正如该届评委会授奖词所说："陈奕纯先生是一棵年轻的'散文树'。读《向上的春天》，我们看到的是作家将艺术美学、书画艺术创新对于自然的理解，一字一句地融入作家本人浓得化不开的'白玉兰情结'中去。我们认为，《向上的春天》之所以能被众多的评委和读者喜爱，理由有三：一是这篇散文本身就是一幅大美的工笔画，围绕着'白玉兰'这一花木景致，作家'由花生情''由情作画''由花生画'，从自己孩提时偷偷捡花、少年时花下早读，一路写到大学选修书法和国画课、读研期间至毕业后潜心研究玉兰画、受命为北京人民大会堂创作以白玉兰为主题的《碧玉生辉》大型工笔画等，由时间所衍生出来的许多细节，更凸现出中国作家的乡愁情怀；二是陈奕纯在画家与散文作家的边缘走得很远，他成功地将绘画技巧转化成了文学语言，这些绘画当中的技巧和美学思想看似漫不经心，实则是一种美的发现、美的创新以及情的宣泄，可谓是在水墨中顿悟人生了；三是《向上的春天》标题比较新颖，第一眼就给人一种昂扬向上、绿意弥漫的感觉，如早晨六七点钟的太阳一样灿烂、年轻，给人活力，催人奋进。这样，一段悠长铭心的时光被陈奕纯尽收于笔下，虽短小，但显得格外飘逸别致、心境高远。"

2008年9月，应北京市人民政府天安门地区管委会之邀，我为天安门城楼西大厅创作大型工笔画《晨光》，画的也是白玉兰。笔墨之余，想写篇随笔，可一想从古至今写天安门的篇章千千万万，若写不出新意，又有何意义呢？于是无从下笔，直到2009年国庆节清晨，我走过天安门广场时看到：日出东方，红旗如歌，万里山河一派云蒸霞蔚！这时，灵感终于来了。

我把作品的背景放置于2009年10月1日天安门广场庆典活动前夕，把自己饱含深情回望童年时代的"天安门情结"，终于在庆祝改革开放30周年、举国欢庆中华人民共和国60岁生日之际一圆大梦，受命为天安门城楼创作大型工笔画《晨光》，用沐浴在春光中的万朵白玉兰花来讴歌新中国的伟大成就，讴歌科学发展观引领全国各族人民继续奋斗的万丈喜悦，融于笔下："恍惚之间，玉兰花郁郁葱葱，十只锦鸟在花间嬉戏、驻留，一片繁茂，春意盎然，由远至近，光芒渐亮……忽然，我的脑海里现出一道光芒：'晨光！'那是古老而年轻的中国崛起奋进，如朝阳般灿烂的光芒！是的，以'晨光'作为标题再合适不过。我兴奋之至，随后拿起笔来，一挥而就，为玉兰图潇洒题上了'晨光'二字……此刻，遥望北京天安门方向，唯愿每一个看到《晨光》这幅大型工笔画的中国人，能够闻到早春玉兰的芳香，更能够和我们的祖国一起走进万丈晨光般的春天……"

这篇随笔发表在当年第24期《中国作家》上，被收入《2009年我最喜爱的中国散文100篇》。有评论文章说："陈奕纯的散文《晨光》气势磅礴，视野辽阔，读来令人激情澎湃，斗志昂扬。"

曾经有朋友问我，写这些书画创作随笔的最大感受是什么？我说我要用自己学书画、创作书画作品的亲身感受，来感染读者，激励读者，让作者、作品、读者置于同一时空，让读者领略到新的艺术感觉。

二

游记散文是众多散文题材中最普遍的一种形式，也是每一个作家都喜欢抒写的一种题材。正因为它最常见，加上作者所游历某景点的时间短促，接触面小，又受史料记载、名人名篇限制，所写的游记散文容易流于一般游记的写作模式，所以说它最难写好，尤其是同题创作。因此，要得精品力作，每位作者必须具备有不凡的思想高度和丰厚的学养积累，善于挖掘和运用作者自身的特长，善于从不同角度去捕捉特定的素材，才能彰显出每位作者的个性色彩。

《泼墨绵山》是我2008年10月份到山西绵山参加笔会时开始创作的，我不走一般游记的套路：写过程、写见闻、写景点、写掌故，而是特别注重内在的感觉和诗化的抒情。在我每天紧张地为中南海、人民大会堂、天安门城楼创作大型中国画之余，甚至在我重病住院之时，经过七八十次的不断修改，至

2009年8月份才脱稿,最后成为一篇把多个艺术灵感贯穿于多重时空的文化大散文。《泼墨绵山》不负我所望,荣获首届郭沫若诗歌散文奖,评委会认为:"散文《泼墨绵山》以一位当代书画家的大气魄、大胸襟展开叙述,由一幅《太行风骨图》进而想绵山、游绵山、写绵山,作者把几十年来对中国书画创作的所求所悟放置于一次小小的旅行中,神游绵山山水,神交书画大师,邂逅大美,参悟人生,为我们完整呈现了一个具有强烈的书画气质的绵山。该作品发表于《中国作家》,是近年涉猎书画艺术领域的优秀游记作品。这种独特的艺术创作视角,不仅给我们打开了文学之外的另一个世界的大门,而且有益于促进和探讨当下散文创作的多元化。"

我喜欢登山,尤其是名山。2010年3月,我相约三位朋友一起从广州去韶关登丹霞山,下山时顺便买了一些土特产回家,而丹霞山貌则在一阵阵笑声中渐渐淡忘了。7月份,当我应邀参加"丹霞山杯"我心中的中华名山全球华文散文大赛时,我想,写这样的游记,总不能只写自己上回买"黑蚂蚁""神仙草""绞股蓝"回家吃的经过吧?于是,我接二连三邀请朋友再游丹霞山,沿途细记各个景点,期望从中得到启发,倒是在一个避雨的傍晚,当雨停而我们即将离开丹霞山风景区时,夕阳直射着丹霞山,红彤彤的丹霞山就像着了火一样,我立刻记下"着了火的霞光,着了火的山"这个标题,受"火"的启示,我选择了"唐宋八大家"之首的韩愈作为塑造对象。

隔年清明前夕,在"丹霞山杯"我心中的中华名山全球华文散文大赛颁奖会上,主持人在轻音乐声中朗读:

"陈奕纯的散文新作《着了火的霞光,着了火的山》激情勃发,入诗入境,洋洋五千余字,融文化游记、历史人物为一体,由'山'及'火'、由'火'及'人'、由'人'及'山',是当代散文创作中一篇不可多得的精品,荣获本届大赛唯一的一等奖。全篇采用'火'这一诗歌意象,通过截取唐代散文家韩愈一生中与广东丹霞山的三次邂逅,通过散点化的艺术手法,把韩愈的家国情怀提升、放大,成功塑造出一个隐忍不屈、雄劲豪迈、悲壮沉郁的男人形象,读后令人振奋不已。

作为一位当代有影响力的书画家,陈奕纯的水墨气质一直洋溢在他的每一篇散文里,大都保持了雄浑刚劲、气势如虹的文风。《着了火的霞光,着了火的山》也不例外:一、标题出'新',作者把'丹霞山'三个字巧妙地进行了解构,通过'着了火',呈现了'霞光''火''山'三维空间的大气势;二、创作角度出'新',作者回避了中国游记散文的陈旧框架,没有把笔墨放在对自然风光的描摹上,而是采取'开门见山'的手法直奔'火'这一主题,'好一片着了火的霞光,好一片着了火的山！'紧接着，是对永葆火一般激情的韩愈的回望、总结和精神认知，把历史人物、游记文化、绘画创作三者有机结合；三、把'丹霞山'的性格赋予于人，正如作者所言：'我站在霞光深处，想那丹霞山上雄起的阳元石，为什么三十万年来一直这么怒气冲天？也许，是韩愈赋予丹霞山的男人性格；也许，丹霞山亿万年前的诞生，只为他一个人。'在作者眼里，丹霞山不仅是属于韩愈一个人的，而且是'我们'的，是属于每一个拥有火一样激情、拥抱美好明天的人，一个小家、一个民族的富强振兴依靠着我们每一个人，每一个像韩愈那样有大忧患、大担当的人，学习韩愈、胸怀家国是我们义不容辞的责任；四、立意高远，全文所表达的大意境，除了作者的叙述表象外，还隐隐透出一种强烈的报国意识，这种意识还时刻在呼唤着每一个有血性、有志气的中国人，在当今这个国际形势风云变幻、民族复兴艰难曲折的新时期，走'强国、大国'之路、学韩愈的丹霞山性格是何等的迫在眉睫啊！

读《着了火的霞光，着了火的山》，我们看到的是一个大男人的铮铮铁骨，读到的是一种昂扬的中国志气，'国还是那个国，家还是那个家，只有把'国'放在了'家'的前面，才能报国、爱家！'当我们面对2008年'5·12汶川地震'、2010年'8·7舟曲泥石流自然灾害'等灾难不低头、重新雄起时，我们想到了陈奕纯在文里所提出的'丹霞山性格'，这就是文学的力量,它总是第一个抵达我们中华民族精神的内核。"

历经三年创作而成的散文《时间的同一个源头》,在第四届"我心中的澳门"全球华文散文大赛上夺得唯一的一等奖,文中我并没有写澳门采风的所见所闻,而是笔向2009年,我用生命为北京人民大会堂澳门厅创作了大型工笔画《盛世之歌》,向澳门回归十周年献礼;而今,我同样用生命创作了散文《时间的同一个源头》,重现那段激情澎湃、感天动地的澳门情。品读《时间的同一个源头》,不仅时刻有一种内地、澳门骨肉团聚之情在涌动,更令人感动的是,还有我在泼墨"澳之花"——莲花时的灵魂之声。这篇散文一反传统散文中"抄史料、假抒情"的陈旧套路,以"我首先把自己想象成一朵充满灵性的莲花"起笔,进而联想到"盛世莲花"澳门回归十年后蓬勃发展的今天,于是,我产生了"把盛景里的莲花一朵朵画尽""我要把《盛世之歌》画成一幅至少500平方尺面积的大型工笔画,一幅要成为人民大会堂目前最大的工笔画"等创作冲动,才有了大病之际"我不能倒下!如果我倒下了,《盛世之歌》岂不成了我今生今世的憾事?我画画还有什么意义?"的种种信念,信念最终打败了自己内心巨大的痛苦感,大画胜利完工……特别是在创作第四节时,我把大病中"还整天想着《盛世之歌》的重大创作任务""艺术创作比人生更痛苦"等感悟,把艺术看得比自己的生命还重要的信念,都融于笔端,情到深处,泪水汹涌。正如文中所说,"2009年3月27日""2009年6月26日"和"2009年7月18日"虽然是三个不同的时间,但这三个时间的"同一个源头,是一朵朵盛世莲花簇拥着的澳门",是每一个中国人期盼百年的祖国统一大梦……一幅《盛世之歌》画作,一篇《时间的同一个源头》散文,不仅讴歌了今天的澳门盛世,更点燃了今天的国人豪情。

《我吻天使的羽毛》是我2009年4月初去泰州兴化采风,时隔两年多后才创作完成的一篇游记散文。这篇游记散文于2012年斩获首届中国徐霞客游记文学奖最高奖,大赛评委表示,"陈奕纯是第一位获得'中国徐霞客游记文学奖'最高奖的中国书画家,他的散文《我吻天使的羽毛》,就是一篇题目新、意境绝美的散文精品,全篇语言诗化,闲适雅致,通过作者和水上一片白鹭的羽毛的偶遇,把一个人对泰州兴化那个天堂般水上森林公园的爱恋化作了一片片追忆。作者以书画家独特的眼光紧紧抓住了'吻羽毛'这个小瞬间,大书、特书了整个浪漫而又美丽的小瞬间,为我们徐徐展开了鸟的天堂、白鹭天使、我和伊人等一幅幅水墨画。同时,他为了'求新、创新',成功运用了散文的虚与实、美与幻,把想象无限放大,从感官视听、文本虚构、时空穿越三个层面架构起一个静寂、唯美的诗意天堂来。《我吻天使的羽毛》通篇清新隽永,心灵飘逸,成为首届'中国徐霞客游记文学奖'众多篇游记散文里的'一枝独秀'。"

前不久,我接到了通知,《我吻天使的羽毛》被选入了《中国好文章》一书,十分欣慰。

三

散文题材多种多样,写亲情是任何作家都无法回避的。

母爱是世界上最无私、最伟大的感情,母爱是世界上最伟大的力量,母爱是文学的永恒主题。关于母爱的作品数不胜数,如何在熟悉的题材中写出新意,不论对哪个作者都是一种挑战。我认为,面对同一题材的作品,一定要多读多分析,看看前人的门槛究竟有多高。只有这样,才能选择出自己满意的角度。

《看着你一天天苍老》写作最大的成功是抓住了两个细节:一是一年多没见母亲,一想到母亲就想到她老人家在米缸里储存的柑橘,那柑橘尽管已经被大米风干了,但母亲的慈爱却永远地留在儿子的记忆里。如"记得有一年放寒假,我从武汉回家,母亲特意从米缸里拿出了五六个柑橘,不料,由于柑橘的水分被米缸里的米全部吸跑了,一个个变得干瘪瘪的,没有办法吃了,母亲哭了,我也哭了"。感人涕下,母子哭的内容不同,哭的动因不同,哭的结果不同,怎一个"爱"字所能释怀?另一个细节是到机场接二姐和母亲,由于一年多未见母亲，母亲已经变瘦了，而且穿着土制布鞋，以至于竟一下子认不出来。即便如此，母亲仍然保持着乐观精神。再如"恍惚之间，我看见二姐正搀扶着母亲，一步一步地朝我的方向走来，我心头一阵兴奋，惊喜地朝她们使劲挥手，但是，没有一个人理睬我，我定了定神，方才发现刚刚的一幕只是一种幻觉"。此情此景，把"我"望眼欲穿，期待母亲早点儿平安抵达的心境，表现得淋漓尽致。面对这两个鲜活的细节，一个慈爱、开朗而又坚强的母亲形象，悠然浮现在眼前，让你无法忘记。尤其是当细节转化为可视的特写镜头，就更富有撼人心魄的艺术感染力了。

因此，有评论家认为，文中我还借助"悬念"这一技巧，激活读者的"紧张与期待的心情"，应用于散文的创作，收到了出奇制胜的艺术效果。《看着你一天天苍老》，悬念迭起，扣人心弦。

悬念之一，怎的亲生儿子时隔一年，就认不出亲生母亲来了呢？不仅仅是"胖母亲变成了瘦母亲"的沧桑巨变，而且是"我"在心理上的拒不承认，无法接受"母亲有一天会苍老"这个残酷的事实。"从来不知道……真的不知道……依然天真地……"反复咏叹，一叠三唱，心目中的母亲，本该是"我"记忆中的年轻模样啊！"突然之间，母亲说老就老了，没有一点理由，老得让我有些猝不及防。"用"猝不及防"一词，再次让读者与"我"产生共鸣,不敢也不愿承认母亲确确实实苍老的事实。

悬念之二,"我"在广州,母亲在北京,南北遥距几千公里,母亲怎的就脱口而出"你什么都不要说,妈知道你肯定遇到什么坎儿了……"知儿莫如母,这心灵上的感应之神奇,科学界至今都无法阐释得清楚。灵犀一点,出神入化,我哽咽无语。"我知道在这个时候只有母亲和我最亲。"一语胜万言,母亲是世界上最亲的那个人。

悬念之三,就在那场暴雨倾城的时刻,母亲毅然降临于"我"的面前。一年来的骨肉离情,一生的血脉相连,"我"竟然众里寻他千百度——"左右前后望望,再找找,还是没见母亲的身影。怪了!难道……母亲没有来?""我紧紧盯住下机出港的人群,努力寻找着我的母亲,我不敢眨眼,害怕一眨眼,就把母亲遗漏过去了,如果我把我的母亲接丢了,那该是我何等的罪过啊!"读者感同身受,紧张得无法呼吸,屏住气息,一同寻找、迎接母亲的到来。

《看着你一天天苍老》,原本是写母亲,却从《盛世之歌》着笔。全文的谋篇布局颇费心思,就像我如何构思、选材、立意、创作《盛世之歌》。行文结尾的几句话,显然是作者思想的升华,有意让读者备受感染。至此,祖国,澳门——母亲,儿子,紧密地交融为一体!实现了我当初创作本文的愿望。

四

　　乡土散文的主流是怀旧情结，离不开贫困中的亲情、困难中的温情、艰难中的弘毅，多以远离乡土的文化回望姿态出现。在乡土散文的写作中，如何冲决公共想象的堤坝，力避人云亦云，形成自己卓然不群的写作风格，角度选择又是对每一个作者极大的挑战。

　　我设计"月下狗声"这个题目，就想让人耳目一新，一下子就把人带入曾经的乡村月夜，静谧中的犬吠，鸡鸣茅店月，人迹板桥霜。在《月下狗声》中，我用月光轻轻地笼罩了乡村，实际为乡村涂抹上了诗意的工笔重彩，乡村摇身一变，抖落了叹息与哀伤，变得楚楚动人起来，变得美轮美奂起来。如同徐徐展开一幅美妙的乡村画卷：月下的大山影子里，秋凉天阔了，看那山月，看出了皎白，看出了莲花，看出了一幅幅山水流转的中国水墨画，竟然，是大雪纷飞时的一丝静。于是，影子和秀才一前一后在山路上移动，雪花把他们俩的身子染白，脚印和脚印纠缠一处，诞生消失，消失诞生，一条线一条线地迅速消失。我在深情吟唱乡村时的情感是波涛汹涌，但我学会克制，在关键处发力，让诗意的语言充满了弦外之音，富有张力和弹性。我选择了诗意的语言，诗意的画面，诗意的节奏，使自己的乡村情感在诗意里滥觞。在动与静、明与暗、里与外、意象与具象的描摹中，我营造了"山月藏起来了，大地一片混沌，雪花也在一群群地走路，雪花齐刷刷的脚步声超过了人"，"大雪一样的月光漫卷开来，只剩下了一种白"，"三个影子，一起把西天的山月叫落了，就剩下一片天籁了"。

《月下狗声》是在恣肆的天籁环境中展开了叙事，讲述了一则乡村寓言，一个月光中的寓言。《月下狗声》的巧妙在于故事的层层推进中，结果在于结果之后的结果，而最终出人意料的结果是：所以有些仇不能结，有些恨不能留，谁也不知道这些仇恨会在哪里落地生花。我们太需要"天籁，轻轻托起了一片大地。多么像我和你的这个世界啊。"

《月下狗声》这篇散文，表达了我对美好生活、如梦未来的一种向往。"我那时候是多么期待一种大美、一种大善、一种人与人之间的温暖和爱啊！如果，我是说如果当时，天上能再升起一轮圆月，雪在轻轻下，一两条狗追着月亮在叫，我们的心灵将会是多么透明……那该是多么美啊！""今天看过去，我那时候所经历的小家庭不幸，正是中国千千万万家庭的大不幸，我的忧患感，源自一种特殊历史背景下的小人物情怀，说到底，是一种家国情怀。在我们学习党的十八大精神的日子里，在我们的国家现代化建设取得伟大成就的今天，我想，我们每一个人都应该具备这种家国情怀，时刻不忘忧患，时刻要奋力前行。"充满激情、富有思想高度的创作感言,再次深深地打动了每一位读者。因此,《月下狗声》以最高票获得第六届老舍散文奖,得到了评委会独特的授奖词:"《月下狗声》保持了陈奕纯唯美、流畅的语言优势,作者的想象力天马行空,出人意料!狗的声音是乡村风景里必不可少的一部分,也是作者想念故乡的心声,月夜是乡村传奇故事上演的最佳时刻,月光下的第三个影子是故乡的影子。陈奕纯由此创作出一篇结构完整、叙事流畅、跳出一般俗套的高境界的乡土散文。整个故事水到渠成,读来活泼有趣、如沐春风。"

再次感谢评委会把这个奖颁给了我,让我的文学创作与"老舍"这个名字紧紧联系在一起。

《大地的皱纹》从创作至发表将近五年时间,开始投给《人民文学》《北京文学》都没回音,后改投《中国作家》,通知选用,却等了一年多还未刊登出来,只好复印后寄给《上海文学》试试,没想到半个多月后就通知我传电子稿过去,就这样发表在2011年第9期,不久又被多个书刊转载。

《大地的皱纹》与我以往那些暖色调的散文的表达截然不同,我从残酷的现实生活出发,调动自己的生活积累和艺术感觉,给读者创造了一个广阔和深远的艺术空间,不同的读者可以从不同的角度体会出各自不同的感受。把大地上的条条路径比作人脸上的皱纹,这无疑是我的奇思妙想。"母亲额头上的一条条皱纹",也就是我在文中始终追寻的那条路,人生之路,艺术之路。这两条路在文中交织并行,充满艰辛和未知。于是,我为读者讲述了一个心灵救赎的故事:小时候,妈妈在镇卫生所当药房管理员,同科室的小周阿姨,因为丢失三块钱公款,而以喝农药自杀来证明自己的清白。若干年以后,我和母亲又回到了当年下放的那个小镇,和一位中风、卧床不起的同事见了面,从她儿子那里得知,三块钱是她找到后却又偷藏起来的,母亲听说这事以后非常愤怒。而我在叙述这个故事时,中间却插了一段在太行山艰苦写生,创作大型山水画《王莽岭日出》的往事。与三块钱的残酷事实,形成了一个叙述上丰富的二声部,加上结尾如小说一般的突然转折,使得这篇散文有了散文、小说、绘画、音乐等方面多重的艺术意蕴。

我自己特喜欢这篇独特的感情独白,因此,我把这篇散文的篇名作为本人散文选的书名,希望读者能从新鲜的书名一下子钻入书里,在不同的艺术角度中,寻找你我。

五

历史散文是我比较喜欢的一种体裁,常常在文学刊物上读到一些洋洋洒洒万八千字,甚至几万字的篇章,我很惊讶很佩服也很羡慕。曾产生过这样的念头,凭借自己的老本行,写写一些中国历代书画家评传或外国美术家评传，但当我看到不少复制历史、扩写历史、缩写历史、篡改历史、虚构史实的"历史散文"充斥书刊时，我开始拷问自己，我究竟有没有能力写历史散文？于是，一次又一次地打退堂鼓了。

2013年7月份，我应邀为毁于北伐战火、现在重修的汀泗桥题名，在了解和学习汀泗桥历史时，在正确理解汀泗桥战役的历史基点上，发现汀泗桥战役是一个永恒的历史支点，如果我为汀泗桥题名成功，汀泗桥历史将会给我一个有力的历史支点，于是，我萌生了写一篇与汀泗桥有关的历史散文的想法。

四个多月来，我展开属于自己的书写方式和诠释方式，创作了《笔走汀泗桥》。我不复制历史，也不复制自己，我写的是在北伐汀泗桥战役的历史背景下，我应该怎样题写"汀泗桥"的全过程。在《笔走汀泗桥》这篇文章里，始终透彻着我一贯的艺术精神。"我下决心要打破自己以往固有的书法模式，力图笔墨情趣随题材、内容而变化。""7月19日，我又关闭所有通信工具。白天我还是浸泡在前人的碑帖墨迹中，晚饭后我就开始做好创作准备，写写停停，停停写写，忽然发现在仿古宣粗涩的背面上书写效果更好，当翌日的第一道晨光射向我的画案时，渴求已久的'线的美''光的美''力的美'齐齐到来了，'汀泗桥'三个大榜书在重笔疾挫、气酣墨畅中诞生。"

《笔走汀泗桥》可以说是我第一次创作成功的历史散文。

前几天,我接到《北京文学》编辑部来电通知,《笔走汀泗桥》将选发于该刊2014年第1期。我知道,这是《北京文学》对我的肯定,又一个角度选择成功了。

六

我对写作的冲动完全是自发的,对文字的热爱是与生俱来的,这并不是简单地能用"诗书画"三个字所能概括了的。我为什么要写作呢?法国女作家弗朗索瓦兹·萨冈说:"写作的快乐是难以解释的:突然之间,我找到了一个形容词和一个名词可以组成绝妙的搭配,一个与我们想做的事完全不符的想法……但令人快乐。有时,也是令人耻辱的,即当我没能写出我要写的东西时。那时,就好像已经死了一半……"我想,我时常会和萨冈那样为了生活的快乐而痛苦,让句子们整日聚集在一起,最终变成了自己的观众。

世上所有艺术的创作过程,就是一条寻找美、寻找爱的道路,也像我本人创作大型中国画《和谐之春》以及散文《风骨牡丹》一样,都是为了一种理想。《风骨牡丹》写的就是我2006年给中南海画大写意牡丹《和谐之春》,引发出我学画牡丹的心路历程:18岁初学画牡丹,20岁时从广州北上河南洛阳、山东菏泽一路看牡丹写生牡丹，以至30多岁时出国留学，也常常情不自禁地拿起笔画牡丹。"自此，我对画牡丹痴心不改，只是再没有了当年的狂妄和浮躁，唯有潜下心来，研究牡丹、画牡丹，用生命去感悟牡丹。二十多年来，无论是画工笔牡丹，还是写意牡丹，我力求达到一枝一叶融真情，掬一腔心血去贴近牡丹，融入牡丹，再现牡丹。"然而，当2009年4月，我应邀为人民大会堂金色大厅创作主画《国色天香》时，尽管历经五个月，绘制了那么大型的工笔牡丹画，悬挂在中国最显眼的政治舞台上，至今我却寻找不到新的写作角度来表现牡丹，再现牡丹。有时候，我真的怀疑自己是否灵感枯竭了。

2011年初，著名捷克作家、纳粹集中营幸存者、卡夫卡奖得主阿尔诺什特·卢斯蒂格辞世。捷克的新闻出版界这样介绍卢斯蒂格："他是最重要的和世界上最著名的捷克作家之一，却从不把别人的恭维当回事儿。他说，只有一本书出版五十年后，读者才有权决定其作者是不是真正的作家。他从不自命为作家，五十三年前问世的《暗夜里的钻石》即明证，他活着看到了这一切。"按照卢斯蒂格的标准，50年后不知道中国还剩几个作家？我越想越后怕，但却越来越坚定：选择散文创作的角度，将是我一生不变的追求。

天亮了，我停下笔，打开电脑看看我曾经题写的"感恩亭"图片，心中藏着的那把火，又一次被灿烂的晨光点燃。

生命，向美的境地漂流

写写画画，画画写写，40个春秋转瞬即逝。

回望岁月的那一头，一个瘦小的少年，在珠江边看木棉盛开，看玉兰绽放，看椿树风中雨中立在村头瞭望着人去人归，看树叶般的孤舟渐行渐远，消失在水天一色的远方……这是那少年眼中的画、梦中的景。

天地有大美而不言，万物有成理而不说。

他在这里倾听天地的大言，欣赏自然的大美，那情，那景，那人，那物……披挂着丝丝缕缕烟云般的乡愁，就那么，如种子一样潜落入少年的心底，它落地生根了。

于是，一脉微薄的生命之水，犹如山涧里一条细弱的泉流，向着大海奔流而去，他向着追寻人间美与爱的方向狂放地漂流，披荆斩棘，百折不挠，一往无前……40年的行走，40年的探索，40年苦役般的劳作，一个昔日梦幻少年变为今天人到中年的我，我把人生最好的华年都全部地奉献给了艺术追索，40年血汗心智的打磨凝聚，我用色彩呈现着人间的大美，从故土的花草树木，到祖国的河海山川，从一丝丝、一点点的色彩，到一毫米、一厘米的铺展幻化，描绘出千百幅画卷，我把盛开在南中国报春的木棉，画成如火如荼的壮美画卷，它走进人民大会堂，展示大地之声、幸福美好；我描绘花中魁首牡丹图，万朵牡丹，花开如潮，争奇斗艳，绽放在巨幅工笔图卷里，悬挂在人民大会堂金色大厅，展现国色天香的华美气象；我把赋有玉之质、兰之香的玉兰花，千朵万朵，描绘在数百平方尺的长卷里，悬挂在天安门城楼，昭示着华夏大地晨光初照，朗朗乾坤！

当天地间的大美，世间映入眼帘的大爱，如春潮涌动，如涛如澜，浩荡而来，冲撞我心的堤岸，有限的画卷容纳不了，描绘不尽，需要在更宏大更广阔的背景，作深邃悠远的叙说，我便求助于文字，于是，我放下画笔进行散文创作。我写了一篇篇的散文，这些迸发着我灼热激情的文字，以独特的审美视角和叙述方式，以真诚的情怀，赢得了读者和业内行家们的认可与青睐，它们登上了大报大刊的版面，编进了学生的阅读教材，还荣获了诸多重要的奖项，这些以文坛大师和古今先贤们命名的大奖，使我的文学创作与郭沫若、冰心、老舍、徐霞客等众多寥若晨星的大家联系在一起，让我感到无比的欣幸。

绘画和散文创作上的收获，让我有了画家和散文家的双重身份。于是，我成了画家中的散文家，散文家中的画家。可幸的是，身逢太平盛世，华夏大地之艺术田园，百花报春，万花竞放，犹如我一样，饱蘸深情，用画笔、用文字来讴歌时代、礼赞生活的艺术家们，一天天多起来，这是多么令人振奋的事情，我常常从同行们的笔墨间感受千湖浩荡、万马奔腾的豪迈气息。画家中的散文家，在两个艺术天地里追索耕耘，为艺术的仓廪奉献出独特质地的艺术作品，引得越来越多人的关注，于是，散文艺术创作与绘画艺术创作的神秘关联，也就成为人们解析探询的热点话题。

2014年6月，"散文与美术，开拓文学新空间——中国散文学会泉城之夏散文论坛"在济南历下区举行，来自全国各地的七八十位作家、书画家会聚于此，研究散文与绘画创作。在这个人文气息和历史积淀浓厚的名城，报到的时候东道主发给我们每人一本《济南的味道》，书中描写济南的泉、湖、河、城、人文、历史等诸多大美景象，不停地诱惑着我们这些从四面八方赶来的客人。有画家在讲述最有名的泉城之画，元代诗人、书画大家赵孟頫所绘的《鹊华秋色图》，有作家在思慕漱玉泉边那个美人倩影，惦记李清照的"绿肥红瘦"，更多人期望去大明湖寻找古今风流名士，去济南城的角落里寻找李白、杜甫、曾巩、辛弃疾、老舍、胡适、柳亚子……留下的影迹，去英雄山登高远眺，呼吸英雄气息。可当我们进入散文与绘画创作的探讨时，身外的一切都渐渐走远了，几天里虽然没能够去观赏济南美景，但大家的心情却十分愉悦。我发现，大家似乎一下子沉浸在另一个世界里，让我们看到真正的艺术家，在对美的审视与表述上，坚韧的探索和拓荒精神，看到有那么多的同行，在苦心地经营着艺术，彼此观望内心的好山好水，是那样的迷人！这个时候，一些生活中的芜杂从脑海中倏然消失，心魂变得越来越纯净澄澈，感觉生活与艺术是如此的美好！这远比观赏现实中美景还要让人振奋，因为大家，在共同寻找与天地人心对话的更好的通途。

　　大家探讨画家散文，各有见地。什么是"画家散文"？首先作者必须是画家，而且是要有相当造诣、独特见解的画家所创作的散文，才能称为"画家散文"。我认为比较典型的：第一种是成功地将绘画技巧转化成了文学语言，这些绘画当中的技巧和美学思想看似漫不经心，实则是一种美的发现、美的创新以及情的宣泄，是在水墨中顿悟人生；第二种是得益于绘画的长久滋养，善于运用意象营造这个手段，不断创新，不走一般散文的套路，而是特别注重内在的感觉和诗化的抒情；第三种是介于第一种与第二种之间，再增加些作者创作画作的典型事件，使之成为不可复制的情感文本。书画同源，书法亦然。"画家散文"，并非从以往固有的中国书画史论上摘取只言片语，一知半解地套上去那么简单。因此，写什么？怎么写？你写出了什么？这些最基本的问题又困惑着每个作家和书画家。

曾经有读者问我，你的散文写作是否得益于绘画的长久滋养？我认为，几十年的书画研习、创作，使我的想象力、联想力、创作激情得到了比较好的锻炼和培育，以至这些重要元素成为我的散文的艺术创造力。

书画是文学的艺术延续，文学是书画的高度提炼，两者互补。集书画家、文学家为一身者，古有苏东坡、郑板桥，今有吴冠中、黄永玉都为我所景仰。在各种文学体裁中，小说注重于故事的叙述，诗歌注重于抒发情感，文学剧本注重于戏剧冲突，只有散文与绘画的相通之处最多，它们的本质意义都是意象营造。散文创作要运用意象营造才能写好散文，而绘画比文字更直观、更具有冲击力，所以绘画创作更加注重意象的营造。我一直想努力成为一个优秀的画家，一个优秀的散文家。因此，独特的意象创造，不断成为我的绘画与散文创作的共同追求。

近读作家有关创作的论谈，有作家认为，"写作大抵是在螺旋形的探索中的发现和抵达。发现什么和抵达什么，是作家一生的功课，充满了无可预知的秘密乐趣"。还有作家深刻地体会到，"你要觉得读者比作者大，你就按他们喜欢的写；你要觉得艺术比生活大，你才能在艺术当中"。这让我回想起创作《笔走汀泗桥》的一些感受，首先是汀泗桥给予我一个有力的历史支点，才有了这篇历史文化散文。对历史的审视是角度、观点及素养的综合把控，找出同与异的差异，才能使文章充满哲思和力量。我叙说应该怎样以独特的书法艺术题写"汀泗桥"的全过程，使文本异于常人的切入点和表达方式，体现了我的特性。这篇散文我用四个月时间去写，心智疲劳，恰好印证作品的厚重。一句汀泗桥记得，笔触在历史的隧道里辗转，一段段烽火岁月的描述，使一座平凡的桥，成为一个民族在血与火中沧桑前行的见证，厚重感便一下映现出来，情感与史实有机交融，赋予了作品独特的生命力和艺术感染力。

是的，真正带着作者血泪歌哭的创作，的确是在探索中的发现和抵达，也需要在沉淀中不断认识，使审美个体的意韵和内涵得到充分的挖掘和提升，才能够呈现出丰厚精美的力作。《月下狗声》便是这样一篇，在久久的凝望与思索中创作而成的作品。多年里，我的头脑中，一直铭刻着这样的一幅图画：朦胧的月夜，苍茫的乡村雪地上，行走着两只狗，一个人……我把这个画面画了下来，我觉得它很美，每次望着它的时候，我总会想起一些什么，但是这内涵到底是什么，它们为什么那么久久地潜藏在我的心底，人生的沧桑、岁月的烟尘湮没了那么多的世事，可为什么，那两只狗，一个人，还是那么久久地蹲在我的心底，忽然有那么一天，一个契机，让我顿时明白，那是我对那荒寒的岁月，是我对那故乡热土上的父老乡亲、粗陋苍凉人生命途的心痛，那是浸透爱恋的乡愁。回首那岁月，总让我反观自身,反观家国命运,生发了无限的感慨!

于是,我用文字写下了这样的故事:两只情意缠绵的小狗,那是两只恋爱中的狗,在一个雪夜,从两个柴门小院走出来,汇聚村外野地,一只狗对另一只狗说了声"汪⋯⋯"另一只也回应了声"汪⋯⋯"这就如彼此打了招呼,那叫声可以理解为"来了",抑或是说"我爱你",或者"我喜欢你"⋯⋯狗的身后,游动着一个人影,那人是因为贫穷无妻无子,唯有一只狗的卑寒之人,他雪夜里去"出差",也就是去做小贼,而行窃的对象,正是他家小狗所恋着的那小狗的主人,那只狗为了爱,做了主人的叛徒,用小小的狗的爪子,拨开了粗重的门闩,为小贼打开了方便之门⋯⋯

这篇文章以评委最高票通过的赞誉,荣获了第六届全国老舍散文奖。这个奖让我感慨万千,让我对散文创作生发了更加强烈的敬畏之情,因为它告诉我,好的作品要有深厚的思想内涵和独特的审美价值,唯有此,才能够深深地打动人心,才具有向人的心魂进击的力量!而这样的好作品是需要千锤百炼的,更是需要作者用心血浇灌才能够成就的。

今夏(2016年),北京气温一直攀高,烈日炙人,甚至刮起风沙,下了冰雹,比南方还南方。我在暑热中开始着手收拢这些散发在各地的作品,其间也在不断地读着别人的书籍,读他人是为了更好地审视自己的文字。夏季本来就不是阅读的好季节，在这样的夏天我读了一部30多万字的散文集《悲伤与理智》，文字晦涩与高温闷热并行，阅读效果实在不佳。更何况布罗茨基是用诗的方式写成的散文，独特的章法、句法乃至词法在散文中呈现出强烈的诗性，让人难以捉摸。随手在书架上抽了一本发黄的《笔墨等于零》，重读一遍，倍感亲切。但凡伟大的作家，他必是学者的，思想者的；必是开风气之先，或是挽救风气。他的精神在文学中自然地挥发，他的文字注定有独特的生命力。我还断续地读了《写作这回事》。这位美国高产作家斯蒂芬·金在这部创作生涯回忆录里说，"关上门，把世界锁在门外"，只有这样才能够"精骛八极，心游万仞……"是的，一切祈盼高度的艺术创作，都是远离喧嚣，一个人的心灵苦旅。我在背对着世界，在锁着门的工作室里，在创作疲惫不堪的时候，在工作间来来回回行走的时候，喜欢这样看看他们，听他们直面创作的叹息般的感慨，都是对我深深的抚慰和最大的激励。歌德曾经满怀敬畏地说，历史是"上帝神秘的作坊"，那么，从事艺术创作的地方，该是这作坊里最神秘的作坊，只有把创作当作生命，在这作坊里苦苦煎熬的人，才能够深切体味到这神秘地坊里一切的一切，这里的苦与痛、悲与欢、喜与忧，都披散着神性的光辉。

我在漫漫的夏日里阅读，不断地想着济南那个会议，想着关于画家散文的种种言说，想着自己写过的一篇篇散文，它是我艺术创作上虔诚仰望与艰辛攀缘的回馈。这里边的文字来自我的灵魂深处，来自我对生活的郑重思索，来自我对人生的深情回望。我抚摸沉淀于心间的过往，看我置身于其中的当下，过去日子深处的伤与痛，常常让我眼中含泪、心底生悲，眼下的美与好、福与乐，常常让我豪情满怀，展示人间的美好，讴歌人间的良善，祈福家国太平、万民和乐是我创作的激情和动力。故此生活中一切纯的美的善的，都让我犹如仰望巍峨的峰峦，犹如倾听一池荷田的脉脉私语，生发无上的膜拜和敬崇之情，我用不同的艺术形式，来抒发内心的磅礴激情，我把生活中拨颤我心魂的大美用艺术的形式来表达，当我握住彩笔一点一线地勾画，情感在宣纸上一毫米、一毫米地倾泻，呈现出来的就是一幅幅的画面；当我拿起一支素笔，心在白纸上一个方块字、一个方块字地铺展，呈现出来的就是一篇篇的散文。我倾注心血浇灌着它们，它们也砥砺、净化、养育着我的精神。我知道，所有称得上大美的，揭示生命本质的，能够禁得起岁月淘洗的艺术，都是创作者一毫米、一毫米攀登的收获，因为，真正的艺术，没有一毫米的捷径可走。

今天的创作，只是我过去的一段生活、一些思绪的一个圆点，它很快就要离我远去了，我的生活，我的创作，都将另起一行。

我不能确切地说，明天我的笔下会写出什么样的文字、绘出怎样的画面。因为生活就像大海,每天都有不同的涛声。我不能知道,我从下一秒的生活中能窥见什么,让我感知和发现什么,这是无限的秘密。但我坚信,我们的眼睛是发现美的奇妙之奇,时间会淘出另外的珍珠,让读者吟诵它的美。只要我不惜脚力心力,在追寻美发现美的旅途上不懈探索,只要一毫米、一毫米地不懈攀登,明天定会有全新的艺术呈现,我对这神圣的未知,犹如晨曦中的大海山峦揖拜翘望着朝阳喷薄而出,心中充满着热切的渴盼!

曾有人在访谈中,对我提出这样的问询:"你为画长江,10次、20次的游览长江;你为画牡丹,一次次从南方到北方,走菏泽奔洛阳,贴近牡丹,融入牡丹;为画玉兰,画梅花,你跑遍南北东西观赏临摹……你似乎一直在路上,你什么时候,心灵最感到安妥?你什么时候,最感到幸福、快乐?"

我毫不犹豫就给出了答案:"当我起步走在探寻路上的时候,当我面对一条河,一座山,一朵花,或一个人的时候,我的心是安妥的;当我在画案前一点一线描画的时候,我的心是安妥的;当我在书桌前找到方块字意韵的时候,我的心是安妥的。

我的眼中之景、心中之美,从躺在地上的画布一毫米、一毫米延展创作,到挂在墙上呈现出要表达的美时,我是感到最幸福、快乐的;当一篇文字,充分地表达出我的思想和情感的时候，是我最感到幸福、快乐的！"

可这样的幸福与快乐，如昙花一现。

是的，每当我沉浸在收获的喜悦中，也即是我转身上路的时刻。

自从我在珠江河畔，双手捧起一朵玉兰花，凝视着它的时刻，我似乎接受了一种神秘的使命，注定了我心向天地自然，向着美的境地漂泊、寻找。

自从我在南方的一个水乡小镇，遥望着身背渔网的老人，登上粗陋的小舟，消失在水天苍茫的远方那一刻，浸染着淡淡哀愁的种子，已跌落在心间了，从那一刻起，用文字叙述心中的乡愁，祈求天地祥和，众生美好幸福，成为我永久的追求。

自从这样的使命、这样的哀愁，降临在我的生命中，我的心再没有一刻真正的安妥，我一直行走在寻找与呈现的漫漫旅途上，这是一条永远没有尽头的路。愿我永远有澎湃的激情，有开源的力量，不断地转身，不断地上路，就这样一直行走在追寻的路上……

后记

我是我自己的药

爱阅读的蒲伟,敲开我的家门,一屁股跌进胭脂色的被金毛犬咬了几个洞的真皮沙发里,面颊潮红,眼神游离,一副病恹恹的样子。未及问话,已道出满腹心事,说了一堆,主题就是累:外边事情累,家里事情烦,酒喝得越来越多了,饭吃得越来越少了,还总失眠。他忧心忡忡地问我,是不是他也有病了。

送走了蒲伟,我的心乱糟糟的,似乎一潭清净的水被扔进一块石头,荡起了层层涟漪。他灰暗的脸,在我的眼前晃动,我甚至怀疑他是不是几年前我认识的那个人。

先前的蒲伟,爱好广泛,爱阅读,喜爱艺术作品,尤其爱观赏画,还爱打篮球。那个时候,他的眼睛总有一股子生气,清亮亮的目光,对什么都感觉新奇,看什么都想探问个究竟。他问我画画是从哪里入笔,比如画人是先画眼睛,还是先画脚;画竹子,是先画枝还是先画叶子;他问长江里的波涛是怎么画出来的,还有那个牡丹花,一层层的花瓣,深的浅的色彩是怎么调出来的,还有文章里的人物,是不是真的……这些问题，虽然不大好回答，也有点可笑，但觉得他是用心琢磨了，那认真请教的劲头，很让人感动。于是，曾当面做几幅小画送给他，让他看看画是怎样一笔笔画出来的，出版的书也签名盖章送给他，也算是个交往愉快的朋友。

可近几年见面，他很少谈读书了，也不怎么再谈画了，见面也越来越少了。他原是单位的一个科员，近几年升职了，成了单位里一个部门的领导。也许时间太紧张了，但我觉得似乎不全是，好似他眼睛张望的地方，转移了方向，那个地方太路远山高，有攀爬的焦躁疲惫感！

这不，我们已经好久不见了。

今儿，是他去打球，他的爱好只剩打球了，他说打球有助于他睡眠，球场上遇到朋友，得知我扭伤了脚，在家养伤，到家里来看我。如果这个时候他来与我谈谈书或者讲讲画都好，哪怕聊一些有趣味的事情也好，可是都不能够了，他心事重重的样子，让我心情愈加纷乱。

论说，他比现在的我，该是何等的幸福！他能够推开屋门走出去，他可以去打球，可以在马路上大步走路，亮堂堂的大道任其东南西北行……可这，对于此刻的我来说，是何等奢侈的事情！能够跑，能够跳的日子，如隔山，隔河一样，我需要在忍耐中遥望。

意外，是这样伶俐而霸道，毫无来由，毫无征兆。两天前，我健步如飞，跑到各处去看花。四月的花城，满城飞花，枝枝竞秀，朵朵含笑，我奔着那笑，喝醉了一样，看个不停，我看花的俏模样，我倾听花儿们满腹的心事。沉醉中，脚下一块长满青苔的石头，在细雨中开玩笑一样打了个滚。站在石头上的我，一个趔趄摔倒在地上，脚就被伤着了。遵医嘱，我需卧床静养多日，然后慢慢试走恢复。

我就如一个跑道上的运动员，被意外，这个不速之客，暂且叫停。前方，步履匆匆赶奔的目标，顿时搁浅，我被迫从跑道上出列，什么时候各就各位，什么时候发令的枪声再度响起，我就不得而知了。此时，我才分外彻骨地明白一个道理：人太容易把自己想望高了。人常说：我如何如何，我将如何如何。其实，有的时候，你真的不能够手拿把攥，说你一定就能够如何如何，人有的时候真的不归你自己掌控。人是如此脆弱，人是如此不知道下一秒的日子里，命运会让你遇到什么，会扔给你点什么！

我开始了旷日持久的静养。我常常一个人久久地看天花板，看看外边的树木，都灰蒙蒙的，我的心是忧伤的。这心情不单单是因为伤痛，更主要的是来自内心。我总这样抱怨：怎么搞的，怎么会是这个样子？怎么办？那么多的事情在等着我去处理，我该什么时候站起来，步履矫健地走出这个屋门，越想，就越觉得日子漫漫难耐，心愈发幽暗。

送走蒲伟,我更觉得心事苍茫。我借助代步工具,一个人在屋子里慢慢地、来来回回地走。我是如此心神不宁。

我来到书桌前,打开一本书,心里却没有往日读书时的喜悦和清澈,而是心神恍惚,魂不守舍。好像一个健康的我,面对一个非真实的我。几度想从中找出飘忽不定、心神不宁的根源,想一本正经地为我的那个"我",开出治愈的"千金方",却终也不得要领。

我为自己端来满满的一大杯柠檬茶,两片的柠檬在水中上下舞动,就如在嬉笑戏耍一样,一会儿,那白白的水,就在那轻盈的飘飞中,变作耀目的澄澈的明黄。我看呆了,什么时候,我曾这样看柠檬持彩练在水中欢腾!我的心犹如被水洗了一般,涤荡在自己给自己制造的惊喜里,这个时候,那个健康的我,给一个非真实的、病态的我谈话了,我对自己说:你要坐下来,不管面前是沙砾荒原,还是荆棘丛生,总会有绿色在晨曦里闪现。我还对我自己说,人生时时都在抵达终点,也时刻站在新的起点,脚下的这个趔趄,就当作为过去画了一个圈,眼下疗养,就当自己给自己放个假,就如少年的时候学校课间的广播体操,有一节是整理运动,那么,现在就好好整理一下自己吧。

我这样想着,心"哗"地敞亮了,就如幽暗的屋室,被阳光照彻一样。我喝下半杯柠檬茶,身心舒泰。

这个时候,我看窗子外面,白玉兰繁花如雪,红玉兰含苞欲放，蔷薇的叶子冒出新绿，刚翻新的湿土地里有蚯蚓在蠕动，喜鹊在树枝上，长尾巴翘上翘下，亮出白色肚皮，喳喳地欢叫着，似在向人们通报着什么好消息。

我望着无尽的春色，我看着树木花朵、禽鸟虫鱼，在春天里分秒必争地做着它们的事情，我笑我自己，我这个万物之灵，却在良辰一刻值千金的大好春光中，坐卧不宁、躁动不安。

我为什么不能安静下来做自己的事情？我望眼欲穿地瞭望明天，祈求来日。那么，现在，用来做什么？用来发愁，用来等待明天好运降临？那么，我为什么不能够好好地用用现在？

我这样想着，我的心如一片柠檬，也如一朵被阳光吸干了汁水的玫瑰或者菊花，浸泡在温润的水中，一层层灿然绽放了，于是，我觉得天地大静，我听到了细语样的风声，我清晰地意识到，几十公里以外的花粉都飘来院子中，从窗口漫进来，我闻到了河谷和山野的气息。我看到了池塘，看到大片的荷花，看到了草原，看到了雪山，我与群山相望，我与大地相连……

于是，我顾不上脚的不便与伤痛，踉跄着奔画室走去，我尽情地挥毫，淋漓地描绘着我心中的盛景！一日又一日，来看我的朋友们，见满室妖娆、含香滴翠的画摆满了屋子，他们目瞪口呆，不相信病中的我，能够有如此心境，画面能够呈现出如此的气韵和生机。

他们赞叹如有神助，其实，哪有什么神来搭救你？苦的时候,难的时候,在你要扛不住的时候,救你的只能够是你自己。有道是:天救自救之人,只有你自己拯救自己,神才能够来拉你一把。

朋友蒲伟从球场上走来,看伤病中寸步难行的我,他让我感受到,人的心境的好坏,与病不病,没有太大的关系,坐在轮椅上的人,未必就愁肠百结,健步如飞的人,也不一定就满面春风,遭遇了不幸的人,可以怨天尤人,也可以坦然面对灾祸。随遇而安是智慧,蓄势待发是境界。有道是:境由心造。

谁也不能够跟生命过不去。时间像野马,它在自己的河流里稍纵即逝,抓住它的点点滴滴,好也罢,赖也罢,想来的没有来,不想来的不请自到,你都要平心对待,享受生命赐予你的好,也要坚韧地扛起它扔给你的坏。

内心被内心的声音所慰藉、所平抚,才知道自己就是自己的药。

明白这浅显之理,人便不必急于去做什么,而要明白自己不该去做什么。

精神需求浩渺如云烟,"明白"才能生长出诗意的翅膀。人无法坐拥整个世界,只需守好那道属于你的飘窗。心里没有阳光照彻,你的井台上只会生出滑腻的青苔,只有你自己用你自己的药,清除心灵的浮尘,让眼光照彻,你心灵的田地,才会阳光普照,万物葳蕤……

文学百年 / 名家散文自选集

第一辑

序号	作者	作品	序号	作者	作品
1	冰 心	一日的春光	17	沈从文	湘行散记
2	从维熙	朝花夕拾	18	铁 凝	会走路的梦
3	褚水敖	我负北大	19	闻一多	复古的空气
4	邓友梅	饮茶闲话	20	王巨才	退忧室漫笔
5	郭沫若	竹阴读画	21	徐志摩	翡冷翠山居闲话
6	葛水平	绣履追尘	22	萧 红	春意挂上了树梢
7	甘铁生	人生浪语	23	徐小斌	生如夏花
8	韩小蕙	新新中国	24	郁达夫	一个人在途上
9	蒋子龙	红豆树下	25	叶圣陶	没有秋虫的地方
10	鲁 迅	秋 夜	26	杨匡满	感恩的翅膀
11	老 舍	抬头见喜	27	袁 鹰	生正逢辰
12	林徽因	你是人间的四月天	28	朱自清	背 影
13	柳 萌	寒风吹哑琴音	29	张抗抗	北 方
14	李美皆	爱你备受摧残的容颜	30	周 明	写意凤凰
15	刘锡诚	芳草萋萋	31	赵 玫	陪伴着你在暮色里闲坐
16	茅 盾	白杨礼赞	32	朱 蕊	蛇发女妖

第二辑

序号	作者	作品	序号	作者	作品
1	陈建功	我和父亲之间	17	束沛德	爱心连着童心
2	陈世旭	天南地北	18	王剑冰	古道秋风
3	陈喜儒	履痕碎影	19	吴泰昌	散文六十篇
4	陈善壎	你这人兽神杂处的地方	20	汪浙成	远 影
5	范小青	坐在山脚下看风景	21	肖复兴	昔日重现
6	黄文山	烟霞满衣	22	徐 迅	响水在溪
7	刘成章	安塞腰鼓	23	肖克凡	一个人的野史

8	梁晓声	我与橘皮的往事	24	徐 风	风生水岸
9	雷 达	黄河远上	25	叶延滨	前世是鸟
10	刘庆邦	野生鱼	26	阎 纲	散文是同亲人谈心
11	陆 梅	时间纷至沓来	27	赵丽宏	亲爱的母亲河
12	罗文华	将谓偷闲学少年	28	周大新	呼唤爱意
13	刘汉俊	刘汉俊评说历史人物	29	卓 然	天下黄河
14	林 希	平常人语	30	朱 鸿	退 出
15	刘兆林	牛化自己	31	查 干	红叶归处
16	秦 岭	眼观六路			

第三辑

序号	作者	作品	序号	作者	作品
1	杜卫东	陶人:远古之神	7	王泉根	往昔皆为序曲
2	高洪波	拨笔四顾	8	王必胜	我写故我在
3	郭保林	孤独者的绝唱	9	徐 刚	八卷·九章
4	韩小蕙	火与剑,还是康乃馨	10	杨晓升	人生的级别
5	简 默	活在尘世中	11	张庆和	漂泊的心灵
6	剑 钧	写给岁月的情书			

第四辑

序号	作者	作品	序号	作者	作品
1	白阿莹	高山之巅	10	邱华栋	地球是圆的
2	陈奕纯	生命,向美的境地漂流	11	素 素	乡 愁
3	淡巴菰	下次你路过	12	孙 郁	在时间深处
4	何向阳	无尽山河	13	王子君	一个人的纸屋
5	李 舫	不安的缪斯	14	许谋清	每次涨潮都换一波海水
6	陆春祥	柏拉图的斧子	15	叶 梅	江河之间
7	刘上洋	山河气象入梦来	16	朱以撒	两片落叶
8	陆建德	看得见风景的书房	17	朱小平	一担山河
9	马 力	江水之南			